HARD WARE - DISEÑADO DURO

MISHA BELL

♠ Mozaika Publications ♠

Publicado por Mozaika Publications, una marca de Mozaika LLC.
www.mozaikallc.com

Traducción de Isabel Peralta

Portada de Najla Qamber Designs
www.najlaqamberdesigns.com

Fotografía por Wander Aguiar
www.wanderbookclub.com

ISBN-13: 978-1-63142-730-5
Print ISBN-13: 978-1-63142-731-2

Capítulo Uno

¿Es eso un *oso*?

Noto como si mis bolas chinas estuviesen a punto de escaparse de mi vagina. Aprieto mis músculos bien entrenados para mantenerlas dentro. Yo misma he diseñado estas bolas, así que sé que si las aprieto una vez más, se activará la función de vibración, y ahora mismo no es buen momento.

La correa que estoy sujetando da un brusco tirón.

—Bonaparte, compórtate.

Mi tono severo resulta inútil. Mi chihuahua sigue tirando de mí, con los ojos clavados en el oso y meneando la cola tan rápido que casi espero que despegue del suelo y salga volando igual que un dron.

Para mi alivio, el oso se limita a olisquear la boca de incendios, ajeno al delicioso aperitivo de dos kilos que tiene a un mero salto de distancia.

Clavo los talones en el suelo y le doy un tirón a la correa.

—En serio, Boner. ¿Es que *quieres* que te coman?

Mi perro deja de tirar y me mira con una mezcla de tristeza e indignación en sus ojos verdes. Como de costumbre, puedo imaginar lo que me dice, o lo que me diría si yo fuese como un encantador de perros y pudiese entenderle:

«*Ma chérie*, ese perro me está ignorando. *¡A moi!* Inconcebible».

Yo le tiro una galleta.

—Está claro que ese oso no tiene buenos modales. Sin embargo, en su defensa, ¿serías *tú* capaz de resistirte a olfatear esa boca de riego? Estamos al lado de Central Park. Seguro que la han utilizado millones de perros como lavabo. El olor debe de ser celestial.

De un salto, Boner atrapa la golosina, se la traga sin masticar y vuelve a poner su atención en el gigantesco objeto de su interés.

Mis ojos también se dirigen hacia el hombre que sostiene la correa de la bestia, y me quedo boquiabierta, al tiempo que mis músculos internos le dan un apretón involuntario a mis bolas chinas.

La vibración se activa, pero yo la ignoro mientras mis ojos recorren con avidez el espécimen masculino alto y atlético que tengo delante.

El dueño del oso está bueno.

Tan bueno como para hacerte estallar en llamas, fundirte las bragas y reventarte el útero.

Está tan bueno que voy a terminar masturbándome pensando en ello.

Espera. Estrictamente hablando, ya me *estoy*

masturbando con él: la vibración dentro de mi vagina está acercándome al clímax a cada segundo que pasa. Afortunadamente, él no me está mirando, así que puedo tragármelo sin pasar vergüenza.

El hombre toca todas mis teclas, incluso las que no sabía que tenía.

Su cabello es abundante y sedoso, del color de la piel de visón. Su barba corta y bien arreglada enfatiza su majestuosa nariz y sus rasgos bien marcados. Tiene los hombros anchos y con la cantidad justa de músculo, y un torso para morirse que va reduciéndose gradualmente hasta que desemboca en una esbelta cintura y unas caderas estrechas. Hasta lleva puesto un polo de cuello alto, por amor de Dios... y todo el mundo sabe que eso es el equivalente masculino a ponerse un vestido negro sexy.

¡Oh, y vaya labios! Quiero hacer un molde con esos labios y convertir ese molde en un juguete erótico.

Hablando de juguetes eróticos, las bolas me están llevando cada vez más al límite. Aunque haya quien me acuse de no darle demasiada importancia a esas cosas, hasta yo reconozco que correrme aquí y ahora, delante de un extraño, no sería el comportamiento más socialmente aceptable por mi parte.

Tengo que desactivar las bolas, lo que se puede hacer apretándolas tres veces más. El problema es que cada apretón también aumenta la velocidad a la que vibran, por lo que mi situación empeorará antes de mejorar.

No hay forma de evitarlo, supongo.

Aprieto.

La vibración se intensifica.

Solo dos veces más y...

Boner ladra.

El enorme hocico del oso se despega de la boca de riego, y sus gigantescos ojos castaños se concentran en el aperitivo con forma de perro que tengo a mis pies.

Al conseguir por fin la atención que anhelaba, Boner mueve rápidamente la cola e intenta salir corriendo hacia su perdición.

Yo vuelvo a apretar las bolas, sin querer. Una vez más, y se detendrán. Salvo que ahora mismo la vibración está a tope, y la sensación es alucinante. Tan, tan alucinante...

Mierda. ¿Pero qué haces?

Tienes que apretar una última vez.

Por desgracia, los músculos que necesito para hacerlo se han convertido en gelatina, y tengo problemas para tensarlos.

¿Va a ocurrir?

¿Voy a tener un orgasmo mientras devoran a mi perro, todo eso delante de un desconocido increíblemente sexy?

Me pregunto fugazmente si debería dejar que el oso se comiese a mi mejor amigo para distraer al tipo de mi estallido inminente... y tal vez también para que el dueño del oso se acueste conmigo después para compensarme por mi pérdida.

No, eso es una locura.

Tiro de la correa, frenando en seco a Boner y evitando su posible noble sacrificio.

Pero ahora ya está en el radar del oso.

La bestia se lanza hacia él... y el súbito tirón de su correa pilla al extraño con la guardia baja. Para cuando se da cuenta de lo que pasa y clava los talones en el suelo, las fauces del oso se encuentran a escasos centímetros de la cabecita del tamaño de una pelota de tenis de Boner.

Agarro con fuerza mi bolso y retrocedo, arrastrando a mi superexcitado amiguito conmigo. Tampoco es que yo misma no esté superexcitada. Me late el corazón con fuerza, y estoy sudando por el esfuerzo de detener el orgasmo mientras las bolas siguen vibrando al máximo.

Apretar no funciona. ¿Y si dejo que suceda mientras pongo cara de póker?

El desconocido le dice algo al oso en un idioma que no reconozco, aunque su tono gutural hace que me parezca un pariente lejano del ruso. Entonces él entorna los ojos en dirección a Boner, y todavía sin volver la cabeza hacia mí, gruñe en un inglés sin acento alguno:

—Mantén a esa rata lejos de mi perra.

Su voz es profunda y tan ridículamente sexy como el resto de él, pero afortunadamente, sus palabras me enfadan lo suficiente como para que el orgasmo inminente se aleje.

Qué pena. Todos estos dones desperdiciados en un hombre que claramente es un imbécil.

Sujeto con más fuerza la correa de Boner y entorno también los ojos en dirección al desconocido.

—Mantendré a mi *perro* alejado de tu *oso*.

Eso es. No está mal como respuesta, considerando mi situación.

Él se digna a dirigirme la mirada, por fin... y de nuevo, me quedo sin palabras.

Esos ojos que me examinan por debajo de un par de cejas pobladas y oscuras son del color más hermoso que he visto en mi vida, una especie de cambiante color avellana que parece oscilar entre el verde oscuro y el castaño con reflejos de ámbar.

Dichos ojos se agrandan mientras recorren mi cuerpo, deteniéndose por un momento en mi falda corta y mis piernas desnudas, pero luego su hermoso rostro adquiere una expresión arrogante.

—¡Oh, por favor! Ella tiene más de perro que lo que tendrá el tuyo en toda su vida.

Su voz rica y profunda conspira con las bolas dentro de mí para acercarme aún más a un lugar en el que no quiero estar.

Tal vez podría hacer lo que hacen los chicos en esta situación: pensar en cosas poco atractivas.

Legañas de los ojos. Cera de orejas. Reventar un grano de pus. Sobacos apestosos. Caspa. Cosas grises sacadas del ombligo. Hongos en las uñas

Pues no. Nada de eso funciona.

¿Mamá?

Eso parece servir.

Hablando de ella, invoco lo que ella llama

burlonamente mi «comportamiento de la Reina de las Nieves» y encuentro por fin las palabras para responder al desconocido:

—Ser perro no tiene que ver con la cantidad; se trata de calidad.

Sus espesas cejas se elevan solo una pizca. Está claro que nadie le había respondido así jamás.

—¿Por qué esa cosita chillona está fuera de tu bolso para empezar?

Uf. Definitivamente, es un imbécil. Al menos, su comportamiento molesto está manteniendo a raya el orgasmo. Odio ese estereotipo sobre los chihuahuas. A pesar de que lo he bautizado en honor a Napoleón, la verdad es que Boner no padece el mismo complejo que muchos de sus hermanos de raza tienen, y no es ruidoso en absoluto. Ha ido a la escuela de entrenamiento canino, así que se porta bien. Casi siempre. Él *es* un perro.

Vale. La Señorita Bella se acaba de quitar oficialmente sus guantes de chica educada.

Dirijo una mirada fría a la entrepierna de los vaqueros del extraño y luego miro de nuevo su rostro y arqueo una ceja con malicia.

—Déjame adivinar: ¿lo del perro grande es para compensar alguna otra cosa?

¡Uf! ¿Dónde está mi Oscar? Dudo que ni Angelina Jolie pueda meterse así con alguien mientras contiene un orgasmo.

El cabrón solo sonríe con suficiencia. Con esos ojos de cambiantes colores soltando destellos, replica:

—¿Quieres apostarte algo?

¡Oh no!

Con la imagen de una polla descomunal en mi mente, pierdo la pelea contra las bolas y finalmente, me corro.

Capítulo Dos

Es un milagro que haya sido capaz de reprimir mi gemido... un milagro que se merece otro Oscar más. Todas esas mujeres que fingen sus orgasmos deberían probar a hacer lo contrario. Es más difícil de lo que me habría imaginado.

La gran pregunta es: ¿lo habrá notado él en mi cara?

El último espasmo desactiva las bolas, así que al menos me libro de repetir la actuación.

Un fuerte ladrido resuena en algún lugar del parque.

Ambos bajamos la mirada hacia nuestros peques, supongo que ante la remota posibilidad de que hayan aprendido a proyectar sus voces a larga distancia, una hazaña que ni siquiera yo, que soy muy hábil como ventrílocua, sería capaz de llevar a cabo.

El hocico de Boner señala en la dirección del distante ladrido, y su cola se mueve rápidamente, espoleada por la curiosidad. «*Ma chérie*, creo que ese perro ha ladrado porque por allí hay alguna ardilla, en salsa bechamel. ¿Podemos, por favor, ir allí? ¡Por favor!».

A diferencia de Boner, la osa se encoge con un gesto lastimero, bajando sus gigantescas orejas peludas y con su corpachón de ciento veinte kilos temblando igual que una hoja marrón y cubierta de pelo.

Mierda. Ahora siento pena por la osa, pero eso también me da la razón.

¿Quién es ahora el perro más grande?

El extraño canturrea algo tranquilizador en su idioma, acariciando la cabeza de la osa, y el pánico de la bestia desaparece.

Con un pequeño movimiento de su cola, gira su hocico hacia Boner y lo huele profundamente.

Olvidándose del otro perro, Boner mira a la osa y también olfatea el aire.

El desconocido suelta un bufido, vuelve a decir algo en ese idioma con aire de ruso y se aleja arrastrando a su osa sin darme ocasión de burlarme de la cobardía de su «perro de verdad».

Boner mira anhelante el trasero de la osa. «*Ma chérie*, eso es un montón de trasero para oler. Qué *tragédie*».

—Comparto tu dolor —susurro, mientras mis ojos vagan a su vez por el musculoso y prieto trasero que marcan los vaqueros del irritante desconocido: un trasero que parece todavía más tentador tras la satisfacción del orgasmo—. No estoy segura de querer olerlo, per se, pero creo poseer ese culo unido a ese cerebro es una pérdida para las mujeres.

Reanudamos nuestro paseo, y cada vez que Boner se detiene para oler algo, le echo un vistazo al insufrible desconocido y me aseguro de no volver a apretar accidentalmente las bolas chinas.

Él está llevando al oso al sitio favorito de Boner, un parque para perros, aunque a veces he visto a bebés humanos jugando en esas mismas rampas.

Genial. Ahora no podemos ir allí.

Aunque, ¿deberíamos?

No. Olvídate de ese tío.

Por desgracia, según proseguimos con nuestro paseo, veo que olvidarle es difícil, especialmente en vista de la calidez que aún palpita en mi interior.

¿Por qué tiene el universo que ser tan injusto? Con lo raro que es para mí encontrarme con tíos que me atraigan, y cuando por fin encuentro uno, resulta ser gilipollas. Por otra parte, dadas mis relaciones pasadas, el mero hecho de que me atraiga alguien podría ser una señal de alerta. Según mi amiga Xenia, soy un imán de para los capullos. Ejemplo concreto: mi ex más reciente.

Hay una razón por la que prefiero mis juguetes eróticos a los hombres reales.

Un sexto sentido me saca de mi ensoñación justo a tiempo de ver a Boner olisqueando un caracol en el suelo.

—¡No! —grito justo cuando, como era de esperar, se mete el caracol en las fauces—. Escúpelo.

Él me mira con expresión inocente. «¿Por qué? Es un *escargot*».

Asumo el papel de alfa en nuestra pequeña relación.

—Escúpelo. Podrías pillar el gusano del corazón francés.

Boner, contrito, escupe a la criatura y la ve alejarse arrastrándose, sin que la baba de perro la detenga. «El gusano del corazón francés suena como mi tipo de gusano del corazón».

Yo le lanzo otra golosina.

—Buen chico. Apuesto a que esa osa no está tan bien entrenada. Ella pillaría un parásito en un abrir y cerrar de ojos, pero tú no.

«*Touché*». Él reanuda su paseo, con las orejas gachas.

Pobrecito. Primero, no ha podido oler a una osa; ahora no le dejo que se coma un caracol. Puedo entenderle. Yo me he quedado también sin mi bombón de hombre de calidad suprema.

Guío a Boner hacia una boca de incendios y observo cómo se disipan todas sus preocupaciones cuando levanta la pata de atrás increíblemente arriba y orina a una altura que solo un perro grande debería ser capaz de alcanzar.

Ojalá el secreto de mi felicidad fuese tan simple... levantaría la pierna en un abrir y cerrar de ojos. Bueno, no justo ahora mismo: se me caerían las bolas.

Feliz con su obra de arte urinaria, Boner reanuda su trotecillo.

No es la primera vez que me pregunto por qué es tan ambicioso en lo que respecta a hacer pipí. ¿Forma parte de una ilusión en la que se cree que es un perro mucho, mucho más grande? ¿O podría ser que todos los perros quieren disparar a las estrellas, y ser tan pequeño y ágil ayuda a Boner a no caerse de lado cuando levanta la pata por encima de la cabeza?

Boner se detiene y mira con gesto de anhelo en dirección al parque de perros.

Como la osa sigue por allí, le digo:

—¿Qué tal si le damos de comer a John primero?

Al oír el nombre de John, Boner menea la cola con aprobación. John es un sin techo, o nunca se baña por alguna otra razón... lo que lo convierte en un humano divertido de oler… para un perro, claro está.

A medio camino del banco de John, se nos cruza un gato negro. Como el gato es más grande que Boner, él finge no verlo. Yo, por otro lado, me detengo en seco y casi vuelvo a apretar las bolas con demasiada fuerza.

Gracias a Dios que mis hermanos no están aquí para burlarse de mí. Que un gato negro se interponga en tu camino es una gran superstición rusa que encuentro difícil de ignorar. La ingeniera del MIT que hay en mí no puede comprender cómo funcionaría la mala suerte que podría traerme el gato. Sin embargo, sigo allí plantada, esperando a que alguien se cruce en el camino del gato y, por lo tanto, se lleve el mal yuyu consigo.

Con el lanzamiento empresarial que tengo entre manos, no puedo arriesgarme a tener mala suerte.

De repente, una ardilla cruza a toda velocidad el camino maldito. Como no es más grande que él, Boner hace un amago de perseguirla, pero lo detengo justo a tiempo.

¡Uf! Ahora la mala suerte será para la ardilla, en lugar de para mí o para alguna dulce ancianita.

Cuando reanudamos el paseo, se nos acerca un caniche gigante.

Yo sonrío. Con su corte de pelo al estilo de una melena leonina, este perro tiene un aspecto mucho más francés que el mío... aunque no es que Boner tenga nada de francés, excepto su nombre y su alma. De hecho, podría salir perfectamente en uno de esos anuncios del Taco Bell, y con su ascendencia mexicana, a saber por qué cuando me lo imagino hablándome, nunca tiene acento hispano.

Boner intenta mostrarse amistoso con el caniche.

El otro perro, más grande, le enseña los dientes y le gruñe.

Boner se detiene en seco y levanta la vista hacia mí. «¡Qué *impoli*!»

Le lanzo a su dueña una mirada de desaprobación.

Ella se encoge de hombros con aire de culpabilidad y se apresura a pasar junto a nosotros.

El resto del camino hasta donde está John

transcurre sin incidentes, y cuando llegamos a su banco, él ya está allí como de costumbre, mirando fijamente al infinito.

Me sujeto la correa de Boner debajo del brazo, y saco del bolso el sándwich que le he preparado a John.

—Hola.

—Genial. Ya ha vuelto la comunista —refunfuña John antes de inclinarse a rascar a Boner.

Yo le lanzo el sándwich.

—Nací después de la caída de la Unión Soviética y llegué a este país cuando tenía cinco años, así que tengo mucho más de cerda capitalista estadounidense que de comunista.

John frunce el ceño mirando el sándwich.

—Cuando has sido comunista, siempre serás comunista.

Supongo que eso es admisible. Por lo poco que sé de la historia de John, es un veterano del Vietnam y, por lo tanto, sus opiniones sobre los comunistas están justificadas.

También es demasiado orgulloso para aceptar la caridad, así que, como de costumbre, ando con cuidado.

—Esto es del restaurante de mis padres —digo, señalando el bocadillo con la cabeza—. Me han vuelto a traer demasiada comida y en la cultura rusa se considera que tirar el pan trae mala suerte.

Eso último es cierto, por eso solo compro la variedad congelada.

Murmurando algo sobre tontas supersticiones comunistas, John me arrebata el sándwich y comienza a engullirlo.

Eso es. Con el tiempo, he aprendido cómo hacer que esta transacción se lleve a cabo sin problemas. Cuando lo conocí, John tenía un aspecto delgado y enfermizo, pero ahora está...

De repente, la correa que sujetaba bajo el brazo se me escapa cuando Boner sale disparado como una bala.

Mierda.

—¡Hasta luego, John! —grito por encima del hombro mientras me echo a correr—. ¡Tengo que atraparlo!

No oigo lo que dice John, pero sí que veo hacia dónde se dirige Boner.

Al parque canino.

—¡Boner, para! —chillo.

No lo hace. Y hasta aquí ha llegado lo de la escuela canina.

A medida que cojo velocidad, me maldigo por mi deseo constante de ser multitarea. Aunque he aprendido a dejar mi teléfono en casa para evitar distraerme con los correos electrónicos del trabajo, durante este paseo solo tenía que probar las bolas chinas.

Apretando mis músculos pélvicos todo lo que puedo, acelero un poco más. Hacer malabares con unas bolas no tiene punto de comparación con tratar de mantenerlas dentro de tus partes privadas mientras corres.

Boner sube por la rampa que hay justo al lado de la osa.

No. No es posible que quiera...

Pues sí.

Usando la ventaja de altura de la rampa como ayuda, mi chihuahua monta a la osa y comienza a copular con ella.

Capítulo Tres

—¡Boner, te digo que pares!

Esa escuela de obediencia canina seguro que me debe un reembolso... esta situación tendría que haber estado incluida en su temario.

Ajeno al mundo exterior, mi chihuahua empuja su diminuto culito contra el gigantesco trasero de la osa. Desde lejos, Boner parece un pájaro que subido a un hipopótamo.

Maldita sea. Perro tonto. ¿Por qué diantres intentarías tirarte a algo cien veces más grande que tú?

Sus movimientos se aceleran.

Me arden los pulmones cuando cojo velocidad a pesar del obstáculo de mi falda ceñida. Al menos llevo mis nuevas y monas zapatillas de deporte en vez de mis habituales botas de tacón alto: me habría sido imposible lanzarme a esta sesión improvisada de atletismo con ellas puestas.

—¡Boner, detente! —jadeo.

Él hace justo lo contrario. Sus movimientos de bombeo se hacen todavía más frenéticos, haciendo que parezca estar sufriendo convulsiones sexuales.

Acelero aún más el ritmo y se me sale el tanga del sitio, creando una corriente desagradable en mis partes femeninas.

¿Por qué la osa no se lo está comiendo por esto? Tampoco es que me queje. Tal vez la diminuta salchichita de Boner ni haya alcanzado a entrar en esa cavernosa vagina. No me cabe duda alguna de que si una bestia así de grande se sintiese agredida, Boner sería perro muerto.

Mierda. ¿Es esto una agresión? ¿Es mi amiguito un violador?

Pero no. La osa sostiene en alto su cola peluda, lo que le proporciona a Boner un acceso más fácil. Esa tiene que ser su forma de consentir a esto… junto con el hecho de que ella no lo está aplastando con sus tremendas mandíbulas. Por lo que yo sé, llegaron a un mutuo acuerdo cuando se olisquearon el uno al otro.

Él debe de haberla seducido con sus poderosas feromonas de chihuahua.

Por supuesto, nada de esto salvará a Boner del molesto y sexy imbécil del dueño de la osa. Cuando vea lo que está sucediendo, seguro que se pone en plan asesino. Por suerte, su atención se centra en el tío con el que está hablando ahora mismo... o más que hablando, gesticulando y gritando. El tipo sostiene una cámara, que espero que no use para sacar una foto de las fechorías de Boner.

Corro más rápido, y me arden los músculos de las piernas. Ya solo estoy a unos seis metros.

El tipo de la cámara pierde cualquiera que sea la discusión y se escabulle.

Se acabó.

El desconocido se da la vuelta, y sus hermosos ojos se agrandan al darse cuenta de la situación de su osa.

Dando un salto hacia la rampa, consigo por fin agarrar la correa de Boner. Antes de que pueda arrastrarlo lejos, él se suelta de ella por propia voluntad y me mira, moviendo la cola con satisfacción masculina.

Como era de esperar, la mandíbula del extraño se convierte en piedra y sus majestuosas fosas nasales se ensanchan.

Haciendo un gran esfuerzo, me contengo para no gritarle «¡perro malo!» a Boner. No quiero causarle a mi amiguito ningún trauma sexual, del tipo que me causó mi madre cuando me sorprendió masturbándome en mi adolescencia.

Los perros se merecen ser seres sexuales, igual que los humanos.

La mirada pétrea del dueño de la osa se desplaza por fin de Boner hacia mí.

—¿Esa rata tuya acaba de...?

—Mi *perro* lamenta lo que ha hecho. —Me hace falta un tremendo esfuerzo de contención para sonar conciliadora—. Y to también. Me he distraído y se me ha escapado.

Boner me mira sin comprender: «¿Por qué nos disculpamos, *ma chérie*? Esto es *le grand amour*».

El desconocido me lanza una mirada fulminante.

—Déjame adivinar. ¿Te has quedado absorta en tu móvil? —Entre dientes, murmura algo sobre los estadounidenses y sus incesantes publicaciones y tweets.

Se me ponen oficialmente los pelos de punta, y me cuesta trabajo no estrujar las bolas: las que tengo dentro, y las suyas.

—Déjame adivinar. ¿Te gusta juzgar a la gente sin una pizca de evidencia? Da la casualidad de que no llevo mi teléfono cuando paseo con mi perro. Tampoco soy estadounidense en el sentido más estricto de la palabra. Ni, para el caso, utilizo las redes sociales.

La ira en su rostro queda reemplazada por un gesto de curiosidad.

—Entonces, ¿cómo lo has dejado escapar?

Le lanzo mi mirada más gélida, marca registrada.

—No tengo por qué darte explicación alguna.

Puede que haya sonado un poco demasiado intensa. La osa agacha las orejas y se esconde detrás del desconocido.

Sus ojos vuelven a entornarse.

—Tu perro ha violado a mi perra. Lo mínimo que puedes hacer es ser civilizada.

Igual que a mí, a Boner no le gusta su tono. Se pone entre ambos y gruñe al hombre.

—Cálmate, chico —murmuro y luego respiro hondo para calmarme. A veces se gana yendo por el camino más sencillo—. Querría pedirte disculpas.

—No necesito tus disculpas. Necesito saber si tu perro tiene alguna ETS.

No sé cómo, sigo manteniendo la calma.

—Esta es la primera vez que ha practicado sexo de verdad, así que lo dudo mucho.

Inmediatamente, quiero golpearme a mí misma por añadir lo de «de verdad»; lo último de lo que quiero hablar es de cómo he construido un juguete erótico para mi perro.

El desconocido parece un poco más tranquilo ahora, al igual que la osa que tiene detrás.

—Eso es bueno. Aun así, el semen puede albergar una amplia gama de virus. ¿Cómo sabemos que tu perro no está infectado con algo?

Me encojo de hombros.

—¿Porque no ha estado enfermo? Además, no sabemos si realmente la ha penetrado... o si ha habido algo de semen.

Semen de perro. Ese sí que es un tema con en que no pensé que me toparía cuando me levanté esta mañana.

—Eso no es suficiente —dice el tipo—. Me gustaría que lo llevases al veterinario y le hicieses un chequeo completo. —Se da unas palmadas en los bolsillos hasta que saca una cartera—. Yo lo pagaré.

¿Cómo tiene tanta facilidad para ponerme de los nervios?

—Puedo pagar mi propio veterinario. Gracias.

—Si insistes. —La cartera desaparece.

Me enderezo.

—Insisto.

Él vuelve a mirarme detenidamente de arriba abajo y sus ojos se detienen de nuevo un instante de más en mis piernas.

—¿Y me harás saber los resultados del veterinario? —Su voz está un poco más ronca cuando sus ojos color avellana regresan a mi rostro.

Mi corazón traicionero se salta un latido.

—Tendré que anotar mi número en tu teléfono. Como he dicho, no he traído el mío.

¿Es eso que arquea sus labios sensuales un atisbo de sonrisa?

—Eso sería genial, excepto porque tampoco me traigo el teléfono cuando paseo a mi perra —dice. Con tono irónico, añade—: Tampoco utilizo las redes sociales ni, para el caso, soy estadounidense.

Lo último podría haberlo adivinado, pero, ¿nada de redes sociales? Pensé que mis hermanos paranoicos y yo éramos los únicos que nos absteníamos en estos tiempos. ¿Y sin teléfono en un paseo? Hasta esos hermanos míos se meten conmigo por hacer *eso*.

—¿Tienes alguna tarjeta de visita? —pregunto, ignorando la tentación de hacer un recuento de nuestras similitudes. El hecho de que estemos manteniendo una conversación educada no significa que él no siga siendo un imbécil.

Le ofrecería mi propia tarjeta de visita, pero por alguna razón, no quiero que sepa que soy la propietaria de una empresa de juguetes eróticos. Hay algo en él, tal vez el corte sobrio pero obviamente caro de su ropa, o el gesto orgulloso de su mandíbula, que me hace pensar en salas de juntas de las empresas del listado de las más importantes de la revista *Fortune 500* y en cenas de diez platos bajo lámparas de araña de cristal. Los hombres como este tienden a despreciar a las empresarias no tradicionales como yo... aunque es un misterio para mí por qué me importa lo que él pueda pensar.

Por lo general, estoy orgullosa de lo que hago.

Él se mete la mano en el bolsillo y saca un bolígrafo.

—No llevo ninguna tarjeta encima. —Mira a su alrededor y ve un par de vasos de café que algún guarro dejó en un banco cercano. Agarrando el que parece más limpio, escribe algo en él y me lo entrega.

Dragomir, se puede leer, escrito con una letra masculina y gruesa, junto a un número de teléfono con prefijo de Manhattan.

¿Dragomir? ¿Abreviado, «Drago»? Suena como uno de los malos de Harry Potter.

—Yo soy Bella. —Dejo el vaso en una mesa, y le ofrezco educadamente una mano.

Sus ojos brillan cuando acepta el saludo, su palma

mucho más grande envuelve la mía... y mi aliento se detiene ante el calor electrizante de su piel.

Es un milagro que eso no active las bolas que llevo dentro.

—Dragomir —pronuncia el nombre con acento ruso.

A regañadientes, recupero mi mano.

—¿De dónde eres originalmente?

—De Ruskovia —dice, de nuevo con la misma pronunciación.

Mmm. He oído hablar de ese lugar. Si mal no recuerdo, es más pequeño que cualquiera de los distritos de Nueva York, y un poco atrasado, al menos en que todavía tienen una monarquía gobernante. No tengo ni idea de dónde está en el mapa, cuáles son sus costumbres o si fue la inspiración para Sokovia en *Los Vengadores*.

Lo que sí sé es que si he de juzgar en base a este tío, Ruskovia podría ser la nación más atractiva del mundo.

Debo parecer haberme quedado en blanco, porque él me aclara, con un leve gesto de exasperación.

—Ruskovia es un país de Europa del Este... en caso de que tus conocimientos de geografía sean los del típico estadounidense.

Mis hermanos siempre dicen que mi geografía podría ser mejorable, pero ¿quién es este Dragomir para criticarnos a mí o al sistema educativo estadounidense?

—Sé dónde está Ruskovia —digo, solo mintiendo ligeramente—. Yo misma nací en Rusia. Eso también está en Europa del Este... en caso de que *tus* conocimientos de geografía sean mediocres.

Sus ojos se tensan cuando escucha *Rusia*, y recuerdo demasiado tarde que a muchos países de Europa del Este no les gusta mi patria gracias a los esfuerzos de los soviéticos en el pasado por llevarles el comunismo, generalmente a punta de pistola.

—Yo era pequeña cuando me mudé aquí —agrego, antes de que pueda preguntarme a mí misma por qué estoy tratando de caerle bien.

Él ladea la cabeza.

—Eso *podría* explicar lo de tu inglés perfecto.

¿Ha sido eso un cumplido? Me ha dado totalmente la sensación de que sí.

—¿Y tú? —pregunto, decidiendo que así me lo voy a tomar—. ¿Cómo es que no tienes acento?

—He tenido buenísimos profesores —dice y baja la mirada con el ceño fruncido.

Sigo su mirada y reprimo un bufido. Mientras hablábamos, Boner y su osa se han reunido, y ella acaba de darle un lametón: uno enorme y baboso.

Boner parece el perro más feliz del mundo.

Dragomir le dice algo a la osa en lo que debe de ser ruskoviano. Las únicas palabras que puedo entender son *Winnie* y algo como *Pooh*.

¿O era «popó»?

Obedientemente, la osa se aleja de Boner.

Mi buen humor se evapora.

—¿Acabas de volver a insultar a mi perro?

—No. Le he dicho a Winnifred que no lo lamiera. ¿No usan los rusos la orden «fu» también?

Fú. No *pu.* Y sí, mis padres siempre le gritan «fu» a Boner cuando lo ven haciendo cosas que no les gustan. A mí siempre me parece que están tratando de enseñarle artes marciales, al estilo de *Kung Fu Panda.*

Entonces algo hace clic.

—¿El nombre de tu perra es Winnifred? ¿O sea, Winnie, para abreviar?

Él asiente.

—Te das cuenta de que ese es el nombre de un oso, ¿verdad? Casi como Winnie the P...

—No fui yo quien la bautizó. ¿Cómo se llama el tuyo?

¿Quién no elige el nombre de su propio perro?

—Bonaparte.

Sus cejas se arquean.

—¿No crees que eso es demasiado ambicioso para un perro con un cerebro del tamaño de un guisante?

Me cruzo de brazos.

—Los chihuahuas tienen el cerebro más grande en proporción al tamaño de su cuerpo de entre todas las razas caninas.

—Aun así —él mira a Boner con escepticismo—. Puede que solo el cerebro de Winnie mida lo mismo que todo el cuerpo de él.

—O puede que sea miserablemente enano si ella

tiene un cráneo muy grueso —digo, agregando en voz baja—: como tú.

Él me dedica una mirada arrogante.

—Winnie es de la raza misha. Han librado a Ruskovia de lobos y osos y son los perros más inteligentes del mundo.

—¿De verdad que esta raza se llama *misha*? —Reprimo el impulso de preguntar cómo exactamente sería Winnie capaz de cazar a ningún lobo cuándo acaba de asustarse al escuchar el ladrido de un perro cualquiera.

Él suspira.

—Se llaman así. ¿Y?

—La palabra misha está asociada con los osos en Rusia. Ya sabes, como Misha, el de las olimpiadas... ¿el oso?

—Bueno, en Ruskovia, «misha» solo se asocia con perros majestuosos y muy inteligentes.

—Te apuesto a que Boner es más inteligente que Winnie. —En cuanto lo digo, me imagino un sermón de mi madre. Cuando era pequeña, trató de convencerme de que a los hombres no les gusta que los desafíen y no querrían acercarse a una chica tan competitiva como yo.

No es que Dragomir quiera acercarse a mí en cualquier caso. Dada la forma en que este encuentro ha ido hasta ahora, es poco probable que mi competitividad esté en la parte superior de su lista de contras, suponiendo que tenga alguna lista con pros.

Él mira a Boner primero y luego a mí.

—¿Hablas en serio?

Decido doblar mi apuesta.

—Tan en serio como un inspector de hacienda. Conozco una prueba de inteligencia canina bastante decente, y estoy segura de que Boner la superará antes que Winnie.

Sus ojos se iluminan por las hogueras de la batalla.

—Yo también conozco una prueba. Y Winnie va a barrer el suelo con tu aspirante a Napoleón.

—Entonces, es oficial. —Me froto las manos—. Tenemos una competición en marcha.

¿Es eso de sus labios una sonrisa de suficiencia?

—¿Qué consigue el ganador?

El mismísimo Grinch envidiaría la maléfica sonrisa que le dirijo cuando se me ocurre el premio perfecto.

—Si gano quiero que te pongas de rodillas y...

Me detengo cuando sus ojos se agrandan. Mira el dobladillo de mi falda, y una expresión hambrienta aparece en su rostro.

Guau.

Sé lo que está pensando, pero no es lo que tenía en mente... hasta este momento, claro.

Capítulo Cuatro

Él se me acerca tanto como para que yo pueda distinguir los matices de canela de su sensual colonia.

—¿Que me ponga de rodillas y haga qué?

Noto mis propias articulaciones extrañamente flojas. Me aclaro la garganta, pero mi voz sigue sonando más ronca de lo que debería.

—Que te pongas de rodillas, mires a Boner a los ojos y le digas que es el ser más inteligente que has conocido jamás.

¿Eso de su cara es decepción?

¿Hay algo parecido en la mía?

Él se encoge de hombros.

—Por muy desagradable que ese resultado pudiese ser, no necesito preocuparme, porque Winnie va a ganar.

—Pues bien, en el remoto caso de que eso suceda, ¿qué querrías que hiciera *yo*?

Él se frota las cerdas oscuras de su corta barba. Al

mirarla con más detenimiento, veo que es más bien una barba incipiente, en realidad... algo que puede haberle costado una semana o dos de dejarla crecer. Su cabello es tan denso y voluptuoso que parece tener más cantidad del que en realidad hay.

Espera, ¿por qué me obsesiono con su cabello? Le acabo de hacer una pregunta importante y se está tomando su tiempo para responder. ¿Significa eso que va a exigirme algo indecente? Casi puedo escuchar su voz profunda respondiendo en tono oscuro: «Ponte de rodillas y ábreme la cremallera, luego saca mi...».

—*Cuando* yo gane —dice, interrumpiendo mis ensoñaciones lascivas—, pasearemos juntos hasta que Winnie defeque, y entonces tú lo recogerás.

Parece muy ufano.

¡Maldita sea! Hay algo muy grande en juego. Literalmente.

¿Utilizará bolsas de basura de cuarenta litros para poder recoger toda esa caca? ¿Necesitaré una pala?

La única parte de ese escenario que me gusta es que pasearíamos juntos. Y dependiendo del consumo de fibra de Winnie, podríamos tener ocasión de conocernos. Tal vez, de dejar de chocar entre nosotros para variar. Tal vez incluso...

—¿Te estás rajando? —Sus palabras encierran un claro desafío.

Le clavo los ojos con fiereza.

—Ni hablar. Que empiecen los juegos. ¿Cuál es la prueba?

Él acaricia la cabeza de Winnie.

—Pones una toalla en la cabeza de un perro y cronometras el tiempo que tarda en salir de debajo de ella.

No demuestro mi alegría. Una vez hice eso con Boner. Se liberó en menos de treinta segundos, lo cual era una muy buena marca según el artículo que yo estaba leyendo.

—¿Dónde conseguimos toallas?

Por favor, di «en tu casa».

La incipiente barba recibe otro restregón.

—¿Nuestra ropa?

Antes de que pueda responder, agarra el dobladillo de su polo de cuello alto, haciendo una exhibición de sus abdominales tonificados, y se lo quita por la cabeza.

Joder. Joder.

O sea, *fóllame, por favor.*

Casi activo otra vez mis bolas.

Debajo del polo de cuello alto lleva mi segundo artículo favorito de ropa masculina: una clásica camiseta interior de tirantes. Y lo que es más importante: está cachas. Tiene los hombros perfectamente torneados por los músculos, sus brazos son una pura locura, y sus pectorales son de esos capaces de dar bailecitos por separado.

Quiero cambiar lo que quiero que él haga si gano por algo más inapropiado. Aparte de eso, ¿tan malo sería que activase las bolas a propósito y tuviese otro orgasmo aquí y ahora?

—No tienes que quitarte la blusa —dice,

malinterpretando mi expresión estupefacta—. Dado el tamaño de tu chihuahua, mi pañuelo servirá.

¿Un pañuelo? ¿Qué es esto, el siglo XIX?

Dándoles gracias a los dioses de la moda por mi decisión de llevar un sujetador tipo *bralette* debajo de mi camisa, empiezo a desabrochármela.

Cuando sus ojos vuelven a agrandarse, su color castaño claro parece tornarse oro fundido.

No soy tímida, pero cuando he acabado de quitarme la prenda, la expresión de su cara está a punto de hacer que me sonroje.

—No quiero que Boner pierda por no reconocer el olor de tu pañuelo. —Ahí está. Voz imperturbable. Y que me desnude no tiene nada que ver con intentar, digamos, seducir a nadie. Pues no. Solo una mujer verdaderamente retorcida haría *eso*.

Él saca el pañuelo que había mencionado y se seca la frente con él.

—¿Tienes un reloj con cronómetro?

—¿Para qué? No lo necesitamos para ver quién se libera primero.

—Quiero registrar las marcas para la posteridad. Menos de treinta segundos se considera un resultado muy bueno.

¿Significa eso que él también le ha hecho esta prueba a su perra?

Supongo que debería prepararme para recoger gigantescas pilas de popó con una pala.

Hago un gesto con mi muñeca desnuda.

—Lo siento, no llevo reloj.

—¿Te parece bien que usemos el mío? —Él inclina su musculoso antebrazo para que pueda verlo.

Con el pretexto de ver mejor el reloj, me arrimo a él hasta que estamos a la distancia de un beso. Así de cerca, su aroma es embriagador: todo cálida piel masculina y densas especias, con un toque de canela. Se me hace literalmente la boca agua cuando mi cerebro vuelve a llenarse de imágenes clasificadas X.

—¿Son eso de tu bolso penes dibujados a mano? —me pregunta, obligándome a salir de otra fantasía espoleada por la lujuria.

¿Por qué todo el mundo es crítico de arte cuando se trata de esto? Sí, me gusta decorar mis posesiones de esta manera. Demandadme.

—¿Tienes algún problema con mis dibujos? —Inclino mi cuerpo para que no pueda ver mi bolso. Al hacerlo, le piso el pie sin querer.

Maldita sea. Pisar a alguien es un mal presagio. Significa que la persona que da el pisotón va a tener un conflicto con la persona cuyo pie ha pisado.

O en este caso, más conflictos.

—No hay problema —dice él... pero no me queda claro si se refiere a su pie o a los dibujos de penes.

Titubeo un momento, y luego decido sencillamente lanzarme.

—¿Puedes pisar tú mi pie? —Según la tradición rusa, esto anula el mal yuyu.

Él arquea una ceja.

—¿Superstición rusa?

Asiento, sonrojándome levemente.

—En Ruskovia, si una mujer pisa accidentalmente el pie de un hombre, se dice que terminarán juntos. Por supuesto, yo no creo en esas tonterías.

Sin embargo, me pisa suavemente el pie y luego vuelve a enseñarme el reloj y sonríe.

Esa sonrisa. ¿Sería demasiado obvio si me abanicara? Más importante aún, ¿sería una pervertida si activara la vibración ahora? Tengo muchas ganas de hacerlo. No solo huele súper masculino y sabroso, sino que, a esta distancia, puedo sentir el calor que emana de él, como si él fuera un dragón de los que escupen fuego.

¿Quizás eso último sea la razón por la que se llama Dragomir?

Al darme cuenta de que me he olvidado por completo del reloj, lo examino exageradamente.

Guau. Es de Patek Philippe, los fabricantes de relojes de pulsera más caros del mundo. Esta obra maestra en particular parece haber sido hecha a medida, con unas letras de aspecto cirílico que deben de ser ruskoviano y un peculiar escudo hecho con diamantes.

No es de extrañar que Dragomir me haya parecido de familia acomodada. Este trasto debe de valer millones.

—Entonces —murmura él, haciendo que mi mirada se dirija bruscamente hacia su rostro—. ¿Te fiarás de mi reloj?

Algún instinto me dice que no me fíe de nada suyo, y punto. Aun así, sin una respuesta racional a mano, simplemente asiento y me alejo de la atracción gravitacional de esos ojos cambiantes.

—A mi señal —dice, volviendo su atención hacia su reloj.

Sostengo mi camisa sobre Boner.

Él lanza su polo sobre la cabeza de Winnie.

—Ya.

Capítulo Cinco

Mientras dejo caer mi camisa sobre Boner, me doy cuenta de que esta prueba no va a ser justa. Mi chihuahua es tan diminuto que esta es un obstáculo mucho más grande para él que el polo de cuello alto de Dragomir lo es para Winnie.

Debería haber aceptado el pañuelo, después de todo.

Oh, bueno. Pero si lo digo ahora, Dragomir me acusará de ser mala perdedora.

Esperemos que Boner sea mucho más inteligente... o un hacha en esta prueba en particular.

Ambos perros comienzan a debatirse por salir.

Van pasando los segundos.

Al darme cuenta de que estoy conteniendo la respiración, relajo mis hombros tensos y cojo un poco de aire.

De repente, una pata asoma por debajo de mi camisa; luego otra, y luego la cabeza de Boner.

Yo señalo con el dedo, emocionada.

—¡Lo ha conseguido!

Boner menea la cola. «*Ma chérie*, ¿Acaso has dudado de que iba a salir *victorieux*? No mola».

—Veinticinco segundos —gruñe Dragomir, con los ojos puestos en su polo de cuello alto.

Pasan unos segundos más, pero Winnie todavía no ha salido.

Luego, unos cuantos más.

De repente, el polo comienza a encogerse, aunque no está claro cómo... al menos al principio.

—¿Se lo está comiendo? —pregunto.

Él hace un amago de responder, y luego coge el jersey y tira de él.

Sí.

La osa ha decidido que la mejor manera de salir es comiéndose el obstáculo.

Algunos tirones y unas cuantas palabras tranquilizadoras en ruskoviano después, el polo acaba hecho jirones, pero al menos no termina dentro del estómago de la perra.

Sin motivo alguno, Dragomir me lanza a *mí* una mirada furibunda.

Hablando de malos perdedores. Este tío debe de ser más competitivo que yo y todo.

—Al menos ella ha encontrado una manera creativa de salir —digo, suponiendo que ofrecer una rama de olivo nunca ha perjudicado a nadie.

Su mirada helada se calienta unos grados.

—Aun así has ganado esta ronda. ¿Cuál es *tu* prueba?

Me acerco al banco, recojo los dos vasos que hay allí y los junto con el que tiene su número de teléfono.

—Esto está pensado para poner a prueba su memoria —explico.

Una sonrisa arrogante inunda su rostro.

—Creo que también conozco esta prueba.

Maldita sea. Esperaba tener ventaja con esta. Pero bueno, al menos voy en cabeza de momento.

—Primero, les enseñamos que una golosina estará debajo de un vaso. —Le hago una demostración sacando una galleta gourmet para perros y metiéndola debajo del vaso de la izquierda —Boner, cógela.

Moviendo la cola, él tira el vaso de más a la izquierda con el hocico y engulle la golosina.

—Winnie también puede hacer eso —dice Dragomir, luego saca una golosina y la mete debajo de un vaso.

Winnie ladea la cabeza.

Él le dice algo en ruso.

Ella apunta su hocico gigante hacia el vaso.

Sonriendo cálidamente, él levanta el recipiente y deja que su niña grandota se coma la golosina.

Algo en mi interior se encoge. Esa sonrisa le favorece mucho, pero claro, casi cualquier cosa le favorecería.

—Así que —digo, luchando contra la urgencia de activar las bolas— ahora que conocen el protocolo, escondemos una golosina delante de ellos, les ponemos de espaldas durante treinta segundos y luego probamos su memoria dándoles la vuelta para ver si optan por el vaso correcto en el primer intento. O en el segundo. Cuantas más veces necesiten para acertar, peor será el resultado de la prueba.

Él asiente.

—Las damas primero.

—¿Las caninas o las humanas?

Él sonríe.

—Vuestro equipo primero.

Cojo otra golosina, la pongo debajo del vaso del centro, le doy la vuelta a Boner y cuento treinta Mississippis.

—Treinta segundos —dice Dragomir, recordándome que lleva reloj.

Huy. Me alegro de que sea la memoria de Boner la que estamos probando y no la mía.

—Cariño, coge el premio —digo.

Sin dudarlo, Boner tira el vaso del centro y engulle la golosina. *«Savoureux»*.

¡Sí! ¿Quién es un chico listo?

—Tu turno —le digo a Dragomir, incapaz de reprimir la petulancia de mi voz.

Él pone su golosina debajo del vaso del medio y le da la vuelta a Winnie.

Otros treinta Mississippis más tarde, la pone mirando a los vasos.

Ella vuelve a inclinar la cabeza.

Él da su orden en ruskoviano.

Ella lo mira, como si estuviera confusa.

Su siguiente orden suena un poco más seca.

Ella vuelve a mirar los vasos, parece concentrarse y… luego se mete el vaso de más a la derecha en la boca y comienza a masticarlo.

Guau. Sí que ha cedido a la presión.

—¡Winnifred, fu! —ordena Dragomir, con el tono de alguien cuyas órdenes son obedecidas sin rechistar.

Agachando las orejas, Winnie escupe el vaso mordisqueado y luego señala con el hocico el del centro.

Él levanta el vaso correcto para que ella pueda comerse su golosina.

Espero unos segundos para asegurarme de no sonar como si me estuviera regodeando.

—Supongo que hemos ganado.

—Ha sido por el olor a café del vaso. —Suena a la defensiva—. A ella le encanta el café.

Le miro a los ojos.

—¿Intentas no pagarme la apuesta?

Él deja escapar un suspiro…

—Terminemos con esto.

Ya que está a punto de arrodillarse, me alejo, de lo contrario podría ver por debajo de mi falda… lo que es un problema, especialmente porque no he tenido el momento de privacidad necesario para recolocarme el tanga.

Dragomir pone lo que queda de su polo de cuello alto en el suelo al lado de Boner y se arrodilla encima, cerniéndose como una torre sobre el diminuto cuerpecillo de mi perro.

—Cógelo para que podáis estar a la misma altura —digo, tratando de no reírme—. Suponiendo que él esté de acuerdo con eso.

Esto también es una prueba. De hecho, son dos.

Primero: ¿será Dragomir será un idiota y se negará?

Segundo: Boner es un buen juez de la personalidad de la gente cuando se trata de dejar que le toquen. Por ejemplo, les gruñe a mis padres cuando lo intentan. Así que, si Dragomir es malvado hasta *ese* punto, esto no saldrá bien.

Para mi sorpresa, Dragomir canturrea algo en ruskoviano y rasca suavemente a Boner detrás de la oreja.

¿Estoy celosa de mi propio perro?

Boner menea la cola.

La Operación Levantamiento está claramente aprobada en lo que a él respecta.

Dragomir lo levanta suavemente, lo mira a los ojos y con impresionante sinceridad dice:

—Napoleón Bonaparte, lo siento. Eres el perro, no, el ser, más inteligente que he conocido.

Boner responde lamiendo la cara de Dragomir.

Yo me echo a reír, y toda la tensión entre nosotros estalla como un globo demasiado inflado.

Dragomir vuelve a dejar a Boner en el suelo suavemente y me sonríe.

No he sido yo la única que se ha puesto celosa, al

parecer. Winnie corre hacia Dragomir y también le lame la cara… dejando una baba igual que una medusa gigante en sus rasgos cincelados.

Mis carcajadas están ahora fuera de control. Se me llenan los ojos de lágrimas, me gotea la nariz y entonces, para mi horror, los músculos de mi vagina de repente dejan de hacer su trabajo… y siento como las bolas chinas se me escapan.

Mierda. ¿He sido capaz de correr y de tener un orgasmo sin perder esas cosas resbaladizas, y al final me ha vencido la risa?

Impulsada por la adrenalina, agarro una de las bolas a la altura de mis rodillas. La segunda, sin embargo, cae al suelo y sale rodando en dirección a Winnie.

No.

Por favor, no te…

Sin vacilar un segundo, Winnie atrapa la bola con la boca.

—¡Fú! —grito.

La orden no funciona.

Winnie se traga la bola.

Capítulo Seis

DRAGOMIR ME MIRA con gesto inquisitivo.

Por supuesto. Acaba de escucharme decir «Fu».

¿Cómo le explico lo que ha pasado? *Vaya, a tu perra le debe de gustar el sabor de mis fluidos femeninos porque acaba de tragarse un juguete erótico que yo llevaba metido en la vagina.*

¿Tengo que decírselo siquiera?

¿No sacará Winnie la bola cuando haga caca y ya está?

Uf, pero ¿y si hubiese alguna complicación?

No puedo evitar decírselo.

—Te vas a enfadar un montón —digo, tratando desesperadamente de encontrar la forma menos vergonzosa de darle la noticia.

Sus pobladas cejas se juntan.

—¿Qué ha pasado?

Le enseño la bola que he conseguido coger.

—Estaba tratando de relajarme usando estas...

ejem... bolas de meditación chinas, y se me ha caído una y Winnifred se la ha tragado.

Eso es. Suena creíble.

Desafortunadamente, no hace falta ser un lingüista para saber que lo siguiente que gruñe Dragomir en ruskoviano es una maldición. En cuclillas junto a Winnie, la insta a vomitar la bola... sin éxito.

Murmura otra maldición en voz baja y se pone de pie de un salto. Después de echar un rápido vistazo a su reloj, comienza a tirar de ella y a alejarse sin siquiera decir adiós, dando furiosas zancadas con sus largas piernas que parecen devorar más que recorrer el camino.

Mierda.

—¿Estará bien? —grito a sus espaldas.

—¿Cómo coño voy a saberlo? —brama la pregunta sin volverse, con tal intensidad que ambos perros aplanan las orejas—. Por eso nos vamos al veterinario.

Agarro a Boner y corro tras ellos.

—Déjame ir con vosotros. Me siento fatal por todo esto.

—Tú ya has hecho bastante. —Él aprieta el paso dando zancadas aún mayores.

Yo renuncio a seguir persiguiéndole.

—¡Te llamaré para ver cómo está! —Le grito a la espalda—. Y te haré saber si Boner tiene alguna ETS.

Puede que haya gritado la palabra *ETS*

demasiado fuerte, porque soy el blanco de un montón de miradas raras de los que pasan por ahí.

Si Dragomir me ha oído, no lo demuestra.

—Bueno, esto ha sido un asco. —Al volver, agarro el vaso con su nombre escrito y me llevo a Boner de allí.

———

En cuanto llego a casa, lo primero que hago es localizar mi teléfono para poder introducir el número de Dragomir en mis contactos.

Le doy la vuelta al vaso y me lo quedo mirando, estupefacta.

No hay ningún nombre ni ningún número.

Bueno, sí que hay un nombre en realidad, pero es «Bárbara».

Grr. Cuando cogí esa estúpida cosa, no lo verifiqué dos veces para asegurarme de que lo que ponía era realmente *su* nombre.

—Ahora vengo —le digo a Boner y vuelvo corriendo al parque.

Según me voy acercando al lugar donde estuvimos con Dragomir, veo al camión de la basura pasar por la calle, lo que me causa una sensación desagradable en la boca del estómago.

La sensación se hace más intensa cuando llego al parque para perros.

Los dos vasos que dejé allí ya no están.

Como me temía, alguien los ha limpiado.

De regreso a casa, me imagino a Dragomir esperando mi llamada y luego asumiendo que soy una persona horrible a la que no le importa una mierda el destino de su perra, lo cual no podría estar más lejos de la realidad.

Para cuando entro en mi apartamento, estoy tan disgustada que necesito algo que me ponga de mejor humor, así que le pido a Alexa que toque la canción favorita de Boner: «Who Let the Dogs Out».

Como siempre que la escucha, Boner comienza a aullar-cantar con la música y ladrar a las partes en las que se oye *guau*. Aunque he visto a muchos otros chihuahuas cantar con música en YouTube, ninguno parece tan talentoso como el mío. Es tan bueno, de hecho, que casi espero que componga una ópera para perros algún día... y la llame *La Bonerhème*.

—Eres un genio —le digo a Boner cuando termina la canción.

Él menea la cola. «Dime algo que yo no sepa, *ma chérie*».

Con una sonrisa, voy a buscar su aperitivo, y cuando vuelvo con él, lo pillo lamiéndose el culo.

—Y hasta aquí ha llegado lo del genio —murmuro.

Al ver la golosina en mi mano, se lanza como una flecha y la engulle con entusiasmo. Después, como suele hacer, corre hacia Remy, el juguete erótico que diseñé para él, y comienza a montarlo.

Remy es una rata de peluche que se parece mucho a una chihuahua hembra, solo que con una pequeña vagina falsa, como una manga hacia adentro, incorporada. Lanzar este producto al mercado está en mi lista de tareas pendientes, aunque por ahora, las necesidades sexuales humanas son una prioridad más grande para mi negocio.

—Tío, acabas de practicar sexo en el parque —digo con dulzura, para no causarle ningún trauma sexual—. Hace unos minutos.

«Así es una libido saludable, *ma chérie*. La envidia no combina bien con *vous*».

Sonriendo, me voy a mi oficina para darle privacidad.

Eso resulta ser un error. Ahora que estoy sola, vuelvo a pensar en Dragomir.

Abro apresuradamente mi portátil y busco a Ruskovia y a Dragomir.

Pues no. Hay demasiados resultados y ninguno de los mejores apunta en su dirección.

Es oficial: no tengo forma de contactar con él. Lo mejor que puedo hacer es esperar que nos volvamos a encontrar en esa parte del parque, pero Boner y yo siempre hemos ido allí y esta ha sido la primera vez que nos encontramos con Dragomir. No debe de ir por allí a menudo... y después de lo que ha pasado, no me sorprendería que evitara ese lugar de ahora en adelante.

Con un suspiro, reviso mi agenda.

Genial. Casi me olvido de una reunión importante que tengo con mi hermano para hoy.

Necesito aclararme la cabeza, pronto. ¿Pero cómo?

Una opción es masturbarme pensando en Dragomir. Tengo toda una maleta llena de juguetes, todos diseñados por mí y producidos por mi empresa, Belka.

No, mala idea. Eso solo me haría pensar más en él.

Ha llegado la hora de sacar las armas de verdad.

Enciendo el televisor y pongo una película que nunca deja de animarme: *Frozen*.

Desde que era niña, me han comparado desfavorablemente con la Reina de las Nieves, la mala de un cuento de hadas danés muy popular en Rusia. Y luego apareció Disney e hizo de ese mismo personaje una princesa espectacular, dándole la vuelta a todo. Me encanta, y no solo porque había vivido la lección clave de *Frozen* incluso antes de verla: ser tú misma sin disculparte por ello.

O en las palabras de mi canción favorita de la banda sonora: «Qué más da, ya se descubrió…» sobre mis juguetes eróticos.

Como siempre, la película me anima. Después, como algo, bebo café y luego trabajo en el diseño de un juguete nuevo. Hago grandes progresos, llegando hasta a enviar un prototipo a mi impresora 3D.

Cuando es la hora, cojo un regalo para mi hermanito, me pongo mi traje de negocios más elegante y mis botas más cojonudas, y me dirijo a su oficina.

Capítulo Siete

AL SALIR DEL ASCENSOR, sonrío frente a la placa que proclama con orgullo: «1000 Demonios».

Esta es la forma en que mi hermano hace honor a nuestro apellido, Chortsky, que significa «del diablo». Lo hizo para que «mil chorts» ya no sea solo una maldición rusa, sino también una genial empresa de desarrollo de videojuegos.

Yo misma he hecho algo parecido. «Belka» es como me llama nuestra madre cuando está descontenta conmigo... o sea, todo el tiempo. Así que, en parte porque esa palabra también significa *ardilla*, he decidido apropiarme del nombre y ponérselo a mi empresa de juguetes eróticos.

Antes de entrar más adentro del vestíbulo, giro bruscamente hacia la armería y elijo un par de mis pistolas favoritas. Es la tradición de esta oficina que los empleados disparen con pistolas de juguete Nerf a los visitantes, y a mí me gusta corresponderles lo mejor que sé.

Mientras sostengo mis armas al estilo Lara Croft, me lanzo al suelo, escaneando a la vez en busca de enemigos.

Por algún motivo, los empleados varones de aquí me disparan poco, o más bien casi nunca. Las empleadas, por otra parte, siempre están al acecho buscando mi sangre.

Sin embargo, tengo una gran ventaja. Yo crecí siendo un marimacho y tengo dos hermanos, uno de los cuales fue quien creó esta tradición de disparar. Si existiera algún Cuerpo de élite de pistolas de juguete Nerf, yo estaría en él.

La primera mujer que salta a por mí no lo está intentando siquiera. Tiene la pistola en una mano y un café en la otra.

Sin apuntar, me dispara.

Yo lo esquivo y luego le lanzo un dardo a la clavícula. Tal como esperaba, el proyectil rebota en su camisa y cae en su taza.

Así aprenderá.

La siguiente señora es más mayor, así que soy más respetuosa cuando descargo mi arma contra ella, y le apunto a las piernas.

Me libro de las dos siguientes antes de que tengan ocasión de apretar el gatillo.

De repente, un dardo me golpean entre los omóplatos.

¿Así que esas tenemos? ¿Me atacan por la espalda?

Giro sobre mis talones y disparo al atacante sin apuntar.

Huy.

Resulta que sé que esta señora se llama Karen, y seguramente había estado a punto de soltarme un grito de guerra o algo, porque el proyectil ahora mismo está en su boca... o tal vez en el fondo de su garganta.

Está haciendo ruidos como si se asfixiara y aleteando con los brazos igual que un pollo sin cabeza.

Dejo caer las armas y voy volando hacia ella, preparada para hacerle la maniobra de Heimlich. Como mis padres regentan un restaurante, toda la familia hemos aprendido a hacerlo, por si acaso.

Sin embargo, Karen no parece necesitar mi ayuda. Después de soltar unos cuantos ruidos más, escupe el proyectil, se aclara la garganta y me sonríe, avergonzada.

Este incidente nos ha aguado la fiesta de los disparos, así que nadie se mete conmigo mientras recojo mis armas y me encamino hacia la sala de reuniones.

Alex, el mayor de mis hermanos y dueño de *1000 Demonios*, me da un abrazo cariñoso en cuanto entro.

Cuando terminamos de abrazarnos, le sonrío. Con sus ojos azules, su cabello negro, su piel pálida y sus rasgos simétricos, es como mi reflejo en el género opuesto... especialmente si ignoras la eterna barba incipiente en su rostro.

Mientras me siento, él menea la cabeza.

—Como Karen me demande, me las pagarás.

Me siento frente a él.

—Ella me ha disparado por la espalda. Si te metes con un toro, te llevarás alguna cornada. Él sonríe.

—¿En ese caso, no serías tú más bien una vaca?

Yo saco su regalo de mi bolsa.

—¿Por qué todo lo relacionado con el ganado es tan sexista? ¿Por qué *como una vaca* significa *gorda*? ¿Por qué los toreros tienen más prestigio que los vaqueros? Y si estás como un toro eres fuerte, pero si estás como una vaca no. Bull Terrier y no Cow Terrier. Torear a los demás en vez de vaquearlos, que ni existe... ¿Sabías que las vacas matan al año a más personas que los tiburones?

Él se encoge de hombros.

—Oye, con el montón que se sacrifican para nuestro beneficio, es justo que ellas se desquiten de vez en cuando.

—Tengo un regalo para ti. —Deslizo la caja por la mesa.

Él mira dentro, azorado.

Yo entro en modo ventrílocuo.

—Bueno, hola. —Pongo una voz grave y de persona madura, y la proyecto para que parezca salir de dentro de la caja—. Soy como, bueno, tu nueva novia, en serio. Será mejor que me utilices o algo.

Él se mesa sus revueltos cabellos oscuros.

—¿Otro juguete erótico?

Mi sonrisa es maléfica: puedo burlarme de mis dos hermanos de una sola vez.

—Esa es una manga hecha con el material patentado de Belka. Más importante aún, es el favorito de Vlad.

Vlad, nuestro hermano mediano, hace poco que colaboró en las pruebas de calidad de mis productos... con su empleada, nada menos. Ahora dicha empleada, Fanny, es su novia. Así que, naturalmente, Alex y yo nunca dejaremos de burlarnos de él.

La risa de Alex es incómoda, por decir algo.

—Gracias. Supongo. Solo debes saber que el mundo de ahí afuera puede retorcer tus buenas intenciones y pensar que nos parecemos a los Lannister... o a los Borgia.

—Me importan un bledo los rumores —digo, despreocupada.

—¿Y si te dijera que yo soy capaz de conseguirme mis propios juguetes? —dice él—. Hasta podría comprármelos en tu web.

Otra sonrisa malvada.

—Te propongo un trato. Si consigues echarte novia, es posible que los regalos se acaben.

Él pone los ojos en blanco.

—Mira quién fue a hablar. ¿Cuándo empezarás tú a salir con alguien?

Siento una punzada de arrepentimiento. De no haber perdido aquel vaso, tal vez...

—Oye, hermanita, lo siento —dice Alex, malinterpretando mi expresión—. No recordaba que ese es un tema delicado.

Está hablando de mi última relación desastrosa. El gilipollas resultó estar casado: una mentira por omisión que me dejó hecha polvo.

—Estoy bien —digo, sacudiéndome esos desagradables recuerdos—. ¿Qué tal si nos metemos en harina?

—Sí. —Esconde mi regalo debajo de la mesa—. ¿Tiene esto algo que ver con el proyecto empresarial que has estado intentando lanzar? ¿El traje erótico que funciona con realidad virtual?

—Prefiero pensar en ello como una experiencia sexual inmersiva, pero sí. La idea es democratizar el placer. Que el sexo llegue a personas que tengan problemas para conseguirlo por cualquier motivo, o que no deseen hacerlo con personas reales. Quemados, discapacitados, gente con alguna enfermedad de transmisión sexual muy contagiosa o con trastornos muy graves de interacción social... y la lista sigue, y sigue. Este mismo producto puede servir también para las parejas con relaciones a distancia, los astronautas y...

—Tía, no hace falta que me lo vendas a mí —dice —. Creo que tu idea suena genial, de verdad, y podría convertirte en la más rica de la familia.

—Sabes que no me importa el dinero... aunque una vez dicho eso, el dinero es la razón que me trae hasta aquí.

En un abrir y cerrar de ojos él tiene un libro de cheques en las manos.

—¿Cuánto necesitas?

Yo sonrío.

—Tú no tienes la cantidad de dinero que necesito. El hardware de realidad virtual pertenece a las ligas mayores.

Él suelta un silbido.

—¿Planeas diseñar un visor de realidad virtual? Pensé que se trataba solo del traje.

Niego con la cabeza.

—Las empresas de realidad virtual disponibles en el mercado son unas mojigatas cuando se trata de sus tiendas de aplicaciones, y sus visores no son demasiado cómodos para gente con cabezas más pequeñas… como las mujeres. Además, mi traje ideal llevaría el equipo de realidad virtual incorporado. He encontrado a una empresa prometedora que fabrica gafas de realidad virtual ajustables, y la que no le está yendo muy bien ahora mismo. Quiero comprarla e integrarla en mi negocio.

Él se guarda sus cheques.

—Guau. ¿Comprar una empresa de realidad virtual? ¿No pagó Facebook dos mil millones por Oculus?

—Esto no estará al mismo nivel, pero sí. Por eso he estado buscando inversores.

—¿Y?

Suspiro.

—Llevo meses en ello, pero no ha habido suerte.

No sé si es por el tipo de negocio que es Belka, por mi género o por falta de capacidad de convicción, pero nadie está picando el anzuelo.

Él entrecruza los dedos.

—¿En qué puedo ayudarte?

Me saco una memoria USB del bolso y se la paso.

—Está todo ahí. En resumen, quiero abrir una empresa conjunta contigo que pueda sonar más atractiva para los inversores potenciales que una que sea exclusivamente mía. El aspecto erótico no tiene por qué estar demasiado a la vista en nuestra presentación.

Él se guarda el pen drive.

—¿Una estrategia de ponerles un señuelo para que piquen?

—Más o menos. Lo que les diremos es básicamente la verdad: yo construiré el hardware y tú encabezarás el equipo que desarrolle el software. El proyecto estará igualmente etiquetado como entretenimiento para adultos.

Él se rasca su barbilla mal afeitada.

—Entonces, ¿qué hará el software, oficialmente?

—Lo que tú quieras. Estaba pensando en juegos de casino, o en alguna simulación al estilo de *Second life* o de *Los Sims*.

Él sonríe.

—¿Y sencillamente no mencionamos que el casino tendrá una sección de clubs de striptease, o que la actividad más popular en esta segunda vida de realidad virtual será ligar?

—Sí. Al menos, no si no nos preguntan explícitamente sobre eso.

En otras palabras, estaremos mintiendo. No me hago ilusiones en ese sentido. Omitir contarle a alguien algo importante, como su estado civil, *es* una mentira.

Alex tamborilea con los dedos sobre la mesa.

—Es mucho en qué pensar.

Yo me levanto.

—Por favor, revisa lo del pen drive y dime qué decides. Si no te interesa, hablaré con Vlad. Pero esto me suena más a tu rollo.

Él también se pone de pie.

—Lo es. Ya tengo experiencia creando juegos de realidad virtual. Son para todos los públicos, pero para el caso... Además, tengo que decir que esto tiene una pinta muy prometedora, tanto como proyecto de desarrollo de software como a nivel financiero.

Le suelto una de las frases de mi discurso actual para los inversores.

—La pornografía es una industria de cien mil millones de dólares. Se ha reducido debido a la piratería y a los contenidos gratuitos, pero eso no supondría un problema para nuestra empresa porque vamos a vender trajes especiales. Además, las aplicaciones y los juegos de realidad virtual son más difíciles de piratear.

Él se acerca hasta la puerta de la sala de reuniones y la abre para mí.

—Si los inversores se preocupan por la piratería,

les puedo hablar de las medidas que tomamos para los juegos de 1000 Demonios.

Le doy un besito en la mejilla al salir.

—Sabía que me serías útil. Dime algo en cuanto te decidas.

Capítulo Ocho

—¿Un envío estándar de bolas anales? —Vuelvo a comprobarlo con la comercial al teléfono.

—Sí. Además, queremos duplicar nuestro pedido de tapones anales —dice ella.

—Pondré a mi gente con ello.

—Gracias —me responde, y cuelga.

Suspiro. Me obligué a contratar a alguien para que se ocupara de las principales cadenas de venta de juguetes para adultos, pero de vez en cuando tengo que atender yo misma las llamadas, especialmente las de algunos de los clientes más importantes.

Antes de que se me olvide, le escribo a la persona que debería haber recibido esa llamada y pongo en copia a todo el equipo de logística de Belka, por si acaso. Utilizo nuestros códigos de número de artículo en lugar de palabras como «bolas anales» y «tapones anales», ya que esto reduce enormemente las risitas innecesarias, especialmente entre los empleados más nuevos.

Como ya estoy en modo negocios, verifico nuestras ventas en Amazon, así como también en el resto de nuestros principales distribuidores.

El negocio va muy bien, aunque la línea de juguetes inteligentes aún no se está vendiendo tan bien como yo quisiera. Nuestros superventas siguen siendo el Pepinator, el consolador con forma de pepino que diseñé por diversión, y el Calamarador, un masajeador de clítoris con forma de molusco fabricado con nuestro material patentado que realmente tiene un tacto como el del calamar.

Durante el resto del día y los dos días siguientes, espero a que Alex tome su decisión y evito pensar en Dragomir diseñando juguetes nuevos y trabajando en el traje de realidad virtual.

También paseo a Boner por la misma zona del parque, pero sin suerte. No vuelvo a encontrarme con la osa y ni con su guapísimo dueño. Simplemente, tengo que limitarme a esperar que Winnie cagara la bola sin problemas.

A la mañana siguiente, al volver a casa del parque, recibo un mensaje de texto de mi mejor amiga, Xenia. Está en ruso pero escrito en alfabeto latino:

Vente conmigo de brunch. He encontrado un sitio donde se admiten perros.

Hace algún tiempo que no veo a Xenia, así que le respondo que sí, entusiasmada, elijo un regalito para ella y salgo pitando con Boner en brazos.

El restaurante que admite perros también resulta que admite niños, lo cual no es muy admisible para los chihuahuas.

«*Ma chérie*, mantén alejados a esos *monstres gigantes*», parecen decir los ojos asustados de Boner mientras yo espanto a un niño y una niña de unos cinco años de nuestra mesa, maldiciendo a Xenia en voz baja por llegar tarde.

Una vez evitada la amenaza de los niños, yo prosigo garabateando en el mantel de papel. Para cuando finalmente llega Xenia, nuestra mesa está completamente cubierta de penes pequeñitos. Además de ser muy monos, me brindan la ventaja adicional de motivar a la mayoría de las mamás a mantener a su prole alejada de mi perro.

—Hola, cielo —dice Xenia en ruso y me besa en ambas mejillas.

—Hola, guapa —contesto en inglés.

Siempre hablamos usando una mescolanza de inglés y ruso: así ella puede mejorar su inglés, y yo, mi ruso.

—Feliz cumpleaños con retraso —le pongo una caja en las manos—. Y no te preocupes, no te preguntaré cuántos años has cumplido. Solo tu peso actual.

La edad de Xenia ronda los sesenta y cinco y es mi amiga más antigua, tanto en términos de su edad como de cuánto tiempo hace que nos conocemos. De hecho, nos remontamos al tiempo en que ella era chef en el restaurante de mis padres. Nos mantuvimos en contacto después de que la despidieran por «ser vulgar» y «corromperme». Por supuesto, en realidad fue todo lo contrario. Hasta de adolescente, yo era una influencia mucho peor para ella que ella para mí.

—Gracias. —Ella sacude la caja con escepticismo y baja la voz al nivel de un susurro—. ¿Es otro consolador más?

—Ábrelo y lo sabrás.

Ella lo abre, despúes de mirar furtivamente a su alrededor.

—*Sí* es un consolador.

—Uno hecho a medida que he imprimido solo para ti. Lo diseñé una semana antes de tu cumpleaños, pero he esperado hasta después para dártelo.

Ella asiente con aprobación. Incluso más supersticiosa que yo, Xenia sabe que darle a alguien un regalo de cumpleaños o felicitaciones antes de la fecha real es un gran no-no. Según la tradición rusa, solo puedes hacerlo o en el día mismo o después.

—¿Ves esa cosita, el simbolito contra el mal de ojo de la punta? —pregunto.

Ella saca el consolador hasta la mitad para poder examinar su extremo con forma de hongo.

Como Xenia siempre está preocupada por los maleficios y las maldiciones del mal de ojo, lleva un nazar en forma de ojo como amuleto para protegerse de los malos espíritus y las intenciones malévolas.

Ahora también tiene un juguete decorado con el mismo diseño.

Mientras lo examina, su rostro se ruboriza y sus cejas se juntan.

—¿Crees que alguien podría echarme un mal de ojo ahí abajo? —Baja la mirada hacia esa zona de su cuerpo—. Solo mi Chico Objeto mira ahí. Bueno, y mi médico.

Me encojo de hombros.

—Es mejor prevenir que curar.

Xenia es una viuda que estuvo soltera durante muchos años. Pero recientemente, conoció a un chico de cuarenta y cinco años a quien ha apodado «mi Chico Objeto». Según ella, se parece a Liam Neeson, el amor platónico de Xenia. Como conozco al Chico Objeto en persona, yo creo que con su barriga cervecera y su poblada barba canosa, se parece mucho más a Papá Noel, pero no pienso decírselo nunca a Xenia, ya que me encanta que ella salga con alguien.

—Mami, ¿qué es eso? —Una niñita señala el regalo de Xenia, abriendo mucho los ojos.

Yo pongo una voz grave y la proyecto para que parezca salir de la caja que mi amiga tiene en las manos.

—Soy el nuevo mejor amigo muy especial de esta encantadora señora.

La niña mira ojiplática el consolador hasta que su madre se la lleva, murmurando algo sobre gente chiflada.

Xenia se echa a reír y guarda su regalo.

—¿Cuándo vas a encontrarte un hombre para ti en lugar de jugar con estos juguetes?

Antes de que pueda responder, llega un camarero y los dos pedimos mimosas y huevos Benedict.

Cuando se va, le hablo a Xenia sobre Dragomir.

—Guau —dice ella—. Deberías, como decís en inglés, *hatefuck* o «echar un polvo por odio».

Al levantar la vista, se encuentra al camarero ahí de pie y se sonroja. Está claro que él ha llegado a escuchar la última parte de sus consejos.

Una vez nuestra comida y nuestra bebida están sobre la mesa y volvemos a quedarnos a solas, le digo:

—No puedo hacer nada con él. He perdido su número.

Ella hace un gesto desdeñoso con la mano.

—Si tiene que ocurrir, ocurrirá. ¿Te acuerdas cuando el mes pasado te pusiste aquel top del revés? Te dije que eso significaba que ibas a conocer a alguien nuevo.

Xenia está al tanto de algunas supersticiones muy desconocidas, muchas de las cuales están, no sé por qué, relacionadas con la ropa. Hace poco me puse una camiseta del revés sin darme cuenta, y ella afirmó que me golpearían a menos que un amigo me golpeara primero. Así que me soltó un guantazo. Eso sí es una profecía autocumplida.

—Continuaré paseando a Boner por esa parte del parque. Tal vez aparezca. —Le tiro una golosina a mi amiguito y él menea la cola con gratitud.

Xenia se da entonces una palmada en la frente, hurga en su bolso y saca una bolsa de plástico.

—Es para el diablillo —dice con una sonrisa.

El nuevo negocio de Xenia es la comida gourmet para perros, así que sé que Boner apreciará el contenido de la bolsa.

Como no tenemos compañía, proyecto la voz de Boner desde debajo de la mesa para el regocijo de Xenia. «*Ma chérie*, déjame probar esos productos antes de esconderlos».

Le lanzo una de las creaciones de Xenia.

«Ah, Xenia. Eres una *génie culinaire*».

—*Merci* —le dice Xenia a Boner y luego me mira—. ¿Crees que este Dragomir podría ser el definitivo?

Ella no se refiere al amor verdadero definitivo. Al menos no lo creo. Ella es una de las pocas personas que conoce el problema que he desarrollado desde mi última mala relación: parece que no puedo llegar al orgasmo con un tío. Así que, cuando Xenia dice «el definitivo», por lo general se refiere a «el que puede hacer que te corras sin la ayuda de juguetes eróticos».

Me encojo de hombros.

—Podría haberlo sido. Ya *tuve* un orgasmo junto a él.

Sus ojos se agrandan y le hablo de las bolas chinas.

—No llevas esas cosas aquí y ahora, ¿verdad? —pregunta ella, arrugando ligeramente la nariz.

—No, pero tú probablemente deberías. Chico Objeto agradecería los resultados.

—Me hacen demasiadas cosquillas —dice ella—. Ahora, ¿qué tal si me cuentas algo más sobre este tipo?

—¿Como qué?

—Bueno, con un nombre como Dragomir, ¿es ruso?

—Pues no. Ruskoviano.

Los ojos de Xenia se agrandan.

—Ruskoviano, ¿eh? Tienen cierta reputación.

—¿Por ser groseros?

Ella echa un vistazo a su alrededor.

—Por estar bien dotados.

Casi me atraganto con mi mimosa.

—No te muevas. —Ella entrecierra los ojos en mi rostro, luego se acerca y agarra algo de mi mejilla.

—Una pestaña. —Me la muestra—. Pide un deseo.

Hago volar la pestaña con un soplido, tal como dicta la superstición. Mientras lo hago, deseo encontrarme con Dragomir de nuevo, para poder comprobar si la afirmación de Xenia es cierta en su caso... por motivos puramente científicos, por supuesto.

Un momento. En vez de eso debería haber utilizado el deseo para mi nuevo proyecto empresarial. Oh, bueno. Con suerte, se me volverá a caer otra pestaña uno de estos días.

Durante el resto del *brunch*, nos ponemos al día sobre nuestras vidas laborales. Cuando estoy a punto de irme, Xenia me impide usar bálsamo labial diciendo:

—Si tus labios están lo suficientemente secos, te picarán, lo que significa que pronto estarás besando a alguien.

Mmm. Me pregunto si dejar que tus labios se resequen a propósito anula el efecto mágico. Sin embargo, por si acaso, no me aplico el bálsamo labial.

—Mantenme informada sobre Dragomir —dice Xenia mientras nos abrazamos para despedirnos.

Yo suspiro al apartarme.

—Dudo que haya novedades, pero por supuesto que sí.

———

Antes de llegar a casa, llevo a Boner al parque por si acaso la magia de las pestañas surte efecto.

Pues no.

Cuando llegamos a casa, busco mensajes de Alex.

Ajá. Quiere hablar, así que lo llamo.

—¡Hey, hermanita!

—Hola. ¿Ya has decidido algo?

—Yo digo que adelante. Deberíamos hablar de los detalles.

Un rápido viaje en taxi después me encuentro de nuevo en su oficina, donde nos pasamos el resto del día debatiendo sobre la logística de la nueva empresa y sobre cómo recaudar fondos. Dado que su empresa es respetable y él es quien tiene el pene, decidimos que él será el primero en reunirse con los inversores y que luego me llamará a mí según haga falta.

También repartimos algunas tareas. Voy a seguir trabajando en el traje y él va a preparar dos demos del software: una sexy y otra más descafeinada.

La primera reunión de Alex con posibles inversores tiene lugar a la semana siguiente y nuestra estrategia funciona. Conseguimos nuestros primeros respaldos. Por desgracia, solo se comprometen con una pequeña cantidad.

Aun así, cuando llego a casa esa noche, siento que debería celebrarlo, así que me pongo una copa de vino y una película que nunca falla en ponerme caliente: Michael Fassbender haciendo de Steve Jobs.

No es que me guste ninguno de esos dos. Solo es que me encantan los tíos con polo de cuello alto.

Saco mi vibrador de mi maletín de juguetes y me pongo con ello, aunque en vez pensar en ninguna película, es la imagen mental de Dragomir con un polo de cuello alto lo que me hace llegar al orgasmo.

Joder, doy gracias por que existan los juguetes. De adolescente, casi me causo un síndrome del túnel carpiano de tanto masturbarme con la portada del álbum *With the Beatles*, ese donde todo el grupo lleva polos de cuello alto. También solía hacerlo viendo ese antiguo programa, *Cosmos*, en el que el presentador, Carl Sagan, siempre llevaba uno.

Esto último también podría ser la forma en que desarrollé mi pasión por la ciencia, que luego derivó a una obsesión por la ingeniería y luego, naturalmente, al diseño de juguetes eróticos de alta tecnología.

Citando a *El Rey León*, es el ciclo de la vida.

Capítulo Nueve

—¿Qué suena mejor: un consolador adaptado como accesorio para un taladro, un estimulador de clítoris como accesorio de un cepillo de dientes eléctrico o uno tipo silla de montar que iría encima de una lavadora? —pregunto a mi grupo de reflexión por Zoom—. ¿O ninguno de ellos?

El accesorio para el cepillo de dientes resulta ser el ganador, así que diseño algunos que pueden funcionar con las marcas de cepillos de dientes eléctricos más populares.

Mientras estoy comiendo tras mi festival de diseño, recibo una videollamada de mi hermano Vlad.

—Tu nuevo proyecto empresarial —dice en cuanto veo su rostro, casi idéntico al de Alex, solo que menos desaliñado y con gafas—. Quiero participar.

Sonrío a la cámara.

—Y hola a ti también.

—Perdón. Hola, hermanita. Solo es que estaba un poco molesto por que me hubieseis dejado al margen.

—Oh, perdón. Es solo que no quería ponerte en una posición incómoda. Ambos sabemos que si te hubiera pedido dinero, me habrías querido decir que sí sin importar para qué fuera.

Su expresión severa se suaviza.

—No lo había pensado.

Mi sonrisa se hace más amplia.

—Después de todas las pruebas que tú hiciste para Belka, pensé que ya era hora de importunar a Alex.

Él pone los ojos en blanco.

—Bueno, Alex me ha hablado de tu proyecto y quiero invertir. Hablemos de los detalles.

Así que lo hacemos, y durante el proceso, acepta ayudarnos a Alex y a mí con la ciberseguridad, su especialidad. También se le ocurre un nombre genial: Proyecto Morpheus; y por último, pero no menos importante, se compromete a aportar una estupenda fortuna, acercándome un poco más a mi objetivo.

———

Durante la semana siguiente, intentaremos cazar a más inversores sin demasiado éxito. Tampoco me encuentro con Dragomir en el parque... una doble frustración.

Sin embargo, el jueves tengo un ataque de hipo, lo

que significa que alguien está acordándose de mí. Espero que sea él.

La semana siguiente todo sigue igual: nada de nuevos inversores ni de Dragomir. Aunque el miércoles, noto las orejas calientes, lo que significa que alguien está pensando en mí… de nuevo, con suerte tal vez sea él.

El jueves por la noche, Xenia viene a mi casa para un maratón de pelis de Liam Neeson. Resulta que él y muchos otros actores masculinos sexys usan polos de cuello alto en *Love Actually*. Una información que añado a mi siempre creciente banco de datos sexy de tíos con polo de cuello alto.

La última película que vemos es *Star Wars*, y ver a su actor favorito con cabello largo y poderes Jedi realmente debe de poner a Xenia, porque ella se abanica cada vez que su personaje sale en pantalla.

Mientras empiezan a pasar los créditos, intento que ella pruebe algún juego de realidad virtual, una de mis actividades de ocio favoritas.

—Te gustaría *Beat Saber* —le digo, ofreciéndole el visor de realidad virtual—. Es un juego en el que sostienes dos sables láser, igual que Liam en *Star Wars*, y los mueves al ritmo de una canción que te gusta.

Ella acepta a regañadientes, así que le coloco los auriculares en la cabeza y le pongo los controles del juego en las manos.

Boner se hace a un lado; está claro que aún se acuerda de cómo casi lo pisoteé durante mi última sesión de realidad virtual.

En cuanto empieza el juego, Xenia se pone a chillar en ruso y agita sus brazos tan salvajemente que uno de los controles remotos sale volando de su mano y se estrella contra mi teta.

Mientras me la masajeo, ayudo a mi amiga a escapar del malvado visor.

—Supongo que la realidad virtual no es para ti —digo mientras ella me mira.

Qué pena. Hasta ahora, tenía a Xenia en mi lista de probadores beta para el traje erótico de realidad virtual del Proyecto Morpheus.

¿La expresión de los ojos de Boner es de regocijo?

«*Ma chérie*, de repente me estoy muriendo por un poco de pollo, idealmente sin cabeza».

El viernes de la semana siguiente, Alex me dice que ha encontrado una «mina», una empresa de capital de riesgo con mucho dinero que podría aportar todo el dinero que necesitamos de una sola vez. Les gustó lo que tenía que decir y ahora quieren reunirse conmigo para obtener todos los detalles técnicos sobre el hardware.

Estoy tan emocionada que me regalo tres orgasmos usando mis mejores juguetes y luego me quedo despierta toda la noche puliendo mi presentación. Por la mañana, tengo los ojos un poco cansados, pero estoy llena de entusiasmo y preparada al máximo.

Me pongo mi traje de negocios más conservador y mis tacones de aguja favoritos, un poco de maquillaje en calidad de pintura de guerra y cojo un taxi al centro.

Toda la pasta que hace falta para financiar mi sueño, allá voy.

Capítulo Diez

Todo lo referente a esta empresa clama a gritos «lujo», desde el resplandeciente edificio de cristal y acero hasta los inmaculados suelos de mármol y la gigantesca sala de juntas cargada de testosterona en la que entro.

Alex me guiña un ojo y luego se dirige a los otros ocho hombres de la sala con una expresión seria.

—Caballeros, esta es Bella Chortsky, mi socia y la experta en hardware que estábamos esperando.

El tipo que parece ser el líder me había estado mirando como si yo fuese un caramelo. Ahora su mirada se torna en una de no disimulada decepción.

—¿Ella nos va a explicar lo del hardware? —pregunta, haciendo un poco demasiado hincapié al decir *ella*. Su acento suena como de Europa del Este, y su rostro me parece vagamente familiar por algún motivo, aunque estoy segura de no haberlo conocido antes.

Recompenso al imbécil con mi mirada de Reina de las Nieves.

Las manos de Alex se aprietan en puños a los lados de su cuerpo.

—Así es. Ella *es* la experta. Con un título del MIT, para su información, y con...

—No he querido implicar nada. —El tipo se achanta ante mi hermano, quien a pesar de su bonhomía general, puede resultar bastante aterrador cuando se enfada—. ¿Por qué no repasamos las especificaciones técnicas del traje mientras esperamos al Sr. Lamian?

La expresión de Alex vuelve a ser de simpatía.

—Claro. Cedo la palabra a Bella, mi hermana y socia a partes iguales en el Proyecto Morpheus.

El tipo me extiende su mano húmeda y yo se la estrecho con una sonrisa falsa.

—Soy Marco Fluroff —se presenta—. Por favor, llámame Marco.

—Y tú puedes llamarme Bella —digo, liberando mi mano y resistiéndome al impulso de limpiarme su sudor de la palma.

Espera. ¿Marco? *Eso es.* Ya sé a quién me recuerda. Eso es El villano de *Venganza*, la película que volví a ver con Xenia durante nuestro maratón de Liam Neeson. Incluso el nombre del traficante de seres humanos de esa película era el mismo: Marco.

En la gran pantalla, abro mi presentación y me lanzo a mi perorata cuidadosamente ensayada sobre el hardware. Mientras repaso todos los detalles técnicos, no puedo evitar imaginarme a mí misma parafraseando el ultimátum de *Venganza* y soltándoselo a este Marco:

«Tengo una serie de habilidades muy particular: habilidades para crear juguetes eróticos. Las he adquirido a lo largo de una extensa vida profesional, ayudando a gente salida. Estas habilidades pueden ser una pesadilla para gente como tú. Si me concede el dinero ahora mismo, todo quedará zanjado. No te buscaré, ni le perseguiré... pero si no lo hace, le buscaré, le encontraré... y le meteré un consolador gigante por el culo».

—¿Alguna pregunta? —digo con una sonrisa resplandeciente después de haber repasado todos los puntos importantes.

Encogiéndose de hombros, Marco mira a un tipo con gafas.

—¿Eugenius?

El tipo se pone en pie.

—Sólo para aclararlo, ¿la retroalimentación táctil que ha diseñado en el traje permitirá a los usuarios experimentar un contacto tan ligero como el de una pluma?

Una pluma, si te gustan los juegos de cosquillas, o el beso de un amante, o también un lametón… pero no menciono nada de todo eso.

—Correcto. Como puede imaginar, esto permitirá percibir sensaciones extremadamente realistas al usar el traje.

—Muy interesante —dice Eugenius con

aprobación—. ¿Se puede personalizar para usuarios sensibles?

—Por supuesto —le respondo, y él vuelve a sentarse. Dirijo a Marco una mirada desafiante—. ¿Y tú? ¿Tiene sentido para ti todo lo que he explicado?

Basándome en la expresión vidriosa de sus ojos cuando me he puesto en plan técnico, lo dudo mucho.

Él carraspea.

—Yo soy más bien un perfil financiero, pero me parece que todo está claro. Y acabo de recibir un mensaje de texto del Sr. Lamian. Está a punto de unirse a la...

Las puertas se abren y entra un hombre alto y de complexión fuerte, vestido con un traje oscuro.

Sus penetrantes ojos color avellana se posan en mí... e inmediatamente se achinan formando unas rendijas de aspecto felino.

Hostia puta.

Los latidos de mi corazón se aceleran y todo mi cuerpo enrojece de golpe.

¿Este es el Sr. Lamian?

Lo conozco por un nombre diferente.

Su nombre de pila.

Dragomir.

Capítulo Once

—¿Tú? —gruñe Dragomir, atravesando la habitación hacia mí a grandes zancadas.

—¿Tú? —exclamo yo casi al unísono.

Todos nos miran con expresiones confusas.

No les culpo. Dragomir parece estar a punto de escupir fuego.

—Perdí el vasito con tu número —le suelto antes de que tenga ocasión de acusarme de algo horrible.

—Una excusa muy oportuna. —Pasa la mirada por la habitación y ordena—: Dejadnos solos.

Su empresa no funciona como una democracia, eso es seguro. Marco y el resto del equipo se ponen de pie de un salto y se dispersan como codornices delante de un cazador.

Solo se queda Alex. Se interpone entre Dragomir y yo y su rostro se deforma formando una máscara aterradora.

—¿Quién eres tú y qué cojones quieres de mi hermana?

—No pasa nada —digo en ruso—. Lo conozco de antes. Tiene un motivo para estar enfadado. Es un malentendido. Lo aclararé.

Si no me estallan los ovarios, claro está. Dragomir tiene un aspecto estupendo de la leche con ese traje... tal vez incluso mejor que con un jersey de cuello alto. No, esa es una blasfemia. ¿Pero qué tal un traje encima de un polo de cuello alto? Sí, eso sería...

Espera, ¿en qué estoy pensando? Tengo que centrarme. El proyecto de mis sueños está en juego.

—Me importa un carajo cuál sea su razón —me gruñe Alex en ruso—. Si se le ocurre tan solo...

—Sólo quiero hablar —dice Dragomir en un ruso con fuerte acento—. Jamás le haría daño. ¿Por qué clase de salvaje me tomas?

¿Es trilingüe? Supongo que no debería sorprenderme. Mucha gente de Europa del Este aprende ruso como segundo idioma. Lo mismo que inglés, para el caso.

—¿Solo hablar? —La expresión feroz de Alex se suaviza un poco. Creo que ha recordado que no soy ninguna preadolescente y que este es un entorno corporativo, no un patio de recreo plagado de matones. Tampoco es que me hiciera falta que mis hermanos se ocuparan de los matones por mí, para disgusto de mi madre.

—Probablemente será una charla muy breve,

además —dice Dragomir, cambiando al inglés—. ¿Podríamos tener algo de privacidad, por favor?

Alex se dirige a regañadientes hacia la puerta. Antes de salir, se da la vuelta y le lanza a Dragomir otra mirada cortante, por si acaso.

—Si le haces daño a mi hermana, del tipo que sea, la cosa no terminará bien para ti.

Suena tan convincente que tengo que recordarme a mí misma que es un ingeniero de software y no un ejecutor de la mafia de la peli *Promesas del este*.

—¿Está bien Winnie? —pregunto en cuanto Alex cierra la puerta—. ¿Salió la bola?

Dragomir asiente.

—Todo se resolvió ese mismo día. —Me estudia intensamente, y sus ojos parecen fluctuar entre el verde y el marrón con motas doradas—. ¿Le has hecho a Bonaparte las pruebas de enfermedades de transmisión sexual?

Mierda. Estoy tentada a mentir, pero eso no estaría bien. Opto por la verdad.

—Lo siento. No tenía tu información de contacto, así que no creí que fuese necesario.

Ahora que lo pienso, tendría que haberlo hecho de todos modos... y lo habría hecho, de no haber tenido tanto jaleo con lo de la búsqueda de inversores.

Los labios de Dragomir se retuercen.

—Como he dicho, una excusa oportuna.

Doy un paso hacia él, tratando de no pensar en lo sexys que me parecen esos labios, incluso ahora.

—Escúchame, por favor. Sé lo que parece. Si yo

fuera tú, probablemente también sería escéptica, pero te juro que se trató de una confusión. Cogí un vaso que tenía algo escrito, pero resultó que solo ponía «Bárbara». Volví corriendo enseguida, pero acababan de limpiar el parque y se habían llevado la basura. Volví todos los días después de eso, tratando de encontraros a Winnie y a ti para poder arreglar las cosas.

Y para poder verle a él de nuevo, pero no le digo eso. Es demasiado pronto. Además, acercarme a él fue un error de cálculo estratégico, al menos en lo que respecta a mantener la mente clara. Con ese sutil toque de canela cosquilleando en mis fosas nasales, lo único que deseo es lanzarme a sus brazos y...

Espera, ¿su expresión dura acaba de suavizarse?

¡Premio!

Quizás haya recordado haber visto el nombre *Bárbara* en uno de los vasos.

Aprovecho mi ventaja.

—Ahora que nos hemos vuelto a encontrar, por supuesto que le haré a Boner pruebas de lo que quieras, y lo antes posible.

Él ladea la cabeza.

—¿De verdad?

—Claro.

—¿Y qué tal ahora?

Yo pestañeo.

—¿Como en, ahora mismo?

—Has dicho que en cuanto fuese posible.

—Bien, hagámoslo ahora —digo, y caigo en la

cuenta demasiado tarde de lo importantísima que es esta reunión de inversores... lo que en realidad es un asco, ya que esperaba terminar con lo de la recaudación de fondos para el proyecto para poder pasar a la parte divertida, como fabricar el traje de verdad.

Él se acerca a la puerta, la abre y la sostiene para mí.

Cuando salimos, todos nos miran con gesto inquisitivo, especialmente Alex.

—Se levanta la sesión —dice Dragomir con esos modales intransigentes y de dueño del mundo suyos.

—Tenemos un asunto privado que atender —le susurro a Alex en ruso—. No te preocupes. No es ninguna amenaza para mí.

Al menos, no para mi bienestar físico. Para mis hormonas, Dragomir es kriptonita, pero eso no es algo por lo que mi hermano deba preocuparse.

—Mándame un mensaje de texto cuando resolváis vuestro asunto —dice Alex, y está claro que tendré que contarle toda la historia, menos lo de las bolas de mi vagina.

—Hecho —le replico, y todos bajamos juntos en el ascensor en medio del silencio más incómodo que yo haya vivido.

Marco es el primero en salir pitando del ascensor al llegar al vestíbulo, con Alex y el resto del departamento de inversiones detrás. Dragomir y yo nos quedamos para bajar hasta el aparcamiento.

—Ya estamos. —Dragomir le hace un gesto a un vehículo extraño que ya espera junto a la acera.

Me quedo boquiabierta ante esa cosa.

Si un autobús, una casa sobre ruedas y una limusina estallaran y las piezas se volvieran a ensamblar al azar en un solo vehículo híbrido, podría tener un aspecto semejante.

—¿Tiene esto permiso para circular por las calles de Nueva York? —le pregunto—. Parece una casa móvil... para un multimillonario con empresas de tecnología ecológica.

Sus labios se inclinan hacia arriba.

—Es legal. Lo de aparcar puede resultar todo un desafío, pero gracias a Fyodor, no tengo que preocuparme por eso.

Se abre una puerta y se despliega una escalerilla. Un hombre vestido con una chaqueta de esmoquin tipo frac nos saluda con voz profunda con acento británico.

—Pasen, por favor.

¿La autocaravana lleva un mayordomo incluido?

—Gracias, Fyodor —dice Dragomir y me hace un gesto para que pase delante.

De una manera imposible, el vehículo parece más grande por dentro que por fuera, como la TARDIS de la serie *Doctor Who*. Veo una cinta de correr lo suficientemente grande como para que la utilice un oso, que es exactamente lo que la osa de Dragomir está haciendo ahora mismo, una elegante mesa de ordenador diseñada para alternar entre las posiciones de estar sentado y de pie, un lujoso sofá de cuero más grande que el de mi sala de estar, y una barra de tamaño completo que parece estar equipada con todas las bebidas imaginables.

—Hay apartamentos tipo estudio en Manhattan más pequeños que esto —digo asombrada cuando Dragomir se reúne conmigo.

—Winnie se siente sola cuando la dejo en casa —explica, encogiéndose de hombros—. De esta manera, puedo llevarla conmigo en la mayoría de mis viajes.

Y pensé que mi Boner estaba exageradamente mimado. Resulta que ni siquiera sabe lo que significa eso.

—¿Puedo ofrecerle algo de beber? —pregunta Fyodor.

—Estoy bien —le respondo.

—Tenemos prisa —dice Dragomir—. Nos dirigimos a la casa de la Sra. Chortsky. —Me mira—. ¿Cuál es la dirección?

Hago una mueca.

—Por favor, no me llames Sra. Chortsky. Eso me suena demasiado a mi madre.

—Entonces, ¿debo llamarla «ama»? —pregunta Fyodor un atisbo de estar bromeando.

—A menos que quieras que te pegue, te ruego que me llames Bella —digo, y para cortar cualquier discusión sobre este tema, le recito mi dirección.

Con una reverencia, Fyodor se escabulle para tomar asiento al volante, y tan pronto como el vehículo se pone en movimiento, se levanta una división entre nosotros y Fyodor, ocultándolo de nuestra vista.

La cinta de andar se detiene y Winnie se da cuenta de que ha entrado Dragomir.

Una ráfaga peluda después, ella está sobre sus patas traseras, lamiéndole la cara.

Perra afortunada. Me encantaría hacer eso mismo.

Mientras Dragomir lidia con los afectos de su osa, examino la habitación.

Además de todas las comodidades que ya he notado, en el estante cerca de la cinta de correr está el último y mejor dispositivo de realidad virtual del mercado, mejor incluso que el que tengo yo, y eso que hice un exceso al comprarlo.

Esto es un asco, en serio. Además de estar podrido de pasta, a Dragomir le va la realidad virtual. Habría sido el inversor perfecto para nuestro proyecto si yo no lo hubiera jodido todo. Ahora, quién sabe cuánto tiempo nos costará encontrar a otro inversor como él.

Probablemente será tan difícil como encontrar a otro hombre que me atraiga tanto. Incluso con toda esa baba en su cara, si quisiera besarme ahora mismo, le dejaría.

Liberándose por fin de su mascota, saca un paquete de toallitas húmedas, se limpia la cara y seca la humedad residual con su pañuelo.

Qué raro. Las iniciales en el pañuelo son D.C. ¿No deberían ser D.L.? ¿Por Dragomir Lamian?

—Siéntate —Hace un gesto indicando el sofá.

Obedezco y él se une a mí… aunque, tristemente, termina en el cojín más alejado.

—¿Te gusta la realidad virtual? —pregunto, señalando su visor.

Él asiente.

—Eso es lo que me llamó la atención sobre tu proyecto. Los visores son casi de uso corriente ahora mismo, y también hay algunas cintas de correr para propósitos especiales en el mercado. —Mira hacia la que estaba usando Winnie—. Un traje de realidad virtual de cuerpo entero es el siguiente paso lógico.

—Lo es —digo con entusiasmo—. Y planeo ser quien se lo haga llegar a la gente.

Sus labios sensuales se curvan en una sonrisa.

—No te falta la confianza, eso seguro.

¿Eso es un cumplido? Lo aceptaré.

—¿Cuál es tu juego de realidad virtual favorito? —pregunta antes de que yo pueda dirigir la conversación hacia la posibilidad de que él invierta en el Proyecto Morfeo después de todo.

—*Beat Saber* —contesto con una sonrisa—. ¿Y el tuyo?

Sus ojos parecen cambiar de marrón claro a verde.

—El mismo. ¿Cuál es tu canción favorita?

—*Radioactive* de Imagine Dragons. ¿Y la tuya?

—De nuevo, la misma. ¿La has superado en modo experto?

—Claro. —Examino mis uñas de color rojo brillante—. También lo he hecho en Expert Plus.

Sus cejas se arquean.

—¿De verdad?

¿Es que tiene problemas de confianza? ¿Por qué iba yo a mentir sobre algo como esto? Como quiero que sigamos manteniéndonos en buenos términos, digo:

—Por supuesto. Mi nombre está en el ranquin mundial entre los diez primeros: BabushkaPwned. Búscame. O mejor aún, podría demostrarte mis habilidades.

Él niega con la cabeza.

—En un vehículo en movimiento, eso sería peligroso.

Sí, claro. Aunque el viaje parece suave como la mantequilla. Apuesto a que solo quiere dominar Expert Plus cuando yo no esté. Eso es lo que haría yo si me enterase de que alguien que conozco en la vida real es mejor que yo con mi canción favorita. O con cualquier canción. O con cualquier juego.

Supongo que soy un poquito competitiva.

Como dudo que desafiarlo lo incentive a invertir, cambio de tema.

—¿Cuántos años tenías cuando te mudaste a los Estados Unidos?

—Veinticuatro —dice—. ¿Y tú?

Guau. Esos profesores que le enseñaron inglés deben haber sido realmente buenos... o él tiene un don para los idiomas.

—Tenía cinco —digo—. Apenas recuerdo Rusia.

Él hace una mueca.

—Yo recuerdo Ruskovia perfectamente bien.

Así que no le gusta algo de lo de allá. Supongo que eso es normal en la gente que se ha marchado de un sitio para vivir en otro.

—¿Y tu familia? —le pregunto—. ¿Se mudaron todos contigo?

Al escuchar la palabra *familia*, su rostro se vuelve frío e inexpresivo.

Interesante.

Antes de que pueda preguntarle nada más, la caravana se detiene.

—Ve a buscar a Boner —dice con un tono que vuelve a ser fríamente imperioso.

Mientras voy subiendo, reflexiono sobre su reacción y una idea inquietante me viene a la cabeza.

¿Podría estar casado y ocultándomelo, como el gilipollas de mi ex?

Es factible. Un tío tan sexy y rico normalmente estaría con alguien. La ausencia de una alianza en su dedo no significa un pimiento, según mi dolorosa experiencia, ni tampoco la falta de fotos de familia en su vehículo.

En cuanto llego a mi apartamento me voy de inmediato a mi portátil y tecleo «Dragomir Lamian» en Google.

Nada.

No hay ninguna información sobre él.

Eso es extrañísimo. Mi hermano Vlad es casi patológicamente paranoico sobre su perfil digital y hasta *él* tiene más datos suyos ahí fuera, como una mención de su existencia en la web de su empresa.

El fondo de capital de riesgo de Dragomir no dice quien está al timón.

—¿No es eso muy raro? —pregunto a Boner mientras lo preparo para salir.

«*Oui*. Puede que tenga *une femme*».

Mierda. La posibilidad de que haya una esposa significa que tengo que dejar de sentirme atraída por él. De hecho, aun si al final resulta que no está casado, existen muchos otros problemas. Es obvio que es asquerosamente rico y que se mueve en los círculos de la alta sociedad. ¡Por amor de dios, si tiene mayordomo! Así que probablemente mire por encima de su aristocrático hombro a mi empresita de juguetes eróticos. Lo que es peor, si su empresa al final sí que invierte en nuestro proyecto, por improbable que eso parezca justo ahora, los negocios y el romance no combinan bien.

Me pongo derecha.

Decisión tomada.

Da igual lo mucho que me apetezca lamerle la cara, al estilo oso: no voy a ceder a ese instinto.

Capítulo Doce

LLEVANDO A BONER EN BRAZOS, regreso a la caravana-limusina.

Maldita sea.

Cuando vuelvo a ver las facciones cinceladas de Dragomir, me doy cuenta de que el mero intento de forzarme a no sentirme atraída por él va a ser complicado. Si voy en serio al respecto, tendré que evitarle después de hacer la prueba de ETS.

Sí. Eso sería lo más inteligente.

Cuando Boner y Winnie se ven, sus colas comienzan a moverse alegremente, la de él golpeando repetidamente mi barbilla y la de ella casi haciendo tropezar a Dragomir.

Incapaz de contenerme, proyecto mi versión de la voz de Boner hacia abajo, a unos centímetros de su cabeza.

«Ah, Winnie, *ma petite*. No he podido quitarme de la cabeza nuestro último *rendezvous*».

Decididamente, eso que juguetea con las comisuras de los párpados de Dragomir es una sonrisa.

Proporcionándome el peor ejemplo de ventriloquia de la historia, Dragomir hace que la voz de Winnie suene demasiado profunda, como le saliera de la entrepierna... y por alguna razón le pone acento ruso.

«¿Cómo te atreves, Napoleón Carlovich? Despojas a una dama de su virtud ¿y luego ni una llamada ni un mensaje de Facebook, ni siquiera un tweet?».

Yo sonrío. «¿Carlovich?». ¿Está tratando de inventarse un patronímico al estilo ruso para mi perro? A menos que... ¿también se dirá así en Ruskovia? Yo soy Borisovna: *la hija de Boris*. ¿Significa eso que...?

—Carlo Bonaparte era el padre del famoso general —dice Dragomir, respondiendo a mi pregunta tácita—. Hablando de historia, si a alguien debería llamársele «petit» aquí, sería a tu perro. Uno de los muchos apodos del verdadero Napoleón fue *Le Petit Caporal*.

—Odio decirte esto —digo, bajando la voz a un susurro conspirativo—, pero mi perro no es de verdad la reencarnación del auténtico Napoleón. Sé que te parecerá insólito, con lo inteligente que es y todo eso.

La sonrisa se extiende por los labios de Dragomir.

—Tienes que admitirlo, con un bicornio en la cabeza serían como dos gotas de agua.

Me echo a reír.

—¿Te importa si le dejo relacionarse con ella?

La sonrisa de Dragomir se esfuma.

—Asegurémonos primero de que esté limpio, y luego ya veremos.

Tanto Boner como Winnie parecen muy abatidos por no poder interactuar, así que los distraemos con golosinas y rascándoles las barrigas tanto como podemos.

Afortunadamente, el viaje hasta el veterinario de Dragomir es breve.

—Quédate con Fyodor —le dice Dragomir a Winnie en cuanto aparcamos—. Enseguida volvemos.

Winnie suelta un extraño gemido y mira hacia la puerta.

—¡Fyodor! —grita Dragomir. Luego añade algo en rápido ruskoviano.

Aparece el mayordomo y le pone una correa a Winnie. Cuando todos hemos salido del vehículo, Dragomir se vuelve hacia mí y dice:

—Contén la respiración.

¿Qué?

Antes de que pueda pedirle que me aclare lo que quiere decir, él mira a Winnie y le da una orden en Ruskoviano. Suena como «Kraken»... aunque esa puede que esa palaba solo me venga a la cabeza porque hace poco que he visto a Liam Neeson/Zeus en *Furia de titanes*.

THPPTPHTPHPHHPH.

El pedo que sale del trasero de Winnie parece durar una hora.

Boner se tensa en mis brazos y sus ojos se agrandan.

Estoy tan sorprendida que me olvido de contener la respiración, como me dijo Dragomir, e inhalo accidentalmente.

Jooooooder. Me empiezan a llorar los ojos y a darme arcadas.

Decir que la flatulencia de la osa huele a huevos podridos sería hacerles un flaco favor a los huevos podridos. Si hubiera comido repollo fermentado infiltrado con sulfuro de hidrógeno puro toda mi vida y hubiese soltado un pedo después de haberme estado conteniendo una década entera, el producto final no se habría acercado siquiera a este nivel de pestilencia.

¿Es así como esta raza de perro libró a Ruskovia de los lobos y los osos?

Meneando la cabeza, Dragomir se lleva un pañuelo a la nariz, a modo de mascarilla quirúrgica.

—Mis disculpas por esto. Como puedes imaginar, si ella hubiera hecho esto en la caravana, habría tenido que comprarme otra nueva.

¿Una caravana nueva o una perra nueva?

Él se echa a andar a grandes zancadas hacia el edificio y Boner y yo nos apresuramos a ir tras él.

Cuando estamos dentro, finalmente respiro.

Aunque parezca imposible, el hedor ha logrado seguirnos hasta allí dentro, pero al menos ahora está diluido y solo me recuerda al peor pedo que haya tenido el disgusto de oler en mi vida.

Boner mira anhelante a Winnie a través de la

puerta de cristal. Conociendo a los perros, el incidente del Kraken bien podría haber hecho que su enamoramiento por Winnie fuera mucho más fuerte.

«*Ma petite*, el destino *cruel* nos ha colocado *à part*».

A toda prisa, intentando alejarnos más del epicentro pedorro, entramos de un salto al ascensor.

Cuando entramos en la sala de espera vacía del médico, el olor finalmente se ha ido.

—¿Por qué no le has hecho la prueba a Winnie para detectar enfermedades de transmisión sexual y ya está? —le pregunto a Dragomir después de tomar, agradecida, una bocanada del aire rancio del consultorio médico.

—Ya lo he hecho. Pero, ¿y si Boner tiene algo con un largo período de incubación?

A duras penas resisto el impulso de poner los ojos en blanco.

—¿Cómo qué?

Él se encoge de hombros.

—No quiero correr ningún riesgo. De hecho, en cuanto terminen con Boner, volveré a hacerle las pruebas a Winnie.

Antes de que pueda preguntarle qué sentido tendría eso, sale el doctor, un hombre bigotudo con un ligero parecido a Einstein. A través de unas gafas con los cristales más gruesos que he visto en mi vida, mira a Dragomir y le dice algo en ruskoviano.

—En inglés, por favor —le exhorta Dragomir.

—Grandes disculpas —dice el médico, con un

marcado acento—. Permítame decodificar mi lengua. Le he preguntado: «¿Y esta perra?».

Entrecierro los ojos.

—¿Cómo acaba de llamarme?

—*Winnie* está con Fyodor —dice Dragomir—. Hemos venido por el otro asunto.

Ah. El buen doctor estaba preguntando por su paciente, la perra. Bueno, supongo que puedo dejarle vivir un día más.

El doctor se inclina para coger a Boner con una sonrisa de científico loco.

—Entonces, ¿este será semental?

«*Ma chérie*, por la presente decreto que todo el mundo se refiera a mí como "semental" en el futuro».

Arqueo una ceja y miro a Dragomir.

—Le conté al Dr. Delomalov lo que pasó en el parque.

Asiento, y le paso a Boner al médico.

Boner me mira con gesto de súplica.

«*Ma chérie*, no les permitas que me arrebaten mi hombría, *s'il vous plaît*».

—Es sólo una prueba —le digo.

—El Dr. Delomalov me ha asegurado que la prueba será completamente indolora —interviene Dragomir.

El veterinario canturrea algo en ruskoviano que parece tranquilizar un poco a Boner, pero en cuanto ambos desaparecen, me descubro paseándome ansiosamente arriba y abajo.

Termino por golpearme la espinilla contra la mesita de las revistas, así que paro y saco mi móvil para comprobar si el veterinario estaba mintiendo sobre el nivel de dolor de la prueba.

Qué cosa tan rara.

No hay ninguna barra en mi teléfono.

—Este sitio es igual que una jaula de Faraday —me explica Dragomir—. Normalmente me traigo algún libro en papel si sé que algo va a tardar un rato.

Con un resoplido de decepción, reanudo mis paseos.

—No te preocupes —dice Dragomir cuando hago el décimo viaje de ida y vuelta—. El Dr. Delomalov es el experto canino más reconocido del mundo.

Me obligo a sentarme.

Él saca su móvil.

—¿Qué tal si intercambiamos nuestra información de contacto? Pero esta vez, lo hacemos bien.

Mi corazón describe un doble salto con tirabuzón hacia atrás por la emoción. Estoy segura de que esto es por nuestros perros y para una posible colaboración comercial futura, pero aun así me tiembla ligeramente la mano mientras creo un nuevo contacto y le pido que escriba su número. Luego, él hace lo mismo con el mío.

Me guardo el móvil en el bolsillo, y mi mente se centra en la susodicha colaboración comercial. Reflexiono sobre la mejor manera de abordarlo y luego decido hacerlo sin más.

—Si Boner está limpio, ¿considerarías invertir en Morpheus?

Sus frondosas cejas se juntan en el centro.

—Lo consideraría de cualquier manera. Los negocios son los negocios.

Dejo escapar un suspiro de alivio.

—Me preocupaba que con todo lo que ha pasado… no importa.

Él se frota la incipiente barba de su barbilla.

Pero *sí* hay una salvedad.

Mierda. ¿Sabrá ya lo de mi empresa de juguetes eróticos?

—Aunque tendré que desvincularme del proceso de decisión —dice.

¡Uf!

—Tratarás con Marco en lugar de conmigo.

He hablado demasiado pronto.

Tratar con Marco será una experiencia terrible, lo sé. Basándome en nuestras interacciones hasta el momento, podría resultarme más fácil convencer a Marco de secuestrar a la hija de un hombre con cierta serie de habilidades.

Por supuesto, decirle nada de todo esto a Dragomir sería destapar la caja de pandora, así que sólo le pregunto:

—¿Por qué te apartas?

Me estudia con esos ojos de cambiante tonos avellana.

—Me gusta evitar tomar decisiones empresariales influenciadas por mis emociones.

Retrocedo, irracionalmente dolida.

—¿Tanto me odias por el percance de Winnie?

Él arquea una ceja oscura.

—¿Quién ha dicho nada de odiar?

Capítulo Trece

Yo pestañeo.

Si no es odio, ¿qué emoción podría empañar sus decisiones comerciales?

Antes de que pueda preguntarle, sale el veterinario, sosteniendo a un Boner de ojos bastante desorbitados.

«*Ma chérie*, ha sido *terrible, horrible*. No volvamos nunca más por aquí».

—El semental, un campeón —dice el Dr. Delomalov, devolviéndome a mi perro.

—¿Nos hará saber los resultados a ambos? —pregunta Dragomir—. ¿Suponiendo que a Bella no le importe?

—No me importa —aclaro, acariciando a Boner en la cabeza para calmarlo.

—Genial —dice Dragomir—. Ahora me gustaría hacerme cargo del pago.

Oh, claro. El pago. Se me había olvidado por

completo.

—Soy capaz de pagar las facturas de mi perro yo misma —digo. Puede que mi empresa no sea ningún prestigioso fondo de capital de riesgo con oficinas en un elegante edificio... o simplemente con oficinas, más bien, ya que mis empleados y yo trabajamos desde casa; pero es muy rentable y está creciendo rápidamente: los ingresos de este año ya están empezando a superar las siete cifras.

Dragomir me toca la muñeca, haciendo que un latigazo de energía descienda por mi columna.

—Bella, por favor, permíteme. Yo te he arrastrado hasta aquí, después de todo.

Me quedo ahí parada, enmudecida. Posiblemente diría que sí a todo después de esa caricia. Incluso a algunas cosas incalificables. *Especialmente* a cosas incalificables.

—Voto por Dragomir paga —dice el médico.

Frunzo el ceño. ¿Está siendo sexista o mi dinero no es bueno aquí por alguna razón?

Con una sonrisa de complicidad, Dragomir se saca del bolsillo una moneda que tiene toda la pinta de ser de oro auténtico. Capto de refilón el perfil de un anciano rostro en el metal antes de que el Dr. Delomalov se guarde la moneda en su billetera.

¿De qué demonios iba todo eso? ¿Me he quedado dormida y he acabado dentro de una peli de la saga de *John Wick*? El inframundo criminal usa monedas de oro en esa franquicia de películas...

Ahora que lo pienso, Dragomir tiene otras cosas

en común con John Wick. Por ejemplo (cuidado, spoiler), es fácil imaginárselo lanzándose a un salvaje festival de venganza si alguien osara matar a *su* perra. De hecho, podría ser capaz de asesinar a alguien simplemente por mirar mal a Winnie.

«*Ma chérie*, de acuerdo con *ese criterio*, tú también serías John Wick».

—Casi olvido. —El médico me entrega un formulario—. Necesito semental información y tuya.

—Cierto. —Dejo a Boner en el suelo y empiezo a rellenar el formulario.

—Voy a bajar para asegurarme de que Winnie esté lista para sus pruebas —dice Dragomir—. Hasta pronto.

Me apresuro a completar el formulario para que podamos bajar juntos, pero cuando termino, él ya se ha marchado.

—Gracias doctor —digo, entregándole el formulario—. Y ahora, si me disculpa...

El médico coge el formulario y luego, para mi sorpresa, me coge la mano y me planta un suave beso en el dorso.

—Tuve un placer con Napoleón y tu conocerte. Belleza y gracia tal no encuentro mucho en este país.

Sí, vale, lo que sea, amigo. Apenas me contengo de poner los ojos en blanco mientras recupero mi mano. Los ruskovianos mayores deben de ser incluso peores que los rusos de su generación, aunque los amigos de mis padres también son propensos a soltar cumplidos exagerados hasta el límite de dar dentera.

Boner y yo bajamos en el ascensor y nos encontramos con Dragomir y Winnie en el vestíbulo. Al verla, la cola de Boner comienza a hacer una imitación de un dron.

«*Ma petite. Ma petite*. ¿Ha pasado un año desde la última vez que vi tu *beau visage?*».

La cola de Winnie se estrella contra el muslo de Dragomir con tal fuerza que casi espero que él se caiga de lado. «*Da*, Napoleón Carlovich. He perdido la cuenta del tiempo, de tanto anhelar nuestro encuentro».

—Fyodor te llevará a casa —me dice Dragomir—. No es necesario que vosotros esperéis mientras le hacen las pruebas a Winnie.

Y eso pone fin a mi idea de que los dos perritos pasen un rato juntos. Ni tampoco nosotros.

Ocultando mi decepción, asiento y salgo del edificio.

Increíblemente, todavía huele a pedo de osa ahí afuera.

«*Le bouquet, ma chérie. Le bouquet exquis*».

Sujetando a Boner con fuerza, corro hacia la caravana-limusina. Fyodor abre la puerta justo cuando llego hasta ella y luego espera cortésmente a que recupere el aliento después de entrar.

—¿Lista para irse, señora? —me pregunta él.

Respiro hondo, un aire felizmente libre de olor a pedos.

—Llévenos a casa.

Capítulo Catorce

En cuanto llegamos a casa, hago un sándwich y saco a Boner a pasear.

Después de todo el trauma del veterinario y de la separación de Winnie, es evidente que necesita que le levanten el ánimo.

El paseo es un éxito. Boner no solo hace sus cosas rápidamente, sino que John solo me acusa una vez de ser una comunista cuando le doy el sándwich, un nuevo récord.

Cuando llego a casa, me encuentro con un mensaje de Alex:

Buenas noticias. Han reprogramado la reunión de hoy. ¿Qué ha sido eso que ha pasado entre tú y el dueño?

Le hago a Alex una videollamada y le explico cómo conocí a Dragomir... saltándome la parte de las bolas chinas para no traumatizarlo.

—Casi parece que quieras salir con ese tipo —dice Alex cuando termino.

Hago una mueca.

—Esa sería una mala idea.

—Has dicho que se ha desvinculado del proceso. ¿Cuál es el problema?

—Un montón de cosas, pero la principal es que creo que me está ocultando algo.

Alex tamborilea con los dedos sobre su escritorio.

—Deberías hablar con el fisgón de nuestro hermano.

Pues *esa* no es mala idea. Además de en ocultar su propia información privada del mundo, Vlad es muy bueno descubriendo cosas que otras personas quieren ocultar. Stalin lo habría encontrado muy útil.

—¿No sería eso una invasión de la privacidad de Dragomir? —pregunto, discutiendo tanto conmigo mismo como con Alex— No me gustaría que un chico con el que estuviese saliendo me hiciera *a mí* una investigación profunda.

Él hace un gesto desdeñoso con la mano.

—Como has dicho, no estáis saliendo. Y lo que es más importante, estamos a punto de empezar a trabajar juntos, lo que lo convierte en un movimiento bastante razonable. Apuesto a que él también nos está investigando.

Genial. Eso significa que averiguará lo de mi empresa y dará marcha atrás. Y no en el sentido anticonceptivo de la expresión.

Suspiro.

—Supongo que hablaré con Vlad.

—Asegúrate de que sea cara a cara. —Alex sonríe, travieso—. Ya sabes como es.

Vlad prefiere hablar cara a cara en general porque, como él dice: «¿Por qué invitar a la Agencia de Seguridad Nacional a nuestra conversación?».

—Gracias —le digo a Alex—. Quedaré con él. Ahora...

—Un momento. ¿Vas al ir al cumpleaños de mamá?

—¿Cómo podría no ir? ¿Quién crees que soy yo, Vlad?

Él sonríe.

—Está portándose mucho mejor en lo de asistir a las celebraciones familiares. Fanny es una buena influencia.

—Cierto. Te veo en la fiesta.

Alex cuelga y yo le envío un mensaje de texto a Vlad.

Su respuesta es instantánea:

¿Quieres hacerme una visita en Binary Birch mañana a las 9?

Sonrío pensando en un regalo para él.

Claro. Nos vemos entonces.

———

Al salir del ascensor de la empresa de Vlad, le echo un rápido vistazo a la placa de aspecto serio.

A veces me pregunto si mis hermanos se propusieron hacer que sus empresas parecieran completamente opuestas. Binary Birch tiene un aire de museo de arte moderno, con ese estilo frío y utilitario. No hay pistolas Nerf a la vista, ni salas de juegos, ni rincones para dormir.

De hecho, se parece un poco a las oficinas de la firma de capital riesgo de Dragomir.

Reviso mi móvil. Ninguna llamada ni mensaje de texto suyos.

Qué lástima. Había una parte de mí que esperaba que se pusiera en contacto conmigo a primera hora.

Tampoco hay ninguna llamada ni mensaje de voz del veterinario sobre las pruebas de ETS de Boner... algo que me habría dado una excusa para llamar yo a Dragomir. No es que necesite una excusa. De tratarse de otro tío, probablemente le llamaría o le mandaría un mensaje, pero dado todo lo que ha pasado entre nosotros, prefiero ver si él quiere ponerse en contacto.

Así que por ahora, espero. O más bien, ya que son casi las nueve, corro hacia la oficina de Vlad.

Cuando sus empleados me ven, se escabullen apartándose de mi camino, aunque no estoy segura de si su temor se debe a mi reputación o a la de Vlad.

—Hola, hermanita —saluda Vlad cuando entro en su oficina.

Nos abrazamos y le doy un beso en la mejilla antes de poner una caja de plástico en sus manos.

—Un regalito.

Sin mirar dentro, Vlad lo deja caer en un cajón y lo cierra con un gesto deliberado.

—Oye, ¿no quieres saber qué hay dentro?

La expresión de mi hermano permanece impasible.

—Me lo puedo imaginar.

—Muy bien, pues te lo diré —digo, haciendo pucheros de decepción—. Eso es una manga de pene. En sustitución de aquella que rompisteis Fanny y tú.

Él niega con la cabeza.

—Ella no tuvo nada que ver con eso. Te lo dije, se trató de un problema de tamaño.

—Claro. Claro. —Mantengo un gesto exageradamente serio—. Por eso esta unidad tiene el doble de tamaño de la que te cargaste. Con suerte, le irá bien de talla a alguien con tu prodigioso... don.

Él suspira, exasperado.

—Sospecho que has venido hasta aquí porque quieres algo de mí. ¿De verdad crees que vas por buen camino para conseguirlo metiéndote conmigo?

Le lanzo mi mejor mirada de cachorrita.

—Vamos, no seas así. Sabes que no puedes decirle que no a tu pequeña Belochka.

Sus labios se retuercen.

—Bueno, vale. Pero si dices una sola palabra más sobre el tamaño de mi equipo, reuniré la fuerza de voluntad necesaria para decirte ese no.

—El favor tiene que ver con el negocio del que ahora formas parte —digo—. Así que te estarás ayudando a ti mismo. Y a Alex.

—¿Cuál es el favor?

Le explico el misterio de la nula presencia de Dragomir online.

Vlad desbloquea su ordenador.

—Deletréame ese nombre.

Lo hago, y después agrego:

—Además de Dragomir, valdría la pena comprobar lo que puedes encontrar sobre Marco Fluroff... él es el tipo con el que trataré para conseguir los fondos.

Vlad asiente.

—Veré qué puedo hacer.

—¿Supongo que nos veremos en el cumpleaños de mamá?

Él se las arregla para que su gesto de asentimiento esté cargado de reluctancia, como si de alguna manera yo lo estuviese obligando a ir.

Me pongo en pie.

—Hasta luego.

Me acompaña al ascensor, y esta vez, la gente nos esquiva todavía con mayor empeño.

Él debe de asustarles más que yo.

Después de llegar a casa y dar de comer a Boner, vuelvo a revisar mi teléfono.

Ninguna llamada.

Maldita sea.

Me muero por saber a qué emoción había aludido Dragomir al hablar de sus motivos para apartarse de la negociación. Además, estaría bien saber de él, nada más.

Oh, bueno. En lugar de esperar junto al teléfono, me mantendré ocupada... Las operaciones del día a día de Belka no van a hacerse solas.

Primero me sumerjo en los correos electrónicos.

Un cliente quiere un pedido de nuestros vibradores de patitos de goma con consolador incorporado, así que le remito un correo electrónico al equipo adecuado. Otro cliente quiere varios de nuestros consoladores y tapones anales, de los que funcionan por vía remota, así que también me ocupo de eso.

Alguien de marketing sugiere que ampliemos nuestra gama y ofrezcamos lubricantes con sabor a comida y que expandamos aún más nuestro catálogo de parafernalia BDSM.

Mmm. ¿Requeriría el lubricante comestible aprobación de la FDA? Además, ¿qué sabores preferiría la gente? ¿Beicon...? No, eso está más en la línea de los gustos de Boner. ¿Fresa?

En cualquier caso, el lubricante con sabores me suena como un dolor de cabeza que puedo dejar para otro día, así que investigo lo que es popular en las secciones de BDSM de los minoristas en línea para ver lo que aún no fabricamos y los posibles nichos del mercado.

Interesante.

Podríamos abrir una línea de paletas para golpear las nalgas que dejen graciosas marcas rojas en el trasero de las personas, por ejemplo, caras de famosos. Oh, sí. Eso debería venderse muy bien. Ya producimos tapones anales con forma de varios políticos a quienes la gente ama y odia, que tienen mucho éxito.

Como estoy de un humor travieso y atrevido, paso el resto de la jornada laboral terminando mi diseño para otro juguete: un zapato con un consolador que se supone que se usa para penetrar a tu pareja con el pie.

Si juego bien mis cartas, seré la persona que redefina la expresión «hacer piececitos».

Sin noticias de Dragomir a la mañana siguiente.

Preparo lo que le diré a Marco mañana y luego me paso el resto del día trabajando en el traje del Proyecto Morfeo.

Resulta que la estimulación de los pezones es un auténtico quebradero de cabeza. La vibración y la presión de aire que funcionan en otras partes del cuerpo no son suficientes en este caso. Necesito asegurarme de que los pezones puedan tener la sensación de ser acariciados con suavidad y con brusquedad, pellizcados, lamidos, chupados... y la lista sigue y sigue.

Además, dado que nos estamos diversificando también hacia accesorios de BDSM, ¿debería incluir el traje algo parecido a las pinzas para los pezones desde la primera configuración?

A medida que avanza el día, tengo que sacarme

repetidamente los pezones y presionarlos contra diferentes materiales para ver cuánto se parecen al contacto humano.

Sigo sin llamadas de Dragomir cuando es hora de irse a dormir.

Qué pena.

Imaginándomelo con un suéter de cuello alto, utilizo una variedad de juguetes para relajarme y que me entre el sueño, y doy el día por finalizado.

———

—Hablemos de finanzas —le dice Marco a Alex y le hace una lista de preguntas.

Decir que estoy molesta con la reunión de hoy sería quedarse corta. No solo ha estado Dragomir completamente ausente de la sala, lo que es un fastidio en sí mismo, sino que Marco no me ha dirigido ni una sola pregunta. Sé que no se da cuenta de que esta empresa es básicamente mía, pero aun así, me enerva toda esta situación.

Pero como quiero su financiación, me mantengo cordial hasta el final.

—Gracias, Alex. —Marco estrecha la mano de mi hermano—. Tenemos mucho en qué pensar. Me pondré en contacto contigo pronto.

—Y nosotros estaremos esperando tu llamada —dice Alex, enfatizando el *nosotros*.

Marco me mira como si se hubiera olvidado de que estaba allí.

—Por supuesto. A eso me refería.

Claro. Ahora que lo pienso, solo Alex recibió la nueva solicitud de reunión el otro día.

Da igual.

Alex y yo nos vamos de la sala de conferencias, dejando atrás a Marco y su equipo. Cuando salimos del ascensor, finalmente le veo.

Dragomir.

Está esperando en el vestíbulo... con suerte, esperándome a mí.

—Tengo que marcharme corriendo —dice Alex con un guiño, evaluando correctamente la situación.

Le doy un abrazo y murmuro algo parecido a «Hasta luego».

Tengo el corazón a mil. Ver a Dragomir de nuevo es emocionante. Quizás demasiado emocionante para mi propio bien.

—Hola —saludo al llegar hasta él, sin saber si debo darle un abrazo o un beso como lo haría con cualquier otro conocido.

Él resuelve mi dilema ofreciéndome su mano. Le doy un apretón... y recibo una sacudida de electricidad que llega directa a lo más profundo de mi vientre.

Él tampoco parece haberse quedado como si nada. Tiene los ojos clavados intensamente en mi cara, con los párpados a media asta, y cuando me suelta la mano lo hace con obvia mala gana.

—Hay una cafetería muy bonita aquí al lado —

dice, y su voz está cargada con un toque de sexy aspereza—. O si tienes hambre...

—El café suena genial —le espeto.

Por dentro, estoy dando saltitos.

¿Es esto una cita?

No he estado tan emocionada por recibir las atenciones de un tío desde el instituto.

—¿Has venido hasta aquí en tu caravana? —pregunto mientras salimos del edificio.

—Por supuesto. —Hace un gesto en dirección a la calle.

Sí. Ahí está, circulando lentamente.

—Fyodor no pudo encontrar aparcamiento, así que está conduciendo en círculos —me explica Dragomir mientras entramos en la cafetería.

El local está vacío, por lo que nos lleva pocos minutos pedir lo que queremos. Cuando nos dirigimos a la zona de espera, el teléfono de Dragomir emite un sonido de recepción de mensaje de texto y él se excusa para comprobarlo.

Recordando que he puesto mi propio teléfono en silencio para la reunión, lo devuelvo al modo normal y reviso mis mensajes.

Tengo un mensaje de voz del veterinario que me notifica que Boner está limpio y un mensaje de texto de Xenia.

En el centro. ¿Qué tal un sushi?

Antes de que pueda lanzarle una respuesta, veo que Dragomir se cierne sobre mí, con cara de disculpa.

—¿Qué pasa? —pregunto, con el pulso acelerándose por su proximidad.

—Ha surgido algo y solo tengo media hora antes de salir corriendo a una reunión de trabajo.

—No pasa nada —miento—. He quedado con una amiga a comer sushi más o menos a la misma hora de tu reunión.

O sea, *ahora sí* que lo haré.

¿Es eso de sus ojos decepción?

Oye, él ha sido quien ha resultado estar ocupado primero.

Excusándose una vez más, Dragomir vuelve a enfrascarse en su teléfono, así que le envío un mensaje de texto a Xenia para quedar con ella en nuestro lugar favorito en cuarenta minutos.

Ella responde al instante con una exclamación afirmativa.

El barista nos avisa de que nuestras bebidas ya están listas. Antes de que pueda coger la mía, Dragomir toma ambas tazas y las lleva a una cómoda mesa.

Un caballero. Me gusta.

Tomando asiento frente a él, soplo en mi café de la manera más seductora que puedo, pero él parece ajeno a mi sutil coqueteo.

Mmm. ¿Por qué esa expresión tan seria? No es que sea muy propio de una cita.

Él deja su taza en la mesa.

—Tenemos que hablar.

¡Maldita sea! Ahora sé por qué los chicos tienen tanto miedo a esas tres palabras.

Definitivamente, es una frase que no augura nada bueno.

—Claro. —Dejo mi propia taza—. ¿De qué quieres que hablemos?

Él captura mi mirada con sus ojos color avellana de una intensidad hipnótica.

Sea lo que sea lo que vaya a decir, es algo malo.

Muy malo.

¿Ya habrá averiguado lo de mi empresa de juguetes eróticos? ¿O es algo todavía peor?

Él coge aire.

—Estamos embarazados.

Capítulo Quince

Me lo quedo mirando, incrédula.

—¿Has dicho «embarazados»?

Él asiente.

¿Qué. Co-jo-nes?

Parece ser el día de las frases que los chicos temen. De hecho, «estamos embarazados» a menudo puede derivarse de un «tenemos que hablar».

En cualquier caso, pensé que se suponía que yo debía ser quien le dijera eso... si nos hubiésemos acostado y él me hubiera dejado embarazada, claro.

—¿Recuerdas cómo le hicimos pruebas a Winnie justo después que a Boner? —dice él—. Una de ellas fue un test de embarazo.

Oh.

Quiero darme un golpe en la frente. Boner se tiró a Winnie. Por eso les hemos estado haciendo pruebas de ETS. Follar puede derivar en bebés... o en cachorros, en este caso.

Tendría que haber caído en eso. El hecho de que no haya sido el caso podría ser un insulto para la virilidad de Boner, y me alegro de que no esté aquí delante para ser testigo de esta conversación. Se quedaría traumatizado.

Ah, y cuando se entere de esto, querrá que su nombre se cambie oficialmente a «Semental». Después de todo, ha dejado preñada a una maldita osa.

Dragomir pone su mano sobre la mía.

—Sé que es mucho que asimilar, pero dime algo.

El calor que emana de su palma grande y cálida me causa una sensación increíble y es una distracción más que pequeña. Haciendo un esfuerzo, vuelvo a concentrarme en el tema en cuestión.

—¿Estás seguro de que es suyo?

Él aparta la mano de golpe.

—¿Que te parecería decirle a un hombre que es el padre de tu bebé y que él dudase de ti?

Bien visto.

—Lo siento. Solo es que me está costando mucho digerirlo, eso es todo.

Él asiente, tan magnánimo como un rey otorgando un indulto.

—Winnie solo ha tenido relaciones sexuales una vez en toda su vida, así que Boner tiene que ser el padre.

—Vale, vale. —Entonces estamos tratando con una osa casi virginal. Me pellizco el puente de la nariz—. Ella...ejem... ¿piensa quedárselo?

Mierda. ¿Por qué sigo sonando como el chico que acaba de enterarse de que su rollete casual se ha quedado embarazada?

Los ojos de Dragomir ahora se han estrechado al tamaño de rendijas.

—Si estás hablando de un aborto, está fuera de discusión en esta etapa. Y va a ser una camada, así que diría «los», no «lo».

Me escaldo al tragar un poco de café hirviendo.

—No era mi intención que sonara como si yo *quisiera* un aborto. No es así. Que Boner tenga cachorritos suena alucinante. Solo es que no estaba segura de la postura de Winnie en cuanto a todo ese debate pro-vida contra pro-elección.

Él me mira con gesto serio.

—Winnie es una perra, ¿recuerdas? Solo podemos suponer cuál sería su postura, así que lo mejor que puedo hacer es asumir que ella querría quedarse con sus cachorros.

—Suena razonable. —Me froto las sienes—. Esto es bastante confuso.

Él levanta su taza de café.

—Lo entiendo. Cuando escuché la noticia por primera vez, me quedé un poco desconcertado. Ten en cuenta que incluso si Winnie aprendiera a hablar por arte de magia y dijera que quería un aborto, no sería seguro hacerlo en esta etapa de su embarazo. El médico cree que la mejor opción para su salud es llegar a término. Después de dar a luz, una vez que ella esté lista para separarse de los cachorritos, les encontraremos un buen hogar. O me los quedaré.

Me imagino el aspecto que podrían tener los susodichos cachorros y mi humor mejora al instante.

—Te ayudaré a encontrar los mejores hogares posibles para los cachorros. Además, avísame si necesitáis algo más. Puedo estar allí para la ecografía, si la hay. Podemos dividir los gastos y...

—Gracias. —Una auténtica sonrisa se extiende por su cara, una tan sexy que mis bragas a punto están de disolverse bajo mi falda—. De hecho, había algo en esa línea de lo que quería hablar contigo.

—¿Oh?

—Una prueba de ADN, para Bonaparte —dice—. Quiero saber si existe algún riesgo de enfermedad genética para los cachorros.

Doy un respingo por dentro.

—¿Otro viajecito al veterinario? Sigue estando traumatizado.

—Es solo un frotis de saliva. Le pediré al Dr. Delomalov que me enseñe cómo hacerlo, iré a tu casa y se lo haré yo mismo. Bonaparte ni siquiera sabrá que le están haciendo un análisis.

—Bueno, en ese caso, sin problemas —digo.

Espera. Acaba de autoinvitarse a mi casa. ¡Y yo le he dicho que sí!

Toma un sorbo de su café y me observa por encima del borde de la taza.

—Entonces, obviamente, no has castrado a tu perro.

Hago una mueca.

—No, lo siento. No fui capaz de obligarme a hacerlo. No tengo nada en contra de quiénes lo hacen, pero es un asunto delicado para mí, personalmente. Boner es un ser sexual, y lo echaría de menos si se lo quitaran.

¿Debo decirle que me tomo este asunto tan en serio que le construí a Boner un juguete para follar?

Bah, no. Se acerca demasiado al tema de la compañía de juguetes eróticos que quiero evitar. Tampoco debería decirle por qué es algo tan personal. De haber sido socialmente aceptable, mis padres me habrían castrado cuando era adolescente. No es que me acostara con cualquiera ni nada de eso; cualquier expresión de sexualidad por mi parte era tabú a sus ojos.

—¿Y tú? —le pregunto, dejando a un lado los recuerdos desagradables—. Evidentemente, Winnie tampoco estaba esterilizada.

Es su turno de hacer una mueca.

—Yo tampoco me vi capaz de hacerlo. Además, está el hecho de la raza de Winnie. Ella es del pedigrí misha más puro... una parte de la historia de Ruskovia.

—Genial. Boner acaba de mancillar un linaje histórico.

—No es eso lo que quería decir —me dice él—. Además, en realidad no lo ha hecho. Winnie puede tener cachorros de pura raza más adelante. Estos todavía pueden encontrar un hogar donde los quieran sin ser llamados «mishas».

—O podemos iniciar una nueva moda con esa mezcla de razas. Los llamaremos Chishas. O Mishuahuas.

Él se echa a reír.

—Me gusta cómo suena lo de Chishas.

Yo sonrío.

—Entonces, otra pregunta bastante obvia… ¿No tenías ni idea de que Winnie estaba en celo?

Él se encoge de hombros.

—Quizá no me sienta tan cómodo como tú cuando se trata de pensar en mi perra como un ser sexual. Nunca he investigado cómo funciona nada de eso… pensé que lo haría cuando hubiera una oportunidad de continuar con la herencia de su pedigrí misha. Además, ahora que sí que he leído al respecto, resulta que muchas de las señales son menos evidentes debido a lo peluda que es Winnie. —Parece un poco incómodo—. Ella estaba con la regla en el momento del incidente, pero pensé erróneamente que eso significaba que era menos fértil.

Mantengo una cara de póquer.

—No te mortifiques. Así *es* como funciona… con las hembras humanas.

Para crédito suyo, no parece asqueado ante la mención del período humano. En cambio, se inclina hacia atrás, colocando su brazo sobre una silla cercana con esa gestualidad de rey del mundo que tiene.

—¿Qué tal si hablásemos de algo más que de nuestros perros?

—Trato hecho —digo—. Pero después de esta última petición canina.

Él inclina la cabeza.

—Adelante.

Miro su rostro mientras digo:

—Cuando vengas a por la muestra de saliva, ¿puedes traer a Winnie para que ella y Boner puedan pasar un poco de tiempo juntos?

Él frunce el ceño.

Lo sabía. No le gusta la idea de que interactúen. Vaya un snob.

—Mira —digo enojándome en nombre de mi amigo canino—. Boner está libre de enfermedades de transmisión sexual. Y no es como si él pudiera dejarla más embarazada.

—Muy bien —dice él, para mi sorpresa—. Tenemos una cita para jugar.

—¿Una cita para jugar?

¿Por qué suena eso tan sexual?

De repente, tengo celos de nuestros perros.

Él esboza una sonrisita.

—Ahora me debes un tema de conversación que no está relacionado con los perros.

Le correspondo con mi propia sonrisita.

—¿Y qué tal hablar de los lobos? ¿Está eso demasiado cerca de los perros?

—Ni lobos, ni osos, ni ratas —dice él con cara seria.

—¿También los leones están descartados?

—Puedes hablar de leones si quieres —dice magnánimamente.

—Por fin. *Algo* de lo que sí podemos hablar.

Sus labios tiemblan.

—Y ese algo es, de *leones*.

—Bueno, siempre me ha parecido extraño lo mucho que rugen los leones de ficción cuando quieren cazar algo. Creo que los de la vida real solo rugen para asustar a otros leones y alejarlos de su territorio. Durante una cacería, apuesto a que son acosadores silenciosos. Yo lo sería.

Él asiente con seriedad.

—Creo que tienes razón. En defensa de Hollywood, un león soltando un rugido es más impresionante.

—Un león con alas sería todavía más impresionante, pero se ciñen a la realidad en eso. Ahora que lo pienso, este rugido también es habitual en otros animales de ficción. ¿No había una barracuda rugiente en *Buscando a Nemo*?

Él se encoge de hombros.

—Creo que sí. Y aun sin tener en cuenta lo de acechar en silencio, dudo que sea posible rugir bajo el agua.

—Un motor de submarino podría rugir —dice él.

—Mmm —lo pienso un momento—. Podrías tener razón.

Me sonríe y estoy a punto de decir algo más

cuando veo a un hombre fuera de la tienda, apuntándonos con una cámara.

Para mi sorpresa, lo reconozco.

Dragomir estaba gritando a este mismo tipo justo cuando Boner se follaba a Winnie.

No lo había pensado hasta ahora. En ese momento yo estaba demasiado ocupada preocupándome por las vaginas... o sea, por mantener las bolas chinas en la mía y el pene de mi perro fuera de la de Winnie. Ahora me doy cuenta de que el comportamiento de este tipo resultaba bastante extraño.

Dragomir debe de notar algo en mi cara porque se vuelve. Al instante, su poderosa espalda se pone derecha y sus hombros se tensan.

Ajá. Supongo que él y ese tipo *de verdad* no tienen muy buena relación.

Dragomir se levanta de un salto, pero antes de que pueda poner un pie en la calle, el tipo sale disparado y desaparece rápidamente detrás de la esquina.

Dragomir tiene pinta de estar debatiéndose sobre si perseguirlo o no.

Esto se está volviendo cada vez más curioso. ¿Quién será ese tío? ¿Y qué hay de lo de la cámara?

Una sensación de frío se acomoda en el fondo de mi estómago. ¿Y si es un detective privado que la esposa de Dragomir ha contratado sospechando que su marido la engaña?

Eso le sucedió a mi ex después de que yo rompiese

con él... principalmente gracias al correo electrónico anónimo de Vlad a su esposa sugiriendo que lo hiciese.

Bueno, si hay alguna esposa, no seré yo con quien el imbécil la esté engañando.

Nunca más.

Al parecer, Dragomir se ha decidido por no perseguir a su enemigo y vuelve a su silla.

Ahora voy a ir a por todas. O llego al fondo de este asunto del matrimonio, o no podré volver a verle nunca más, no importa lo atractivo que sea. O lo monísimos que podrían resultar los cachorros.

—¿Quién era ese? —pregunto, haciendo mi mejor personificación de Reina de las Nieves.

Él se encoge de hombros.

—En realidad, no conozco a ese desgraciado. Solo lo había visto una vez. Sin embargo, ya le advertí que se mantuviese lejos de mí.

Vale, esa pregunta era demasiado indirecta. Necesito preguntárselo a quemarropa.

Él me dirige una mirada intensa.

Respiro hondo.

—Dragomir, ¿estás casado?

Capítulo Dieciséis

La pregunta parece desconcertarle.

—No.

Casi al mismo tiempo en que dice esa palabra, estornuda.

Siento una tremenda sensación de alivio.

En Rusia, creemos que cuando alguien estornuda después de hacer una afirmación, eso significa que está diciendo la verdad. Pero también creemos en lo de «confiar pero verificar», así que no me quedaré tranquila del todo hasta que Vlad me cuente lo que ha desenterrado. Además, necesito una respuesta mejor sobre ese tipo espeluznante que se escapó; algo me dice que Dragomir no tiene ninguna intención de explicarme eso en realidad.

Pero ya que estamos en eso igualmente, también podría indagar más a fondo.

—¿Tienes novia? ¿Novio? ¿Amante? ¿Dominatrix?

Sus ojos resplandecen por la risa.

—No. Soy soltero. Tengo que decir que esto es mucho más personal que el tema de los leones.

Mierda. Tiene razón.

Me he puesto muy personal. Demasiado personal, considerando que se trata de un inversor potencial.

—¿Y tú? —pregunta antes de que pueda disculparme—. ¿Casada?

Dejo escapar un suspiro de alivio.

—Pues no.

—¿Algún novio? —pregunta, con el mismo tono que acabo de usar yo—. ¿Novia? ¿Amante? ¿Amo?

Niego con la cabeza.

—Llevo sin ningún hombre en mi vida casi tres años.

Su mirada me recorre de una manera que me hace desear tener esas bolas chinas para apretarlas.

—Eso es muy difícil de creer —murmura cuando sus ojos regresan a mi rostro claramente ruborizado.

Siendo una mujer de veintiséis años, resisto la tentación de echar la melena hacia atrás como una adolescente frente a su primer objeto de enamoramiento.

—Está bien entonces, los dos estamos solteros —digo enérgicamente, en vez de hacer eso—. Me pregunto qué más tenemos en común.

Él me mira con gesto inquisitivo.

—Bueno, cierta herencia cultural de Europa del Este, sin duda. Algunas tradiciones ruskovianas son casi idénticas a las rusas. La arquitectura también.

—Ahí lo tienes —digo, terminándome el café—. Y no olvidemos que los dos estamos locos por nuestros perros. —*Y nos queremos follar el uno al otro hasta dejarnos secos…* es lo que quiero agregar pero opto por mantenerlo dentro de mi cabeza, y no por si acaso ese sentimiento sea unilateral.

—A los dos nos gusta la realidad virtual. —Estira la mano hacia la cafetera para rellenar su taza al mismo tiempo que yo… y nuestros dedos se rozan, enviando otro mini-relámpago que atraviesa mis terminaciones nerviosas.

Mi respiración se vuelve inestable.

—Los dos somos competitivos —digo, haciendo un gran esfuerzo para volver a controlar la conversación—. Aunque, por supuesto, yo lo soy mucho más que tú.

Sus fosas nasales se ensanchan.

—Ni hablar. Soy mucho más competitivo que tú. Por un amplio margen.

—Oh, por favor. Soy tan competitiva que hay una foto mía en el diccionario al lado de esa palabra.

Él se inclina, con los ojos entrecerrados.

—Yo inventé esa palabra.

—Sin embargo, todavía no conoces su significado. Que soy *yo*.

Él chasquea la lengua con un ruidito de desaprobación.

—Admite ya la derrota. Competitivo es oficialmente mi segundo nombre.

—Mmm... Dragomir Competitivo Lamian... tus padres deben de ser peores que los míos.

Su sonrisa flaquea.

Mierda. ¿Acabo de meter la pata? ¿Seguirán sus padres vivos?

Su teléfono emite un zumbido.

—Lo siento —dice—. Es ese asunto de negocios que mencioné antes. La reunión es en unos minutos.

Reviso mi móvil.

Sí. Yo también tengo que correr para encontrarme con Xenia.

Supongo que el tiempo vuela cuando hablas del embarazo de una perra con el tío que te pone.

Él se levanta de la silla.

—Espero que podamos conocernos un poco mejor cuando vaya a por el ADN de Bonaparte.

Sin palabras de tanto júbilo, asiento con la cabeza con demasiada fuerza.

Él recoge nuestras tazas vacías.

¿Crecerá quizás la lista de nuestras similitudes?

Mientras se deshace de las tazas, lucho contra el urgente impulso de tirármelo aquí y ahora, junto al cubo de la basura. No es buena idea. Sigue siendo un inversor. Todavía no sabe nada de mi compañía de juguetes eróticos. Y lo que es más importante todavía: Vlad no ha concluido su investigación... lo que significa que Dragomir aún podría estar casado, y sencillamente mintiéndome a la cara sobre eso. Por lo que sé, podría ser lo suficientemente astuto como para haber fingido ese estornudo en el momento justo.

Siendo ruskoviano, podía conocer la conexión entre la verdad y los estornudos.

—¿Quieres que te lleve al restaurante de sushi? —me pregunta él.

Dados mis pensamientos hace un momento, una mujer racional diría que no, pero yo asiento a la velocidad del rayo. Mi entusiasmo se ve recompensado por una mano suya colocándose sobre la parte baja de mi espalda para guiarme hasta la calle.

Me apuntaría a que me condujera así unos cientos de kilómetros, pero para mi decepción, la limusina-caravana ya está esperándonos.

Fyodor nos abre la puerta y entramos.

Winnie se levanta sobre sus cuartos traseros y vuelve a lamerle la cara a Dragomir. O mejor dicho, se la babea por todas partes.

Mientras él se limpia, ella dirige sus afectos hacia mí, apoyando sus patas en mis hombros y lanzándose a por todas con una lengua enorme y húmeda.

Yo medio río, medio chillo... lo que es un error, ya que me caen babas en la boca.

La experiencia es tan asquerosa como adorable, a partes iguales. Además, creo que por alguna propiedad transitiva, acabo de besarme con Dragomir. O al menos he intercambiado algunos fluidos corporales con él.

Cuando me libro de ella, lo veo preparado con una toallita.

—¿Me permites?

¿Quiere tocarme la cara?

—Sí, por favor. —Contengo el aliento.

Él frota mi cara suavemente, y babas de perro o no, esta es la experiencia más sensual de mi vida… y sigue y sigue. Es verdaderamente minucioso, asegurándose de quitarme hasta la última gota de baba de la piel. Le dedico un breve pensamiento a todo el maquillaje que se está yendo junto con ella, pero vale la pena. Con suerte, no pensará que soy un troll sin él. O un goblin. O un ogro. No, espera, Fiona de *Shrek* es un ogro, ¿verdad? Sí, los ogros son lindos.

Finalmente, deja de frotarme y muy suavemente me seca la cara con su pañuelo. A juzgar por el calor que brillaba en sus ojos color avellana, mis preocupaciones sobre parecerle un troll eran infundadas.

Da un paso atrás y exhalo el aliento que he estado conteniendo.

¿Tiene este vehículo una ducha? Ahora mismo me vendría bien darme una, con agua fría. Además, sé exactamente en qué estaré pensando cuando use mi vibrador esta noche: en sus manos sobre mi cara.

—Lo siento —murmura él.

¿Lo siento? ¿Por eso? Es como si Miguel Ángel se disculpara por esculpir su estatua de David. ¿A menos que se disculpe por haberme arruinado el maquillaje?

—Nunca antes le había hecho eso a nadie —continúa.

Ah. Se está disculpando en nombre de Winnie.

—No pasa nada —digo— espero que signifique que le gusto.

Él mira a Winnie. Ella está ahora mismo meneando la cola sin cesar y nos dirige una sonrisa de perrita, o de osa.

—Para ser honesto, siempre pensé que esa forma de saludar era un signo de que me ama, no solo de que le caiga bien.

—Bueno, ¿qué esperabas? —digo con gesto serio— Las perras me adoran.

Antes de que pueda responder, la caravana se detiene y la partición de Fyodor se desliza hacia abajo.

—El restaurante de sushi —anuncia pomposamente el mayordomo.

—Acompañaré a Bella —le dice Dragomir a Fyodor y me abre la puerta.

Cuando salgo del vehículo, tengo una sensación de ligereza, como si estuviera flotando. Dragomir me acompaña hasta la acera.

Me detengo, mirándolo.

—Ese es el restaurante. —Hago un gesto hacia el local—. Mi amiga debería llegar en cualquier momento.

Se acerca lo suficiente para que pueda detectar las notas de canela de su colonia. Sus ojos brillan con cálidos matices ambarinos.

—Me lo he pasado muy bien contigo.

—Yo también —digo, y mi corazón palpita... tal

como lo haría después de una cita en la época en que iba al instituto.

Tal vez haya viajado en el tiempo sin darme cuenta.

—Me pondré en contacto para que queden para jugar —dice suavemente.

Me humedezco los labios.

—Lo estoy deseando.

Su mirada se posa en mi boca y una tensión peculiar parece invadir su cuerpo. Lentamente, como si algo tirase de él, inclina la cabeza.

Mi pulso se dispara y me pongo de puntillas, balanceándome hacia él. Nuestros labios están ahora a la distancia de un suspiro. Con solo...

—¿Bella? —me llama una persona malvada con la voz de Xenia—. ¿Eres tú?

Dragomir se aparta.

Me doy la vuelta y dirijo una mirada gélida a la fuente del sonido.

Sí. La cortarrollos es alguien a quien hasta ahora había considerado una amiga.

—Dragomir —digo, con voz ronca—. Esta es Xenia.

Dragomir le tiende la mano. Xenia la coge y se la estrecha como si fuese una toalla mojada, con unos ojos del tamaño de platitos de taza de té revisándolo por todas partes.

—Encantada de conocerte —consigue decir por fin con un acento marcado.

—El placer es mío —responde él, y baja la mirada hacia la mano que Xenia no está soltando.

—Deberíamos entrar —le digo con toda intención.

Xenia me mira primero a mí, luego a su mano, y por fin recuerda que lo normal es soltar a la gente cuando haces este tipo de cosas.

Los labios de Dragomir se curvan en una sonrisa irónica.

—Te llamaré —me dice y desaparece dentro de su caravana.

Xenia contempla cómo se marcha la caravana con una expresión extraña en el rostro. Por fin, se vuelve hacia mí.

—Que un hombre sea tan guapo va contra natura.

Por una vez, estoy de acuerdo con ella: con una mujer a la que le gusta decir que un hombre necesita ser sólo un poco más guapo que un gorila.

Capítulo Diecisiete

—Cuéntamelo todo —exige Xenia mientras tomamos nuestros asientos y pedimos dos raciones de Sushi Deluxe.

Le cuento toda la situación del embarazo perruno.

—Su perra ha captado la idea correcta —opina ella.

Yo cojo mi vaso de agua y bebo un sorbo.

—¿Ah, sí?

—Deberías tener el bebé de ese hombre.

Casi escupo de golpe el agua que tengo en la boca.

—¿Un bebé?

Ella asiente con gesto de sabiduría.

—Vosotros dos son las personas más hermosas que he visto en la vida real. Si tenéis un bebé, será una estrella de cine.

Utilizo una servilleta para limpiarme las gotas de agua que se me han metido en la nariz.

—Esperaría este tipo de cosas de mamá, no de ti.

Ella me lanza una mirada en la que se lee que se siente insultada.

—¿Me estás comparando con Natasha?

—Tienes razón. Lo siento. Me he pasado.

El camarero saca dos platos en forma de barco e intercambiamos piezas de sushi como siempre lo hacemos: le doy todas las cosas aburridas, como los palitos de cangrejo y los camarones cocidos, y ella me pasa todas las que tiene demasiado aprensión para comerse, como los uni, que son gónadas de erizo de mar. Al igual que el resto de mi familia, yo soy una aventurera gastronómica, mientras que Xenia lo es notablemente menos... algo que sin duda la limita como chef.

Durante el resto de la comida, charlamos sobre programas de televisión recientes que hemos visto, y ella me da la última primicia sobre ella y su Chico Objeto terminando con su sospecha de que él podría plantearle pronto la gran pregunta.

—¿Le dirás que sí? —pregunto antes de meterme en la boca la última cucharada de helado de té verde frito.

Ella se encoge de hombros.

—Ya no soy ninguna jovencita. Esta podría ser mi última oportunidad en lo que a ese asunto respecta.

No le digo que vuelve a sonar otra vez igual que mi madre. En lugar de eso, le digo que solo debería casarse con su Chico Objeto si quiere hacerlo, no para conformarse.

—Sí que quiero hacerlo. Pero es que él es tan joven...

Pongo los ojos en blanco.

—Tiene cuarenta y cinco años y no se cuida nada. Vuestra esperanza de vida es probablemente la misma... suponiendo que eso es lo que te preocupa cuando hablas de su edad.

Ella suspira.

—Quién sabe si se declarará siquiera.

Tengo la fuerte sospecha de que sí. Xenia es una mujer increíble, y Santa, quiero decir, su Chico Objeto, no me parece un hombre estúpido. Jovial, seguro, pero no estúpido.

———

Cuando llego a casa, Boner está muy excitado al verme.

—¿Estás notando que huelo a Winnie? —le pregunto.

«*Oui*».

—¿Puedes saber por su olor que está embarazada?

«*Oui*. De ahora en adelante, llámame Semental».

Vuelvo a ponerme el maquillaje que había perdido en mi encuentro con la osa, agarro un sándwich para John y llevo a Boner a dar un paseo. Cuando regreso a casa, recibo un mensaje de Vlad pidiendo que nos reunamos, así que hago otro viaje a las oficinas de Binary Birch.

———

—No he podido encontrar nada sobre Dragomir —dice Vlad una vez que ya nos hemos gastado las bromas de turno.

—¿Nada? Eso es sospechoso en sí mismo.

Vlad se encoge de hombros.

—¿Quiénes somos nosotros para decir eso? Si nos investigaran a cualquiera de nosotros, tampoco encontraría mucho.

Yo hago una mueca.

—En realidad yo sí *estoy* ocultando algo. Mi empresa de juguetes eróticos.

Mi hermano se sube las gafas a lo alto de su nariz.

—Cierto, y tendrían que cavar muy, muy hondo para averiguar eso… la abrimos como una sociedad anónima en Nuevo México y todo eso.

—¿Hay alguna manera de que tú también pudieses «ahondar»?

Ella se acaricia la barbilla.

—Necesitaría más información sobre él.

—¿Cómo cuál?

—Nombres de personas cercanas a él, como sus hermanos o sus padres. Quizás el nombre de su mejor amigo. Cualquiera que no sea tan paranoico como él.

—No sé nada de eso —digo—. Pero si me entero, te lo haré saber.

—Sólo sé sutil. Si se parece un poco a mí, no le gustará darse cuenta de que estás fisgoneando.

—Tienes razón. Es un asco que todo esto haya resultado ser tan complicado.

Vlad asiente, comprensivo.

—En el lado positivo, he averiguado algo sobre el otro tipo, ese tal Marco.

Me incorporo más en la silla.

—¿Es jugoso?

—Tiene dos mujeres —dice Vlad—. Dos familias, de hecho... una en Ruskovia y otra aquí en los Estados Unidos.

Guau. Ni siquiera mi ex llegó tan lejos.

—¿Crees que ellos saben que la otra familia existe? —le pregunto—. Tal vez sea una relación poliamorosa o algo así...

—Lo dudo.

Niego con la cabeza, asqueada.

—¡Menudo capullo!

Vlad me dirige una mirada inquisitiva.

—¿Qué planeas hacer con eso?

Parpadeo, sin comprender.

—¿A qué te refieres? No puedo soltárselo sin que Dragomir se entere de que estoy fisgoneando... y no creo que eso le gustara.

—Vale. —Vlad mira hacia la puerta de su oficina y baja la voz—. Alguien sin escrúpulos podría usar esta información para asegurarse la financiación que necesita.

—¿Qué? ¡No! No voy a chantajear a ese tío. No es mi estilo.

Vlad me dedica una media sonrisa de aprobación.

—No creía que lo fueses. Solo te lo comentaba por si las moscas. Alex me ha estado contando lo difícil que os está resultando conseguir más inversores.

Aprieto la mandíbula.

—Aun así, no pienso hacer eso.

Afortunadamente, Vlad deja el tema y me pregunta sobre el diseño del traje… y yo se lo cuento todo, encantada. Disfruto especialmente de la forma en que se retuerce, incómodo, cuando me explayo sobre la estimulación de los pezones.

Cuando ya estoy a punto de marcharme, no puedo contenerme:

—Una vez que tenga un traje operativo —digo, chistosa— ¿crees que Fanny y tú podríais probarlo por mí, por los viejos tiempos?

Capítulo Dieciocho

A LA MAÑANA SIGUIENTE, recibo un mensaje de texto de Dragomir:

¿Podemos pasarnos a las 11?

Al responder afirmativamente, siento una sacudida de energía nerviosa que supera con creces lo que sería esperable de mi expreso matutino.

Dentro de una hora, él estará aquí.

En mi apartamento.

No muy lejos de mi dormitorio.

Controlo mi respiración e intento mantener la calma poniéndome presentable. Una vez que me he cepillado el pelo y me he maquillado, caigo en la cuenta de que tengo que limpiar la casa.

En este momento, parece la guarida de un asesino en serie obsesionado con los juguetes eróticos.

Mirando el reloj cada pocos minutos, me embarco en la misión épica de esconder todos los diseños en progreso: consoladores, vibradores, tapones y bolas anales y todo el resto de parafernalia de Belka. A las once menos cinco, viendo que no avanzo lo suficientemente rápido, recurro a medidas desesperadas. En lugar de guardar cuidadosamente los artículos que faltan en los cajones, sencillamente los escondo a patadas debajo del sofá y de la cama, dependiendo de donde están.

Everest, un consolador particularmente grande, termina embutido debajo del mueble del televisor.

Son las once.

¡Uf! Creo que lo he conseguido.

Hago un recorrido rápido y encuentro un prototipo de pinza para pezones haciendo las veces de cierre para una bolsa de palomitas con caramelo.

Mierda. ¿Qué más me habré dejado?

Suena el timbre de la puerta.

—¿Quién es? —grito, mientras tiro frenéticamente las palomitas de maíz a la basura y escondo la pinza en el congelador.

—Winnie y Dragomir.

—Voy —grito y corro hacia la puerta, casi tropezando con Boner, que ya está en el pasillo, meneando la cola con insistencia.

Recupero el aliento y abro la puerta... y vuelvo a hiperventilar.

Quiero decir, ¡venga ya! ¿Quién hace estas cosas?

Dragomir lleva una camiseta ajustada que muestra su cuerpo musculoso de hombros anchos con un detalle casi anatómico y de hacer que se te mojen las bragas.

La única forma en que esto podría ser peor es si llevase puesto un polo de cuello alto.

—Hola —murmura él.

Antes de que pueda poner en práctica la amplia variedad de impulsos inapropiados que se desarrollan en mi cabeza, Winnie pasa corriendo a mi lado como un tornado osuno.

Dragomir dice algo con severidad en ruskoviano, pero es en vano.

Ignorándolo, ella saluda a Boner con un olfateo completo y lo lame de la cabeza a los pies, como a una piruleta.

Boner parece encontrarse en el cielo... es decir, hasta que decide que quiere oler el trasero de Winnie pero descubre que está demasiado alto para que su nariz lo alcance.

Incluso cuando salta, llega solo a la mitad de donde quiere estar, y luego Winnie se da la vuelta antes de que él pueda dar otro salto.

Pongo la voz de Boner para Dragomir:

«*Ma petite*, el *destin* nos ha *reunido* de nuevo... pero ¿por qué has puesto tu *postérieure piquant* tan, tan lejos?».

Con una sonrisa, Dragomir pone voz a Winnie:

«Puede que sea lo mejor, Napoleón Carlovich. Yo ya llevo tu fruto en mis entrañas».

Yo sonrío como una loca.

«Llámame Semental, *ma petite*. Llama. Me. Semental».

Meneando la cabeza, Dragomir saca una cajita del bolsillo de sus vaqueros.

—Tengo el test. ¿Quieres que nos encarguemos de eso primero?

—Claro —digo—. Mientras él babea de ver a Winnie, puedes recoger una tonelada de saliva con ese algodón.

Dragomir y yo colaboramos para hacerlo. Yo sujeto a Boner, Dragomir le ofrece una golosina para incrementar su babeo, y en cuanto mi amiguito abre sus fauces, Dragomir usa el palito de algodón y luego le recompensa con la golosina.

Después de todo, Boner no parece haber notado que le hemos sometido a un procedimiento médico.

Ojalá todos fuesen como este.

Dragomir sella el palito de muestras en una bolsa de plástico.

—Esto debería servir.

—Genial. ¿Por qué no vamos a la sala de estar?

Él me sigue. Luego se detiene y silba, mirando a su alrededor.

—¿Tienes algún hijo?

—Por favor, no silbes en mi casa —digo antes de poder contenerme.

Él parece divertido.

—¿Otra superstición rusa?

—Silbar dentro de casa significa mala suerte financiera —digo—. Y como sabes, estoy buscando financiación.

—Me aseguraré de no silbar dentro a partir de

ahora —dice, mientras sus labios se curvan dibujando una agradable sonrisa—. Pero no me has respondido… ¿tienes algún hijo?

—No —digo a la defensiva.

Creo que sé de qué va eso.

Efectivamente, la siguiente pregunta es:

—¿Te gusta Disney?

—Pues no. Solo me gusta *Frozen*.

Él señala el gran póster de Elsa en mi pared, las figuras de Anna y del resto de su familia en la estantería, y el Olaf de peluche del sofá.

—Eso está claro.

Genial. La próxima vez, además de esconder los juguetes eróticos, también tendré que guardar todos los juguetes normales para niños. Nunca se sabe por qué te juzgará alguien.

Dragomir ahora está mirando el visor de realidad virtual de la mesita de café.

—¿Has estado practicando con el *Beat Saber*?

Le miro con los ojos entornados.

—Déjame adivinar. Ahora puedes pasar *Radioactive* en Expert Plus.

Su sonrisa es arrogante.

—No sólo eso… apuesto a que puedo superar tu puntuación máxima.

—Pues vamos. El duelo de baile está fijado. ¿O es más bien una lucha de espadas?

Él se encoge de hombros.

—Sea lo que sea, ganaré.

Agarro los auriculares y los controles y se lo

entrego todo.

—Enséñame de qué estás hecho.

Mientras él se ajusta el visor para su cabeza mucho más grande, yo les echo un vistazo a los perros para asegurarme de que no terminen bajo sus pies... un complicado problema de la realidad virtual.

Pillo a Boner dándole a Winnie su bola para masticar más grande, la que apenas cabe en su boca.

—No. —Le arrebato la pelota. Sin duda, Winnie estaba a punto de tragársela enterita, lo que supondría otro viaje al veterinario.

Boner se marcha corriendo y regresa con el hueso que ha estado mordiendo los últimos días.

—Eso está mejor —digo, y luego vuelvo a ver qué hace Dragomir.

Ya tiene el visor puesto y los controles en sus manos.

Antes de que pueda preguntarle si está listo, suena «Radioactive» por los altavoces del visor y Dragomir comienza a moverse al ritmo.

Oh, Dios.

Maneja las espadas virtuales con una gracia regia, rebanando y troceando las notas en una elegante y atlética mezcla de artes marciales y danza.

Es bueno que las gafas de realidad virtual bloqueen su visión. Estoy babeando más que Boner al ver la golosina.

Una parte de mí se pregunta si podría sacar uno de mis juguetes de donde lo guardé y usarlo antes de que termine la canción.

—¡Doscientos mil puntos! —exclama Dragomir, respirando con dificultad por el entusiasmo.

Espera un segundo. No creo que yo haya sacado tantos puntos en la frase de «deep in my bones» de la canción, y eso es un problema. He estado demasiado entretenida salivando por el espectáculo que ha montado como para darme cuenta de que en realidad podría perder esta competición.

Diablos, no. Cuando me toque voy a perder el culo rebanando y troceando. Fracasar no es una opción.

Por ahora, también podría disfrutar del espectáculo, y vaya si lo disfruto. Es decir, hasta que se detiene y anuncia su puntuación final, que es superior a mi récord, pero afortunadamente, solo por unos puntos.

—No seas tan fanfarrón —le digo mientras reajusto el visor al tamaño de una cabeza normal—. Voy a superar tu puntuación en un momento.

Él parece multiplicar su aire de fanfarronería.

—De lo que estoy seguro es de que lo vas a intentar.

Llena de determinación, me pongo los auriculares y agarro los dos controles, que en el mundo del juego se parecen a dos sables láser, uno rojo y otro azul.

La música empieza. Las notas vuelan hacia mí como balas.

Mientras golpeo cada una de ellas, ignoro las bombas y esquivo las paredes, no puedo evitar preguntarme qué aspecto tendré para Dragomir fuera de la realidad virtual.

Con suerte, feroz como una ninja y elegante como una bailarina.

—«Me estoy despertando con cenizas y polvo» —canta Dan Reynolds, y aunque esta es la primera frase de la canción, ya estoy empezando a sudar… y no puedo secarme la frente como en la canción.

Cuando llego al primer estribillo y su conocida frase «Radioactive, Radioactive», estoy sudando de verdad, pero mi puntuación es la más alta que he conseguido nunca en este punto.

De hecho, podría ganar.

De repente, oigo a Dragomir gritar algo en ruskoviano. Lo único que puedo distinguir son las palabras. «Winnie» y «¡Fú!»

Mierda.

La osa ha invadido mi espacio de juego.

Antes de que pueda quedarme parada en el sitio, mi brazo derecho termina de cortar un conjunto de notas y mi puño se estrella contra algo duro.

Grito de dolor.

Un hombre gruñe.

La piel de la osa roza mi pierna.

Me arranco el visor de la cabeza para poder ver el desastre.

Es peor de lo que pensaba.

Dragomir está acariciando a Winnie con una mano y tapándose un ojo con la otra.

Un ojo que ya está empezando a hincharse.

Capítulo Diecinueve

—Déjame ver esa mano —me ordena Dragomir con un tono tan autoritario que obedezco automáticamente, que es algo muy poco habitual en mí.

Él coge mi mano y la examina igual que lo haría un cirujano.

—¿Puedes mover los dedos?

Yo los muevo rápidamente y él asiente con aprobación.

—¿Tienes una bolsa de hielo o guisantes congelados?

—Un segundo. —Casi tropezando primero con Winnie y luego con Boner, corro a la cocina y miro en el congelador.

Las pinzas para pezones están ahora agradablemente frías, pero no creo que usarlas como una compresa fría en otra cosa que no sean los pezones funcionase muy bien. Como no tengo ni hielo ni guisantes, agarro un gran trozo de pollo congelado, cierro la puerta del congelador de golpe antes de que alguien pueda ver las pinzas, y me doy la vuelta… chocando directamente contra el pecho de Dragomir.

Los dos retrocedemos torpemente, y nos quedamos ahí plantados, mirándonos. La energía cálida que acaban de intercambiar cuerpos parece francamente… radiactiva.

—Usa eso en tu mano —dice él con el mismo tono autoritario, mirando el pollo que tengo en la mano.

—¿Qué? ¡No! Esto es para tu cara.

—Yo estoy bien. Solo haz lo que te digo.

¿Ha sido eso un gruñido? ¿Y es raro que su voz autoritaria me excite?

—Estás actuando como si me hubiese roto la mano —digo, exasperada.

Él frunce el ceño.

—Tienes razón. Vamos a ir a hacerte una radiografía.

—Chico, que solo me he dado un golpe. Pero tu cara...

—No es nada. Empieza a ponerte el hielo en la mano.

Pongo los ojos en blanco.

—¿Y si llegamos a un acuerdo? Sostendré el pollo en mi mano «lesionada» junto a tu ojo.

Él suspira.

—Si es eso lo que hace falta...

Lo hago sentarse y sostengo el pollo contra su ojo,

preguntándome sin cesar lo antihigiénico que debe de ser esto.

¿Puedes coger la salmonela por los ojos?

Enseguida siento como si mis dedos estuviesen a punto de congelarse, pero el punto positivo es que estar tan cerca de él me produce una sensación cálida en el pecho.

Después de lo que me parecen veinte minutos de tensión ininterrumpida y con los dientes castañeteando, le digo:

—Me estoy helando y mi mano está mucho mejor. ¿Puedes sujetarlo tú?

—Yo también estoy bien. —Coge la carne y se dirige al congelador.

—Permíteme. —Le arrebato el pollo de la mano y hago todo lo posible por tapar el congelador y las pinzas que hay dentro con mi cuerpo mientras lo guardo.

Él no dice nada, así que he debido de lograrlo.

Soltando un suspiro de alivio, me vuelvo hacia él y evalúo los daños.

Sí.

Con hielo o sin él, tiene un ojo morado... habiendo crecido con dos hermanos, estoy muy familiarizada con ese fenómeno.

—Vamos a lavarnos. —Me acerco al fregadero y uso jabón para platos para asegurarme de que en mi mano no quede ningún resto de los jugos del pollo.

Él también se lava la cara y luego usa una de las toallitas húmedas de Winnie y se seca con su pañuelo.

Genial. Ahora puedo lamerle la cara con seguridad.

Espera, ¿cómo?

Debo de estar hambrienta. Tiene que ser eso.

—¿Quieres pedir algo para comer?

Él asiente, devolviéndome una mirada ambarina bajo unos párpados entornados.

Joder, qué sexy es. Hasta con un ojo morado.

Dejo esa idea de lado y para no saltar sobre él cojo algunos menús de la puerta de la nevera. Nos decidimos rápidamente por una pizza.

Una vez hecho el pedido, yo abro y cierro la mano, para ver si me duele algo. No, todo va bien.

—Estoy lista para reiniciar la canción —anuncio.

—No. —Esa sencilla palabra suena como una orden regia.

Me cruzo de brazos.

—¿No?

—No quiero que te hagas daño —añade con un tono mucho más diplomático—. Me retiro de la competición. Tú ganas.

—No funciona así. —Sé que sueno malhumorada, pero no puedo evitarlo.

Necesito ganar. Es una compulsión.

—Por favor. No fuerces más tu pobre mano. ¿Podrías hacer eso por mí? —La mirada suplicante que acompaña a sus palabras acalla las objeciones que pensaba soltar.

Mierda. Espero que no use esa mirada para fines

malignos, como, digamos, para seducirme aquí y ahora.

También funcionaría.

Por desgracia, no hay señales de que vaya a tener lugar seducción alguna. En vez de eso, mira a su alrededor por toda la cocina y frunce el ceño.

—Los perros han estado sospechosamente silenciosos. Deberíamos ver qué hacen.

—Sólo para recordártelo: Winnie ya no puede quedarse embarazada —digo, pero igualmente le acompaño a la sala de estar.

Llegamos justo a tiempo para presenciar una increíble demostración de fuerza súper chihuahua.

—¿Qué demonios? —murmura Dragomir.

Oh, joder. Todo ese esfuerzo de limpieza no ha servido para nada.

De algún modo, Boner ha conseguido sacar el consolador Everest de donde lo había metido bien sujeto detrás de la tele, y lo está arrastrando ahora mismo hacia Winnie... una hazaña doblemente impresionante porque el trasto de silicona de su boca es casi del mismo tamaño que todo su cuerpo.

—No es lo que parece —suelto yo.

Dragomir me lanza una mirada que parece decir:

«¿No está tu perro a punto de regalarle un consolador gigantesco a mi perra?».

Estoy a punto de dar más explicaciones, pero luego me doy cuenta de que a) Dragomir parece mostrarse más divertido que moralmente crítico y b) un solo consolador no dice «compañía de juguetes eróticos» a gritos.

Oh, bueno.

Será mejor dejarle creer que me van las falsas pollas gigantes.

Tampoco es que no me vayan.

Jadeante, como si acabase de completar un triatlón, Boner suelta con aire triunfal el consolador junto a las patas delanteras de Winnie.

¿Tiene esto algún simbolismo fálico o algo así? ¿O es este el equivalente canino a declararse?

Sea lo que sea, Winnie está contenta. Su cola se mueve con tanta fuerza que genera una corriente de aire notable en la habitación. Sin perder un segundo, agarra el consolador entre sus fauces y se echa a correr hacia la cocina.

—Bueno —digo sabiamente—, al menos es demasiado grande para que se lo trague.

Dragomir no me está escuchando. Sale corriendo tras su perra... lo que ella interpreta como alguna clase de juego divertido, porque le esquiva y regresa a toda prisa hacia la sala de estar, con el consolador todavía fuertemente agarrado entre sus dientes.

—¿Sabes? —le digo a él cuando los dos vuelven corriendo a la habitación—. Si estás tratando de recuperar a Everest por mí, no lo hagas. Se lo puede quedar. Ya me compraré otro.

Eso es. «Comprar» implica que no poseo un almacén repleto de estas cosas... y le dice que no soy una estirada cuando se trata de estas cosas. Bien podría empezar a conocer mi verdadero yo.

No soy ninguna dama victoriana.

Él vuelve a menear la cabeza, otra vez con más pinta de encontrarlo divertido que moralmente reprobable.

—Ella querrá que se lo lance en el parque para ir corriendo a buscarlo.

En eso tiene razón. No todo el mundo será tan comprensivo como él.

Así que, para evitar eso, me uno a la cacería del oso, y después de quince minutos de gritos y persecuciones, Dragomir consigue atrapar a Winnie y yo le ayudo a quitarle el consolador.

Ella me lanza una mirada como si la hubiese traicionado y, levantando el morro, suelta un aullido lupino.

Después de una ingente cantidad de golosinas y de prometerle que después le compraremos un juguete nuevo, Winnie se tranquiliza y se acerca a darle a Boner otro lametón baboso en el hocico.

Él le sonríe. «Ya he hecho una perra honrada de ti, *ma petite*».

Otro baño de lengua de ella. «Serás mi semental para siempre, Napoleón Carlovich».

Suena el timbre, haciendo que ambos perros estallen en un frenesí de ladridos, y yo voy a abrir, dejando que Dragomir se quede con ellos y los calme.

Ha llegado nuestra pizza.

La recojo y la dejo sobre la mesa de la cocina y

luego les doy a Boner y Winnie algunas golosinas.

—¿Tienes hambre? —le pregunto a Dragomir cuando se sienta.

—Estoy muerto de hambre —dice él, cogiendo un trozo. Pasamos un par de minutos comiendo pizza y luego él me dice—: Así que fuiste al MIT, según mencionó tu hermano. Eso es impresionante.

Me encojo de hombros.

—Tuve suerte. Desde el principio, mi meta fue ir a esa universidad, así que mantuve mis notas del instituto firmemente ancladas en el sobresaliente, hice todas las clases avanzadas, saqué una excelente nota en el examen de selectividad y también participé en todas las actividades extracurriculares adecuadas. Cuando me entrevistaron, me aseguré de impresionarles, y el resto es historia.

Él resopla.

—Eso no es suerte. Eso es tomar las riendas de tu propio destino. Tus padres deben de estar muy orgullosos.

Suspiro.

—No conoces a mis padres. —Con un acento marcado y mi mejor imitación de la voz de mi madre, exclamo—: «Tu padre y yo lo dejamos todo para venir a los Estados Unidos. Ir a una buena universidad es lo mínimo que puedes hacer».

En vez de estar orgullosos, mis padres están decepcionados conmigo... y solo en parte por lo que he elegido hacer para ganarme la vida.

—Lo siento. —Su mirada está cargada de

auténtica empatía—. Los padres pueden ser duros.

Mi garganta se cierra inexplicablemente y mi siguiente bocado de pizza me sabe a cartón. Haciendo un esfuerzo, me contengo y digo con tono despreocupado:

—Los míos son los más duros, eso seguro.

Él hace una mueca.

—No has conocido a los míos.

—Bueno, esa es una competición que tú nunca ganarás —afirmo—. Mis padres están al límite de la maldad... es decir, en lo que a mí respecta. A mis hermanos les tratan bien.

—Una mierda —responde él, un poco demasiado bruscamente para mi gusto. Respirando hondo, prosigue en un tono más calmado—. No existe forma alguna en que tus padres puedan ser peores de los míos en lo de preferir a tus hermanos... o en lo estar decepcionados, o en ninguna otra cosa.

—Mira —digo suavemente. Este es claramente un tema delicado para él también—. Esta no es una competición que *quisiera* ganar, pero sí que ganaría.

Él niega obstinadamente con la cabeza.

—¿Qué tal una apuesta entonces?

—Me apostaría lo que sea —dice puntualmente.

¿Lo que sea? Unas cuantas imágenes pornográficas bailan delante de mis ojos, disipando parte de mi bajón.

—El problema es —continúa él— ¿cómo decidiríamos quién gana?

Se me ocurre una idea maquiavélica.

—Se acerca el cumpleaños de mi madre. Puedes ser mi pareja en la fiesta y conocerles. Una vez que admitas la derrota y salgas huyendo horrorizado, yo ganaré el dudoso honor de tener los peores padres.

Espera. ¿Acabo de pedirle que conozca a mis padres?

—Trato hecho —dice él antes de que yo pueda dar marcha atrás.

Genial. Ahora, incluso si algo sucede entre nosotros, terminará después de que él conozca a mis unidades parentales en todo su esplendor. Por otra parte, tal vez eso sea lo mejor.

No *debería* pasar nada entre nosotros.

—Hace siglos desde la última vez que fui a una fiesta de cumpleaños rusa —dice.

Dejo escapar un suspiro.

—Te vas a arrepentir tanto de esto...

Él sigue impertérrito.

—¿A qué se dedican tus padres?

Agarro otra porción de pizza.

—Allá en nuestro país, mi padre era cirujano y mi madre arquitecta. Ahora son propietarios de un restaurante en Brighton Beach... algo que consideran una bajada de status. Nunca han permitido que mis hermanos y yo nos olvidemos del noble sacrificio que hicieron. —Muerdo la pizza y, todavía masticando, pregunto—: ¿Y los tuyos? ¿Qué hacen?

Los labios de Dragomir se convierten en una línea apretada.

—Nunca han tenido nada parecido a un trabajo,

a menos que dedicarse a intrigar cuente.

Ajá. Eso es raro.

—¿Todavía están en Ruskovia?

Sus ojos cambian al color del jade duro y frío.

—Sí, pero vienen a Nueva York con regularidad.

De acuerdo, tal vez él tenga mayores problemas con sus padres que yo.

—¿Cuántos hermanos tienes? —pregunto, esperando mejorar su humor.

Pues no. A juzgar por la forma en que sus hombros se tensan, puede que haya empeorado las cosas.

—Somos diez —dice con disgusto.

—Guau. —Intento imaginarme un parto de diez bebés y me estremezco ante las imágenes sangrientas en mi mente. La vagina de su pobre madre… no es de extrañar que ella sea mala—. ¿Es una tradición ruskoviana tener una familia tan numerosa? —pregunto con cautela.

Él niega con la cabeza.

—Sólo en mi familia. ¿Y tú? Ya he conocido a Alex, claro. ¿Hay alguno más?

Yo sonrío.

—Sí. Vlad.

—¿Es ese el diminutivo de Vladimir?

—Lo has adivinado.

—Espero que te lleves tan bien con él como con Alex.

—Oh, sí —digo—. Mis dos hermanos me adoran.

Parece melancólico.

—Eso debe de estar bien.

Busco desesperadamente otro tema de conversación.

—¿Dónde estudiaste?

—En una universidad de Ruskovia —responde él —. Dudo que hayas oído hablar de ella.

Apenas he oído hablar del país, así que está en lo cierto.

—¿Cuándo abriste tu fondo de capital riesgo?

Eso es. Ese debería ser un tema agradable y neutral.

—Unos años después de la graduarme —contesta.

Arqueo una ceja, impresionada.

—¿No necesitas capital para empezar algo así?

Su mandíbula se tensa.

Huy. Aparentemente, sigo sin salir del campo minado de su pasado.

—¿Podrías hacerme un favor? —dice, después de un tenso momento de silencio.

Lo miro con cautela por encima de mi porción de pizza.

—Depende de lo que sea.

—No me preguntes por mis negocios.

Me meto la pizza en la boca, a la vez que me viene a la mente un anuncio de Twix con mafiosos que vi en la tele.

Porque si no me equivoco, esa es la cita exacta de *El Padrino*, y me planta una idea en la cabeza que no me gusta nada de nada.

¿Es posible que Dragomir sea de la mafia?

Capítulo Veinte

MIENTRAS MASTICO, me doy cuenta de que eso no suena tanto a locura como podría parecer.

Es de Europa del Este, encaja perfectamente en el estereotipo hollywoodiense más reciente sobre el crimen organizado, y es la hostia de misterioso: no quiere hablar ni de su negocio ni de su familia.

Quizás su familia sea *la* familia, en el sentido más mafioso de la expresión.

Eso explicaría la moneda de oro que le dio al veterinario.

Un momento. El tipo ese que creí que tal vez fuese un detective privado, ¿podría ser de hecho un detective de verdad... un investigador de esos que trabaja para la policía o el FBI? ¿Se me acercará alguien un día de estos para pedirme que colabore en alguna operación encubierta?

¿Es su empresa de capital riesgo una fórmula para blanquear dinero?

Me cuesta un verdadero esfuerzo tragarme por fin la comida.

Ojalá hubiera considerado esta posibilidad *antes* de invitarlo al cumpleaños de mi madre. Mis padres tuvieron un enfrentamiento con mafiosos rusos hace algunos años y no fue nada divertido. Afortunadamente, Vlad pudo ayudarlos.

Hablando de Vlad, debería poder arrojar algo de luz acerca de todo esto. Si Dragomir está siendo investigado por alguna agencia gubernamental, sería una buena pista para el fisgón de mi hermano.

—¿Estás molesta? —pregunta Dragomir, y me doy cuenta de que llevo un rato callada—. Si eso es tan importante para ti, yo...

—No —digo rápidamente—. Solo estaba tratando de recordar si he sacado a Boner a pasear esta mañana.

Al escuchar la palabra «pasear» mencionada junto a su nombre, mi perro inicia un bailecito feliz.

Dragomir sonríe a Boner y luego mira a su osa.

—A Winnie le gusta pasear por la tarde. ¿Quieres que vayamos juntos?

—Claro —digo.

Puede que no sea la peor de las ideas sacar a un posible criminal de mi apartamento. El parque es un sitio público, así que Boner y yo deberíamos estar a salvo.

—Pero sólo tengo media hora —digo—. Tengo una reunión con Vlad.

No es exactamente una mentira… Voy a pasarme a ver qué opina mi hermano sobre mi loca teoría.

Dragomir asiente y atacamos lo que queda de la pizza. Luego preparamos a nuestros peques y nos vamos al parque.

Mientras paseamos, le pido a Dragomir que me cuente alguna cosa interesante acerca de Ruskovia, imaginándome que ese es un tema seguro en cualquier circunstancia.

—¿Cómo qué? —me pregunta él.

—No sé. ¿Tradiciones interesantes, tal vez?

Se rasca la barbilla.

—Tenemos una festividad en las que todos se tiran uvas maduras los unos a los otros... un poco como La Tomatina en España, aunque ellos usan tomates por alguna extraña razón.

—Claro —digo con una sonrisa—. Las uvas son proyectiles lógicos, pero los tomates son una locura.

—Tengo otra cosa que puede resultar divertida —dice, acortando la correa de Winnie antes de que ella meta la nariz en la boñiga de caballo que ha dejado tras de sí uno de los carros que atraviesa Central Park —. Tenemos un festival de los osos, durante el cual la gente prepara comida de la que les gusta a los osos e incluso se disfraza de oso.

Yo sonrío.

—¿Estás seguro de que no es un día dedicado a la raza misha?

—Segurísimo —responde, y me habla de algunas

tradiciones más, como que a nadie le gusta el color rojo, gracias a los soviéticos, y cómo los ruskovianos lanzan los dientes de leche al tejado en lugar de dejarlos debajo de una almohada. Mi historia favorita es cuando me habla del abuelo Krampus, una especie de demonio anti-Papá Noel que asusta a los niños para que sean buenos.

Cuando accidentalmente dejamos que un árbol se interponga entre nosotros, obligo a Dragomir a retroceder.

—Es otra superstición rusa —le explico—. Dos personas no deben caminar en lados diferentes de un árbol. Tenemos que elegir un lado, o podríamos acabar peleándonos.

Él se toca su ojo morado.

—Me da la sensación de que esa pelea ya ha ocurrido.

Haciendo una mueca, me disculpo por su ojo de nuevo, y caminamos hasta que nuestros perritos hacen lo suyo.

—¿Tienes TOC? —pregunta mientras regresamos a mi apartamento.

—No. ¿Por qué?

Él señala la acera.

—Nunca pisas una grieta.

—Oh. Eso no es TOC. Pisar las grietas trae mala suerte.

—Claro, claro —dice él con una sonrisa.

Me observo durante el resto del camino hasta mi edificio y me doy cuenta de lo automático que es para mí en realidad evitar las grietas.

Bueno, da igual. Necesito mi suerte para seguir estando bien... especialmente para lo que queda de esta cita para jugar.

Cuando finalmente cruzamos la calle y nos detenemos junto a la entrada de mi edificio, saco mi teléfono y miro la hora.

—Será mejor que me marche.

Él da un paso hacia mí.

—Ha sido divertido.

Su proximidad me acelera el corazón.

—Deberíamos volver a hacerlo otra vez.

Un momento. ¿Pero qué digo? ¿No acabo de plantearme la teoría de que es un mafioso? Debería pensar en alguna forma de desinvitarlo de mi celebración familiar, no...

Él reduce la distancia entre nosotros.

El delicioso toque de canela de su cálido aroma masculino asalta mis fosas nasales hiperactivas y hace que mi cerebro se vuelva loco.

Sus ojos cambian de marrón claro a dorado con motas verdes y él coloca sus manos en mis caderas.

Joder.

Mis hormonas toman el control y me derrito en él mientras mis ojos nunca abandonan los suyos.

Él se inclina hacia mí.

Me pongo de puntillas.

Nuestros labios se fusionan.

Capítulo Veintiuno

Jooooooder.

Esto. Es. Alucinante.

El primer orgasmo por vía oral de mi vida. Se me pone la piel de gallina, con tantas crestas como una cordillera, y mis dedos se extienden igual que si hubiesen cobrado vida propia sobre el estimable bulto de sus vaqueros.

Un bulto muy considerable.

Hablamos del nivel de mi Everest.

Emitiendo un grave gruñido, Dragomir hace que su beso sea más profundo, y yo siento que podría estallar de tanta excitación.

Él podría ser «el definitivo» de hecho, porque ni estamos cerca de un juguete erótico y yo estoy ya a punto de correrme.

Empieza a sobrarme la ropa, y mis dedos se mueven para abrir su cremallera. ¿Por qué no se ha desnudado aún? Antes de que pueda liberar a Everest de sus pantalones, siento cómo el cuerpo de Dragomir se pone rígido del todo. Respirando con dificultad, levanta la cabeza y da un paso atrás, con mi misma frustración reflejada en sus ojos.

Miro boquiabierta sus labios húmedos por los besos y luego su bragueta casi abierta.

Mierda.

Me había olvidado de que estábamos en plena calle.

También me he olvidado de que nunca le quito los pantalones a un tío en la primera cita... y ni siquiera lo de hoy ha sido una cita evidente.

Me sonrojo, cojo algo de aire y doy un paso atrás, apartándome de su atracción gravitacional, tan potente como la de Júpiter.

Winnie me observa ladeando la cabeza y con gesto de chasquear los dientes «Ay ay ay, Bella Borisovna. ¿Haciendo cachorritos en público?».

Una lenta sonrisa curva los labios de Dragomir mientras esos ojos color avellana recorren mi cuerpo de la cabeza a los pies.

—¿Continuará? —pregunta con voz ronca.

¡Oh no! No, no, no. Potencialmente es un criminal, ¿recuerdas?

—Tengo que irme —murmuro y tiro de Boner hacia el edificio, sobre unas piernas inestables.

Puedo sentir la mirada ardiente de Dragomir en mi espalda.

Boner arrastra sus patitas todo el camino hasta el ascensor. Cuando las puertas comienzan a cerrarse, lloriquea y mira hacia Winnie con nostalgia.

—Sé cómo te sientes, amigo —digo con voz ronca.

«Oh, *ma chérie*. La combinación de Lamian y Chortsky ha sido diseñada en el *paradis*».

—No si los Lamian son de la mafia —digo y trabajo para estabilizar mi respiración durante el resto del viaje en ascensor.

———

Mientras dejo a Boner en casa, dudo si desenterrar uno de mis juguetes, pero decido que ver a Vlad es una prioridad mayor que mi libido frustrada.

Tomo un taxi hacia el centro y trato de no pensar en lo que acaba de suceder. Pero mi mente está atascada en ese increíble beso de todos modos, y tengo todo tipo de preguntas girando en torno a él.

¿Cómo he sido capaz de besarle minutos después de pensar que podría ser un mafioso?

¿Significa esto que estaría de acuerdo con convertirme en una esposa de la mafia?

No. De ninguna manera. No si eso significa que él me engañaría, como hizo Tony con Carmela en *Los Soprano*. Aunque no es que yo se lo permitiera. Si *yo* hubiese pillado a mi marido engañándome, habría hecho que se lo cargasen de una paliza. Pero eso sería una mierda. Porque entonces tendría que dirigir su organización criminal por mi cuenta y eso además de mi empresa de juguetes eróticos. No podría encargarme de ambas cosas de ningún modo. Acabaría quemada y recurriría a alguna droga. Como la coca. Sería una adicta a la coca en un abrir y cerrar de ojos, rompiendo la regla fundamental de no colocarte con tu propia mercancía.

Así que, concluyendo, no debería besarle nunca más.

Pero, ¿y si él quiere hacerlo?

¿Qué pasa si, habiéndome probado, ahora me desea tanto que está dispuesto a secuestrarme? ¿Podría yo acabar en algún complejo aislado de Ruskovia, donde desarrollaría el caso más rápido de síndrome de Estocolmo de la historia?

Cuando el taxi se detiene, entro a la oficina de Vlad como un torbellino.

Él aparta la vista de sus códigos con una expresión de preocupación en su rostro.

—¿Qué te pasa?

Me dejo caer en la silla frente a él y se lo explico.

Él niega con la cabeza.

—Ya he comprobado si está siendo investigado… y no lo está.

—¿De verdad?

Él sonríe.

—Tuve que mover algunos hilos, pero oye, ¿cuántas hermanas favoritas tengo?

Casi me pongo a dar saltitos de alegría.

—¿Tú no crees que sea de la mafia?

Su sonrisa se ensancha.

—Honestamente, ni siquiera creo que exista una mafia ruskoviana. No en su país de origen y especialmente no en Estados Unidos.

Empiezo a sentirme como una boba.

—¿Por qué no?

—Ruskovia tiene una de las tasas de criminalidad más bajas del mundo. No tienen cárceles... ni bases de datos de delincuentes que se puedan piratear.

¿Está Vlad diciendo que estaría dispuesto a entrar ilegalmente en la base de datos de criminales de un gobierno extranjero por mí? Si es así, esta podría ser la última vez que le pido que espíe a alguien. No quisiera ser la razón por la que se meta en problemas.

Lucho contra el impulso de reprenderle. Ya es mayorcito. En vez de eso, le digo:

—Japón tiene una tasa de criminalidad muy baja, pero también tienen la Yakuza.

—Tienes razón. Pero tampoco hay suficientes ruskovianos en Estados Unidos para dirigir una organización criminal. Ah, y a diferencia de los japoneses, casi todos los ruskovianos son ricos. Con fortunas antiguas, además... así que tienen menos motivaciones para sobrellevar los riesgos asociados con el crimen.

Suelto un suspiro de alivio.

—Está bien, en ese caso, tienes razón. Supongo que una mafia ruskoviana sería algo tan plausible como una de Mónaco.

—Exactamente —dice él.

—Bueno, me alegro. Le he invitado al cumpleaños de mamá y...

—El hecho de que no esté en la mafia no significa que *esa* haya sido una buena idea —dice Vlad con el ceño fruncido—. Sigue siendo un enigma y eso me suena como una cita.

Suspiro. Tiene razón... y ni siquiera sabe lo del beso.

—¿Tal vez puedas desenterrar algo más sobre él si te lo encuentras cara a cara?

Mi hermano me mira con gesto inquisitivo.

—¿Cómo?

Me encojo de hombros.

—¿Haciéndole una foto y con una búsqueda inversa de imágenes? ¿Pirateando su teléfono? No lo sé, tú eres el especialista en estas cosas.

—Todo eso es mala idea. A menos que no te importe que se entere de que lo estoy espiando.

—Decididamente, no quiero que se entere.

—En ese caso, la búsqueda inversa de imágenes queda descartada. Si se parece en algo a mí, tendrá una página configurada que activará una alerta cuando se le busque de esa manera. En cuanto a su teléfono, tendríamos que robárselo para entrar en él. No soy la Agencia de Seguridad Nacional... no puedo hacerlo de forma remota.

Me pongo en pie.

—Olvídalo. Continuaremos con el plan anterior, en el que yo intento conseguirte más información. Tal vez mencione el nombre de uno de sus muchos hermanos. O de sus padres.

Vlad también se pone de pie.

—Eso es inteligente por tu parte.

Le doy un abrazo, le recuerdo que más le vale que aparezca en el cumpleaños y me dirijo a casa.

———

Durante el resto del día, trabajo en los diseños de mis productos y me voy emocionando por momentos, pensando en la cercana cita con Dragomir. A la mañana siguiente, Alex me pone al día: no hay noticias de Marco ni de su equipo, ni de otros posibles inversores.

Gracias, hermanito. Una forma excelente de poner freno a mi emoción. A pesar de que Dragomir se ha apartado del proceso, ir a una cita con él es jugar con fuego en lo que respecta a nuestra financiación.

Mantenerme ocupada con el trabajo puede no ser la forma más madura de lidiar con mis dudas acerca de Dragomir, pero esa es la vía que elijo seguir, y al final del día, Belka tiene un nuevo producto: un tapón anal con una peluda cola de ardilla sobresaliendo de él, todo fabricado en un material apto para lavavajillas y lavadora para facilitar su limpieza.

Lo que me recuerda: tengo que hacerle un regalo de cumpleaños a mi madre.

Le doy unas vueltas a eso.

Un juguete erótico explícito la disgustaría, así que por ahí no puedo ir. Pero, por otra parte, también se queja a menudo de dolores en el cuello, así que , ¿por qué no le compro algo que se supone que sirve para eso?

No me cuesta demasiado decidirme.

Mamá va a recibir el artículo más popular de la competencia de Belka: la varita mágica de Hitachi.

Registrado en 1968, este «masajeador personal» fue el vibrador preferido por las mujeres en un momento en que el placer femenino, especialmente la masturbación, suponía un tabú más grande que hoy en día. Lo que significa que encajará perfectamente en casa de mis padres.

Y si mamá solo lo usa en su cuello, ella se lo pierde.

Una vez elegido el regalo, reviso mi móvil.

¡Premio! Un mensaje de texto de Dragomir.

Quiere saber más cosas sobre el cumpleaños.

Le escribo cómo llegar al restaurante de mis padres y le digo que nos veamos allí. Así podré llegar antes y suplicar o sobornar a mi familia para que se comporten de la mejor forma posible... lo cual, me doy cuenta, resulta incompatible con la apuesta de «mis padres son peores que los tuyos» que hemos hecho.

Supongo que no quiero que huya gritando y deje de pensar en mí como en un posible objeto de atenciones románticas para siempre, lo que estoy seguro que haría si se encuentra con mis padres sin censura.

Pero, ¿qué estoy diciendo? *Debería* dejarlo escapar gritando. Esa era toda la...

¿Debo llevar un regalo? Su texto me saca de mis cavilaciones de golpe.

Tengo uno que puede ser de los dos, respondo. *Puedes traer flores si quieres. Solo asegúrate de que sea un número impar. Para los rusos, un número par de flores solo está indicado para los funerales.*

Su respuesta es una carita sonriente, lo que hace que mi anterior excitación vuelva a dispararse.

Lo siguiente en mi lista es animar a Boner. Sigue con aspecto sombrío, posiblemente porque eche de menos a Winnie. Por suerte, sé exactamente lo que necesita. Pongo *Ratatouille*, la película de dibujos animados favorita de Boner, en la sala de estar.

Funciona.

Como de costumbre, se anima y comienza a pasearse por la habitación mientras echa unas miradas furtivas hacia la pantalla que duran todo lo que su atención canina le permite.

Es un misterio divertido por qué le encanta esta historia en particular. Me gusta creer que puede que tenga sueños de convertirse en un gran chef francés, igual que la rata protagonista, aunque mi parte más pragmática sabe que la respuesta podría ser mucho más sencilla. Puede que crea que esta película va de un colega chihuahua.

Por otra parte, es posible que ambas teorías sean

erróneas. No le gustan otras pelis con chihuahuas como *Una rubia muy legal*, ni que vayan de cocina francesa, como *Julie y Julia*.

«*Ma chérie*, no fuerces tu lindo cerebrito acerca de eso. Solo soy un misterio envuelto en un enigma... y en beicon, ¿de acuerdo?».

———

La mañana del cumpleaños de mi madre, recibo un mensaje de texto de Xenia:

Grandes noticias. ¿Puedo pasarme por ahí?

Aunque puedo adivinar cuáles son las noticias, finjo ignorancia hasta que ella viene y me dice exactamente lo que pensé que haría: el Chico Objeto le ha propuesto matrimonio.

—Ha sido tan romántico, además —dice cuando termino con todos los saltos, abrazos y chillidos esperados—. Mira.

Me enseña el anillo, y luego la foto de un congelador con una hilera de cuatro botellas de vodka Stolichnaya, a las que el Chico Objeto había cambiado las etiquetas normales y puesto otras que formaban la frase: «¿Quieres casarte conmigo?».

—Oooh, eso *es* romántico —digo.

También es una posible señal de que alguien necesita informarse sobre el programa de los doce pasos, pero bueno, original sí que es.

—Tengo el regalo perfecto para vosotros dos —digo y salgo corriendo de la habitación.

Regreso con una bandeja que Xenia examina con recelo.

—¿Son esto algún tipo de alianzas de boda? Si es así, la mayoría me parecen demasiado grandes.

—Estos son anillos para el pene —le digo—. Anillos vibradores para el pene.

Xenia mira la bandeja y luego a mí con gesto todavía confuso.

—Son para que el Chico Objeto los use en una noche especial —explico. Luego agarro un consolador de la mesita de café cercana y le muestro dónde iría un anillo de pene y cómo encenderlo.

—¿Y vibra? —Suena intrigada.

—Sí. Simplemente, elige su talla.

Xenia mira con cara de anhelo a los extragrandes y grandes. Entonces su mirada se posa en uno de los intermedios más grandes.

—Bien por ti —digo, cuando ha seleccionado la medida adecuada—. Ya me dirás que os parece.

———

Al salir del taxi junto al restaurante de mis padres, rezo para haber llegado antes que Dragomir. La Ley de Murphy ha hecho que llegue tarde a otra reunión familiar, y me eso que he salido media hora antes que la última vez.

En realidad, es posible que me haya adelantado a él. De no ser así, tendría algún mensaje suyo, y todavía no me ha llegado ninguno.

El restaurante de mis padres se llama The Hut, que es la abreviatura de The Hut on Hen's Legs. Es una referencia a Baba Yaga, una bruja caníbal de las pesadillas de mi infancia. Ya se sabe, la asociación mental perfecta para un restaurante.

Meneando la cabeza, subo corriendo la chirriante escalera de madera y me deslizo entre las «patas» de gallina decorativas.

Creo que mis padres son tan mojigatos que no son conscientes del simbolismo vaginal que han creado accidentalmente aquí.

Dentro del restaurante, la fiesta se encuentra en pleno apogeo.

El tocayo de mi padre, Boris, es nuestro cantante para hoy, y por alguna razón, está cantando una canción de su repertorio no ruso: «Gangnam Style».

No hablo coreano, pero aun así puedo decir que Boris está destrozando la letra de la canción con su marcado acento ruso. En el lado positivo, gracias a su complexión rechoncha y a las gafas de sol de espejo que luce, en realidad se parece al cantante original, o lo haría si se afeitara esa barba. Además, sus movimientos de baile a caballo son clavados al original. Lo mismo ocurre con los bailarines que le acompañan en el escenario.

Mientras atravieso la pista de baile, casi acabo pisoteada por todos los vejestorios rusos que están montando a caballo al K-Pop sin temor a sufrir ataques cardíacos ni fracturas de cadera. La fiesta acaba de comenzar, pero apuesto a que el nivel promedio de alcohol en sangre aquí ya está en el rango en el que te multan si te pillan conduciendo.

Algunos de estos vejetes son familiares lejanos, pero la mayoría son amigos y conocidos de mi madre. Todos me miran mal al unísono cuando entro, sin duda porque soy la razón por la que los pobres desgraciados han tenido que escuchar una retahíla de quejas de ella a lo largo de los años.

Mi familia está reunida en torno a la mesa habitual, todos juntos, así que oficialmente soy la última en llegar, otra vez.

—Hola a todos —digo en inglés, pensando que ese es el idioma en que hablaremos la mayor parte de la noche, dada la presencia de Fanny en la mesa.

Mis hermanos me sonríen, lo mismo que Fanny... pero mis padres fruncen el ceño, como de costumbre.

Oye, al menos no han empezado a comer ni a beber sin mí esta vez, un gran insulto en la cultura rusa.

—¿Elegantemente tarde otra vez? —La capa de maquillaje de Madre es tan gruesa hoy que sería la envidia de cualquier *drag queen*. También muestra tanto escote como para poder ahogar a un caballo dentro.

Vlad la mira con los ojos entornados y Alex pone los suyos en blanco.

Me obligo a sonreír.

—Feliz cumpleaños, mamá. —Le pongo la caja del regalo en las manos—. Te deseo salud y prosperidad.

Eso es. Sin rebajarme.

Veamos cuánto tiempo puedo quedarme allí.

Agarrando la caja, Madre parece momentáneamente apaciguada. Luego vuelve a poner cara de desaprobación y me pregunta:

—¿Dónde está tu acompañante?

—Le dije que la fiesta empezaba un poco más tarde de la hora real —digo.

—¿Por qué? —pregunta Padre. Su bigote luce más tupido hoy, al igual que su uniceja.

Respiro hondo.

—Es un inversor potencial, por eso quiero pediros a todos que hoy no me avergoncéis delante de él.

En otras palabras, estoy pidiendo un milagro.

—¿Cuándo te hemos avergonzado? —pregunta Madre con ojos duros como pedernales.

¿Está hablando en serio?

Suponiendo que una discusión no va a apoyar a la causa, digo:

—No digo que lo hayáis hecho. Solo que, de entre todos los días, intentéis no hacerlo hoy.

—Nos portaremos lo mejor que sepamos —dice Vlad, con toda intención. A su lado, Fanny asiente solemnemente y Alex añade—: Nos limitaremos a los temas apropiados para una conversación educada. Nada de religión, política ni dinero.

—Siempre evitamos esos temas —interviene Madre—. Además, si alguien fuese a avergonzar a la familia, esa sería Bella.

Intento tener pensamientos felices. Ella me dio a

luz. Debe de haber dolido. Es su cumpleaños. No quiero que Fanny huya gritando si empezamos con uno de nuestros infames rifirrafes.

Hablando de Fanny, Vlad se pone de pie de un salto y dobla su servilleta como si estuviera planeando irse. Alex también parece listo para salir disparado, y Fanny se remueve en su silla, extremadamente incómoda.

—Un momento —chilla Madre al ver hacia dónde se están encaminando las cosas—. Nada de religión, política ni dinero, lo juro.

¿Es ese un compromiso de verdad por parte de Madre? Si es así, ¿está algún cerdo a punto de iniciar un vuelo de exhibición por aquí? Si tuviera que adivinar por qué sucede esto, diría que está tratando de mantenerse en buenos términos con Vlad. Ahora que tiene a Fanny, ella piensa que él es su camino más directo para tener un nieto… una obsesión suya que raya en la locura.

—Me voy a sentar —digo y me dirijo a la silla más alejada de mis padres.

—No te sientes ahí —dice Madre—. Está en la esquina

Por supuesto. ¿Cómo pude haber olvidado una superstición? Sentarse en la esquina de la mesa significa que no te casarás durante siete años.

—Siéntate junto a Fannychka —sugiere Vlad.

Le hago caso, con mucho gusto. De hecho, he traído algo para Fanny hoy, y esto me permitirá regalárselo sigilosamente sin entrar en el radar de mamá.

—Hola —susurra Fanny cuando me dejo caer junto a ella—. Encantada de volver a verte.

—Lo mismo digo —le replico, y va en serio.

De hecho, tengo un enamoramiento platónico con la novia de Vlad. Es una de las criaturas más monas que he conocido en la vida, y eso incluye a mi perro. Con su rostro redondo y su facilidad para ruborizarse, casi irradia dulzura y rectitud… pero sé que tiene un lado secreto salvaje y mucho coraje.

Mirándolos a ella y a Vlad, puedo ver por qué Madre suspira por un nieto suyo. Siendo ambos pálidos, de cabello oscuro y de ojos azules, es fácil imaginar el aspecto que tendría su posible descendencia: un adorable híbrido entre un querubín y un vampiro.

—Esto es para ti —le susurro a Fanny al oído con complicidad.

Ella me mira como un ciervo paralizado frente a unos faros.

Le entrego la bolsa con mi regalo.

—Esta es mi última creación.

Fanny, aún más titubeante, se asoma al interior de la bolsa. En cuanto ve el tapón anal con una cola de ardilla, sus ojos se abren como los de una caricatura y sus mejillas se vuelven de un tono tan rojo que no creía que existiera en la naturaleza.

—Gracias —tartamudea, con aspecto de querer que se la trague la tierra.

—De nada —respondo yo, sonriendo—. Vlad quería un pony cuando era niño... así que tal vez quieras fingir que es una cola de caballo en lugar de una cola de ardilla.

Vlad ha debido de oír algo porque me mira con ojos entornados.

Antes de que pueda contraatacar con una mirada de cachorro inocente, veo cómo los ojos Madre se agrandan al mirar a la multitud. Luego se abanica y se muerde el labio.

Qué cosa tan rara.

Sigo su mirada e inmediatamente comprendo su reacción.

Dragomir está aquí, en toda su gloria, esa que te hace la boca agua y te derrite las bragas.

Capítulo Veintidós

Con un traje a medida que acentúa su figura musculosa, lleva un ramo de flores tan enorme que alguien debe de haber cortado un campo entero para hacerlo.

Me levanto y le hago señas.

Mientras sus labios empiezan a esbozar una sonrisa sexy, él se acerca a la mesa.

Para mi alivio, su ojo morado o ha desaparecido o no es visible bajo esta luz.

Madre se pone de pie de un salto con tal vigor que es un milagro que su amplio busto se quede dentro del vestido.

—Escuchad todos, este es Dragomir —digo—. Dragomir, esta es...

—Natasha —dice Madre sin aliento.

—Iba a decir «mi familia» —concluyo, poniendo los ojos en blanco.

—Hola, Natasha y familia —saluda él.

—Esa es Fanny —la señalo— y ese Vlad. —Hago un gesto hacia mi hermano—. Ya conoces a Alex, y ese —asiento con la cabeza hacia Padre—, es mi padre, Boris.

Miro la cara de Dragomir para ver si ha notado que los nombres de mis padres son Boris y Natasha, como los de la peli de dibujos de *Las aventuras de Rocky y Bullwinkle*. La mayoría de la gente hace la conexión al instante, porque mis padres hasta se parecen a ese dúo de villanos e incluso tienen acentos similares.

Si Dragomir hace esa misma conexión, no lo demuestra.

—Feliz cumpleaños, Natasha —dice en un ruso casi perfecto—. Que tengas salud por encima de todo.

Madre parece estar a punto de desmayarse mientras murmura su agradecimiento.

Cielo santo.

Con una reverencia caballeresca, Dragomir le da las flores.

Madre se sujeta de sus perlas, literalmente, y luego le hace un gesto a un camarero y le pasa el ramo. Una vez tiene las manos libres, casi se lanza sobre Dragomir, besándolo primero en la mejilla derecha y luego en la izquierda antes de abrazarle como si quisiese aplastarlo contra su pecho.

Padre se pone de pie y avanza hacia Dragomir.

Al principio, me pregunto si estará celoso de la atención que su esposa le presta a este hombre y hará o dirá algo que avergüence a la familia.

Pues no. En cuanto Madre deja de babear sobre

mi cita, Padre somete a Dragomir al mismo tratamiento de besos en las mejillas.

Oye, al menos no le ha dado por abrazarle. Estoy bastante segura de que un minuto más y Madre se habría puesto a acariciarse.

Mis hermanos, como son normales, simplemente le estrechan la mano a Dragomir, y Fanny saluda tímidamente un gesto, se ruboriza y murmura un «hola».

Bien hecho, Fanny. Conservarás la vida.

Mientras Dragomir se sienta en la silla junto a la mía, las notas a canela de su colonia me dan ganas de morderlo.

O lamerlo.

Estoy hambrienta y no por la comida.

Quiero arrastrarlo a la pista de baile y frotarme contra él tan pronto como sea socialmente aceptable... probablemente después de al menos algunos brindis.

Padre agarra la botella de vodka.

Fanny levanta su vaso de chupito, pero Vlad empuja suavemente su mano hacia la mesa: es mala suerte llenar un vaso en el aire.

—Ahora que todos estamos aquí, comencemos. —Padre lanza una mirada viciosa en mi dirección. Le gusta beber y le he hecho esperar un par de minutos de más.

Sin preguntar si todos quieren vodka, sirve una ronda de chupitos. En su defensa, esa es la tradición rusa.

—Recuerda, tú no te pongas demasiado —le dice Madre—. Lo has prometido.

Con un suspiro, él también se sirve un vasito en lugar de un vaso grande y dice:

—Como marido de la cumpleañera, me corresponde a mí dar el primer brindis. —Se pierde en una profunda reflexión y luego mira a Fanny en tono de disculpa—. Querida, ¿te importa si digo este primero en ruso?

Fanny sonríe y niega con la cabeza.

—Se lo traduciré después —dice Vlad con el ceño levemente fruncido—. No queremos que nadie se sienta excluido.

Padre comienza su brindis.

Me acerco lo suficiente a Dragomir para mordisquear su oído y le susurro:

—Cada chupito tendrá su brindis y habrá muchos chupitos.

Dragomir asiente.

—Si no quieres parecer un flojucho, termínate cada vaso que levantes de un solo trago —prosigo—. En general, ten cuidado. Si intentas seguirle el ritmo a cualquiera de mi familia, dentro de nada acabarás debajo de la mesa.

Lo que no añado es: si se emborracha demasiado, no podremos bailar.

Dragomir se inclina hacia mí y noto su aliento cálido en mi oído.

—Esta no es mi primera celebración rusa. En

cuanto a lo de terminar debajo de la mesa... tú acabarás allí mucho antes que yo.

—¿Ah sí? —Sonrío—. Desafío aceptado.

—Peso al menos treinta kilos más que tú —susurra él—. Sigues iniciando peleas que no puedes ganar.

Mi sonrisa se hace más amplia.

—Sólo sígueme trago por trago, y veremos qué pasa.

Él sacude la cabeza con exasperación.

Vuelvo a prestarle atención al brindis de Padre, que es largo, incluso para él.

Cuando finalmente termina el brindis, todos se beben sus tragos y se comen un pepinillo después, excepto Fanny. Ella solo bebe un sorbito del suyo y se salta el pepinillo por completo. Lo primero es un gran no-no en lo que respecta a las supersticiones rusas sobre la bebida, pero algo que fingimos no notar. Un poco de mala suerte es mejor que perderla a ella por intoxicación etílica.

Todos se sirven comida y Vlad traduce el brindis para Fanny, quien claramente está haciendo todo lo posible para mantener cara de póquer.

«Feliz día perfecto para este ser angelical. Ella, que todavía hace temblar mi corazón como una hoja en el viento. Ella, a quien quiero acariciar con mi amor. La madre de mis hijos. Que tengas salud y felicidad eternas...». Y así, mucho rato, todo parecido.

Meneo la cabeza al oír la traducción de Vlad. ¿Acariciar con mi amor? a) Demasiada información y

b) Eso no es exactamente lo que ha dicho Padre. Es más como «abrazarla con mi pasión», que supongo que también es demasiado explícito.

—Come algo —le susurro a Dragomir al oído—. De lo contrario, no ser la primera en acabar debajo de la mesa ni siquiera supondrá un desafío.

Poniendo los ojos en blanco, toma *sel'edka pod shuboy*, un plato que se traduce en algo así como «arenque vestido con abrigo de piel».

—Por favor, envíen mis felicitaciones a su chef —dice Dragomir en voz alta después de probarlo—. Esta es la mejor versión de este plato que he probado en mi vida.

Mis padres resplandecen de orgullo. Aunque no cocinan la comida ellos mismos, sí participan en la creación de recetas.

Escucho como Vlad le explica el plato de arenque a Fanny.

—El pescado está fermentado —le cuenta—, y se sirve bajo una capa de remolacha y huevos cocidos y a tiras, mezclados con mayonesa.

Ahogándose en mayonesa, más bien.

Hay que darle crédito por ello: Fanny acepta una pequeña porción y la prueba sin arrugar la nariz. La última vez que coincidimos aquí, ella era una comensal mucho más cauta. Mi hermano claramente se le está pegando, en más de un sentido.

Aun así, ella pone su límite en el *kholodetz*, un plato de carne en gelatina que contiene ingredientes que ella considera inconcebibles, tales como morro y orejas de cerdo, patas de pollo y colas de ternera.

En mi propio plato tengo mi favorito, *vinegret*: una ensalada de remolacha hervida, patata, encurtidos, zanahoria, cebolla, chucrut y guisantes.

En cuanto termino mi ración, Dragomir me ofrece más y le dejo poner otra porción en mi plato.

Al ver esto, Madre susurra a Padre con aprobación:

—Su cita la está sirviendo. Un buen partido.

¿No captó la parte en la que Dragomir hablaba ruso?

Asintiendo con la cabeza a Madre, Padre vuelve a agarrar la botella de vodka.

—El tiempo entre el primer trago y el segundo debería ser corto.

Su brindis es más conciso esta vez, solo lo bastante largo para que todos nos pongamos a bostezar, y luego bebemos.

Echo un vistazo a la pista de baile. Con suerte, podremos estar allí pronto.

El tiempo entre el segundo y el tercer chupito también parece ser corto y empiezo a sentir un agradable zumbido. Es decir, hasta que Madre se pone de pie para hacer un brindis, momento en el que el zumbido es reemplazado por el pavor.

—Espero que una mujer de mi edad pueda ser perdonada por pensar en el legado de mi familia, especialmente en mi cumpleaños —dice Madre, mirando a Alex con los ojos entornados, probablemente porque es la única persona de la mesa sin una cita. Luego, con gesto de aprobación hacia Fanny y a Dragomir, dice—: Por la salud de mis nietos que están por nacer.

Aunque no es la primera vez que pasa por esto, Fanny se sonroja.

Casi espero que Dragomir se atragante con su comida o al menos pestañee, pero se lo toma con calma, como si ella brindara por la salud de nuestros perros... lo cual, oye, no sería tan mala idea.

¿Quizás los ruskovianos también carecen de sutileza cuando se trata de estas cosas?

Nos bebemos los chupitos.

Vlad vuelve a llenar los vasos de todos y hace un brindis a continuación.

Luego Alex.

Cuando llega mi turno, en lugar de brindar por la salud de nuestros perros, específicamente, digo que debemos beber por la salud de las mascotas de todos, «sean las que sean».

Desgraciadamente, Dragomir no parece borracho todavía... o eso o a mí se me ha subido demasiado el alcohol como para notarlo.

Ahora estaría bien bailar, y estoy a punto de decirlo, pero entonces las luces se hacen más tenues.

Mierda.

¿Cómo podría haberme olvidado del espectáculo cuando hay uno en cada celebración? ¿Y cuando me obligaban a actuar en ellos de niña?

Sí, mis habilidades de ventriloquia no son

exactamente algo que yo adquiriese por mi cuenta, como pasatiempo, aunque es una habilidad que ahora agradezco tener.

Estos espectáculos tienen lugar en todas las celebraciones importantes que hacemos aquí, y están coreografiados por mi madre, que no está cualificada para ello. Por eso, son una mezcolanza de cosas que le gustan, que incluyen, entre otras, el ballet, los cuentos de hadas, el Cirque du Soleil y las Rockettes.

Fiel a su estilo habitual, aparecen unas coristas disfrazadas de árboles levantando las piernas en el escenario hasta que nuestro anfitrión, Boris, ahora vestido como Baba Yaga, hace todo lo posible para bailar ballet entre ellas, con más pinta de hipopótamo que de bruja.

Los ojos de Fanny se agrandan a medida que avanza el espectáculo, pero Dragomir actúa como si viera brujas caníbales con bigotes haciendo piruetas todo el tiempo.

A partir de ahí, se sigue de las historias de Baba Yaga más habituales, que en sí misma es muy similar a *Hansel y Gretel*. Por supuesto la versión de Madre es un ballet y, en mi opinión, Hansel es demasiado sobón cuando lanza a Gretel al aire. Solo me voy a decir a mí misma que en esta versión, ellos son hermanastros.

Felizmente, el espectáculo termina con Baba Yaga quemada viva en una estufa representada por coristas vestidas de naranja.

—Damas y caballeros —anuncia Boris—. La pista de baile es toda suya.

Dicho eso, comienza a cantar «Un millón de rosas escarlatas», un clásico del baile lento ruso.

Se acabó.

Quiero bailar.

Demostrando tener auténticos poderes psíquicos, Dragomir se pone de pie suavemente y extiende su mano hacia mí con un gesto inconfundible.

En mi visión periférica, veo a mis padres asintiendo con aprobación, y Madre le lanza a Vlad una mirada penetrante antes de señalar a Fanny.

—¿Me concede usted este baile? —murmura Dragomir.

Me agarro a su mano, me pongo de pie de un salto y mi corazón se acelera al sentir sus fuertes dedos rodeando los míos.

Él adopta una postura de baile de salón.

Pongo mi otra mano en la suya también.

Guau.

Su contacto hace encenderse todas mis terminaciones nerviosas y su cercanía me hace más difícil respirar.

Comenzamos a balancearnos con la música.

Dos veces guau.

Sus ojos de colores cambiantes son hipnóticos. Reclamándome.

¿Está el suelo un poco tembloroso hoy?

Me siento algo mareada.

Sin aliento.

Trémula.

Me aprieto contra él.

Sus partes duras se aplastan contra las mías blandas y mi respiración se acelera.

Si el baile lento está destinado a ser un proceso de seducción, misión cumplida. Si está destinado a ser un juego previo, ya podéis sacarme el plato principal.

Me pego más contra él.

Siento su Everest presionando contra mi vientre.

Él se inclina hacia mí.

Gracias a mis tacones altos, estamos cara a cara, por lo que es solo cuestión de un latido antes de que nuestras bocas se conecten.

Triple guau.

La habitación que nos rodea parece desaparecer.

Soy pura sensación, consciente solo de sus labios suaves, su lengua deslizante, su cuerpo grande y duro.

Hablando de esto último, deslizo mi mano hacia abajo y palpo a Everest por encima de sus pantalones.

¿Cuántos guaus llevo hasta ahora?

Él aparta los labios de golpe y susurra con voz ronca: «Aquí no».

Joder.

He vuelto a olvidarme de dónde estaba. O ha dejado de importarme.

A cierto nivel, *de verdad* sigue sin importarme: así de fuerte lo deseo.

De repente, la música cambia. La lenta melodía es reemplazada por las alegres notas de uno de los bailes favoritos de Madre: la Lambada.

Basada en una canción popular boliviana llamada «Llorando se fue», esta melodía se ha abierto camino en el repertorio de varios cantantes a lo largo de los años, y desde la primera frase que canta Boris, reconozco «On the Floor» de Jennifer López.

Con una sonrisa arrogante, Dragomir desliza su mano hacia la parte baja de mi espalda y me acerca a él: la posición de Lambada.

Otro guau.

Arqueando las piernas, damos pasos rápidos de lado a lado, a veces girando, a veces balanceándonos, y todo el tiempo moviendo nuestras caderas tanto como nos es posible.

O en otras palabras, follando en seco en público.

No llamaron a la inspiración original de esta canción «el baile prohibido» por echar unas risitas ni mierdas así. *Debería* estar prohibido, al menos en la pista de baile del restaurante de tus padres.

Especialmente si dichos padres ya piensan que eres una ninfómana excesivamente obsesionada por el sexo.

«If you go hard, you gotta get on the floor», o sea «si te pones en plan duro, acabarás en el suelo» canta Boris en su mejor imitación de JLo, que no es muy buena en absoluto.

Sin embargo, Dragomir *está* duro. Ese es el problema. Puedo sentir cada centímetro frotándose contra mí, y en mi interior se acumula una presión en respuesta a ello.

Guau número tres mil.

Estoy a punto de correrme. Sin juguetes, sin siquiera tocarnos de verdad.

Olvídate de que él sea «el definitivo». Es más bien mi detonante de orgasmo personal... porque estoy a punto de tener uno aquí y ahora, en medio de la fiesta de Madre.

Las pupilas de Dragomir se dilatan, sus ojos se oscurecen a un tono de ámbar rico y profundo. Creo que lo sabe.

«Coge a alguien, bebe un poco más», canta Boris.

Ignoro la letra y me concentro en mi orgasmo en ciernes.

Ya casi he llegado.

Solo necesito unas cuantas folladas en seco más... quiero decir, balanceos al ritmo de la música.

Sólo un poco más.

Ya casi estoy ahí.

Casi...

La canción se detiene.

¡No!

Dragomir se aleja y puedo ver por qué. Lo hemos hecho tan bien bailando que la gente está aplaudiéndonos.

Mierda. Mierda. Mierda.

Capto la mirada de Fanny. Ruborizándose, me guiña un ojo.

Hostia puta.

Será mejor que la siguiente canción me dé una excusa para frotarme un poco más contra Dragomir.

Pues no. No es mi día.

Solo escuchando las primeras notas, identifico la canción. Igual que todo el mundo. Boris está en medio de un subidón latino en este momento. Con su acento ruso más fuerte hasta el momento, canta: «Dale a tu cuerpo alegría, Macarena».

Como uno solo, los amigos de Madre y todos mis parientes lejanos extienden sus brazos igual que una horda de zombis.

Con un suspiro, hago lo mismo, al igual que Dragomir. Luego levantamos nuestras palmas junto con todos los demás.

« Que tu cuerpo es pa' darle alegría y cosa buena». Boris parece disfrutar mucho de esa frase, y bueno, ¿por qué *no* mantener viva la esperanza?

Cada persona pone su mano derecha sobre su hombro izquierdo, luego repite la acción con la otra mano.

Mi casi orgasmo ya no es más que un recuerdo lejano. Esto es lo más parecido a una ducha fría que ningún baile puede llegar a ser.

Ponemos nuestras manos en la nuca.

Por favor, mátame.

Las manos van a nuestras caderas y todos comienzan a rotar dichas caderas.

De acuerdo, esto es más interesante. Con sus caderas moviéndose de esa manera, Dragomir logra lo imposible: hacer que *la Macarena* resulte realmente sexy.

Por desgracia, pronto se une a todos los demás en un salto de noventa grados hacia un lado, al igual que yo.

Algunas personas hacen un movimiento de buceo

mientras que otras aplauden. Luego, la secuencia se repite otra vez. Y otra vez. Y otra vez.

Cuando la canción termina por fin, lo atraigo hacia mí y le susurro: «Vámonos a tu casa».

Sus ojos se agrandan, cambiando a verde dorado, y su rostro se pone tenso.

—¿Quieres decir ahora mismo?

Uf, tiene razón. No podemos irnos en este preciso momento. Ni siquiera nos han servido el segundo plato. Madre se daría cuenta si intentásemos escabullirnos, y saltaría al escenario a cantar «Es mi fiesta y lloraré si quiero», la canción de Leslie Gore.

Vale.

Así que nos conformaremos con seguir bailando.

—Damas y caballeros —dice Boris en lugar de lanzarse a otra canción—. Ahora es vuestra oportunidad de coger este micrófono y lanzar un brindis por nuestra querida Natashen'ka.

Genial. ¿Van a hacer esta parte? Normalmente es súper aburrido.

Regresamos a la mesa y Padre nos sirve una ronda de tragos.

Mi tía abuela recita un poema que ha compuesto en honor a Madre.

Después de que el poema ha terminado, felizmente, bebemos.

Los camareros traen el plato de shish kebab, así que bebemos por eso.

Alguien del club de lectura de Madre le desea una «robusta descendencia», y también bebemos por eso.

Uno de los compañeros de bebida habituales de Padre agarra el micrófono a continuación.

—Amigos míos, no es bueno beber como individuos, es mucho mejor hacerlo como colectivo. —Levanta su copa de vodka—. Por el poder del colectivo.

—Suena igual que un eslogan comunista —murmuro después de beberme el siguiente chupito.

—Camaradas —dice la siguiente persona—. Que tengamos tantas penas como gotas queden en el fondo de nuestros vasos.

Chin chin. Bebamos por eso.

El siguiente brindis es: «¡Que haya personas en tu vida por las que te gustaría brindar, y no quienes te hagan desear emborracharte!»

Otro chupito.

Y luego otro minuto más.

Empiezo a perder la cuenta tanto de los brindis como de los tragos... solo veo que Dragomir de alguna manera aguanta.

Impresionante.

—¿Puede alguien contarme un chiste de Vovochka? —pregunta Fanny cuando finalmente terminan los brindis—. Me gustan de verdad, y a Vlad no le queda ninguno.

Me inclino hacia Dragomir y le susurro al oído:

—Vovochka es el equivalente ruso de Jaimito.

—Lo sé —dice él—. Incluso conozco algunos de esos chistes.

¿Dejará este hombre de impresionarme alguna vez?

—Yo primero —dice Alex y vuelve a llenar los vasos de chupito de todos—. «¿Han vuelto tus padres a pelearse?». La abuela le pregunta a Vovochka. «Sí», contesta él. «Cuando mamá regresó de sus vacaciones, trajo algo llamado *gonorrea*. Primero, se lo dio a papá, luego al tío Sergey, luego al vecino de enfrente. Ahora están todos gritando y peleando, pero no estoy seguro de si es porque ella no trajo lo suficiente o porque no lo dividió de manera justa».

Fanny se sonroja y se ríe, al igual que todos los demás.

Nos bebemos otro chupito.

—Tengo uno —dice Dragomir, y mis padres intercambian una mirada impresionada. «La abuela le pregunta a Vovochka por qué llora. «Mamá le dijo a papá que era un burro, y él la llamó vaca». La abuela le da unas palmaditas en la cabeza y pregunta. «¿Y qué?». Él dice, llorando más fuerte: «¿En qué animal me convierte eso a *mí*?».

Risitas por todos lados y otro chupito.

Sé que no debería, pero no puedo evitarlo.

—Yo también me sé uno. Pero es guarro.

—Cuéntalo —dice Madre magnánimamente.

Todos los ojos están puestos en mí ahora, así que digo:

—El profesor de matemáticas dice: «Vovochka, te daré 300 rublos. Si tú le das 50 a Vera, 50 a Dasha y

50 a Elena, ¿qué obtienes?». Los ojos de Vovochka brillan con entusiasmo. «¿Una orgía?».

Siguen más risas y más vodka.

—Tengo uno —dice Madre—. «Mamá, dame la foto de papá», pide Vovochka a su madre. «¿Por qué?», responde ella. «Porque la maestra quiere ver al idiota que hizo mis deberes».

Un chupito más tarde, Padre también cuenta uno:

—A los seis años, cuando Vovochka regresa de la escuela, su padre le pregunta: «¿Qué tal la nueva maestra?». Vovochka se frota la barbilla. «Me ha gustado un montón. Lástima lo de la diferencia de edad tan grande».

Y otra ronda más.

Los camareros llegan antes de que nadie pueda contar más chistes. Llevan los postres. Específicamente, el pastel que tiene el mismo nombre de mi perro: Napoleón.

Premio. Ahora es socialmente aceptable irse.

La operación «Casa de Dragomir» vuelve a estar en marcha.

Capítulo Veintitrés

ME EMPIEZO A LEVANTAR para presentar nuestras excusas, pero Boris se pone a hablar desde el escenario.

—Es la hora de jugar, damas y caballeros.

Madre aplaude, saluda a Boris y nos señala a Dragomir y a mí.

Boris sonríe.

—Parece que tenemos nuestros primeros voluntarios.

Y aquí termina nuestra fuga.

Todos aplauden mientras Dragomir y yo nos dirigimos a la pista de baile, ahora despejada.

Boris me da una liga que brilla en la oscuridad y nos explica el juego.

Es la versión rusa de lo que los estadounidenses a veces hacen en las bodas: debo ponerme la liga en la pierna y la tarea de Dragomir es quitármela.

Exacto.

El vodka es un requisito previo importante para este juego.

Antes de que cualquiera de nosotros pueda acobardarse, las bailarinas me rodean para darme la privacidad necesaria para ponerme la liga debajo del vestido.

Meto la pierna en el tejido elástico, sonriendo maliciosamente, y me subo la liga todo lo que puedo. No hay razón para hacer la tarea de Dragomir *demasiado* fácil.

Las bailarinas me acompañan para que me siente en una silla.

Boris le pone una venda en los ojos a Dragomir. Un bonito detalle. Entonces, el presentador lleva a Dragomir hasta mi silla y le ayuda a ponerse a cuatro patas.

Mmm. Cuando lleguemos a su casa por fin, creo que querré recrear todo este escenario. Hacer que me pruebe con los ojos vendados podría ser sexy.

Dragomir palpa a ciegas al principio, pero pronto descubre mi tobillo.

Oh, Dios. El calor de su contacto sube rápidamente por mi pierna. Luego, sus dedos se deslizan hacia arriba, y hacia arriba y hacia arriba, hasta que está muy arriba, debajo de mi falda.

Me encanta este juego.

Quiero pasarme horas jugando a esto.

Todo el mundo anima y grita a nuestro alrededor, recordándome que estamos en un lugar público, así que ninguna de mis fantasías está a punto de hacerse realidad.

Los dedos de Dragomir rozan el interior de mi muslo. Luego, tal vez a propósito, yerra al coger la liga y termina cogiendo mi tanga.

Vale. Un poquito más arriba y hacia la izquierda, y...

Pues no. Se da cuenta de su error y finalmente agarra a la liga.

—¡Así no! ¡Cógela con los dientes!

¿Es *Madre* la que acaba de gritar eso?

—¡Con los dientes! —corean todos—. ¡Dientes, dientes!

Sonriendo, Dragomir se sumerge debajo de mi falda.

Trago aire.

Su boca está casi donde había soñado que estuviera. Puedo sentir su cálido aliento a través de mi tanga, que parece estar derritiéndose rápidamente.

¿Acaba de escaparse de mis labios un suave gemido?

Para mi gran decepción, Dragomir se aleja de mi anhelante clítoris y agarra la estúpida liga con los dientes.

Tira de ella.

La liga se rasga sobre mi muslo.

Dragomir emerge de debajo de mi falda y se pone de pie.

Al ver la liga entre sus dientes, los espectadores vitorean frenéticamente.

Él se quita la venda de los ojos y me besa en la mejilla.

Los vítores son tan ensordecedores que me empieza a dar vueltas la cabeza.

Dejo escapar un suspiro tembloroso y regreso a la mesa sobre unas piernas inestables.

—Adiós chicos —dice Alex poniéndose de pie—. Mañana tengo un día tremendo, así que me voy disparado.

¡Ajá! Ya nos han servido el postre, y ahora Alex se va. Eso significa que es completa y totalmente aceptable continuar con la «Operación Casa de Dragomir»... lo cual es bueno porque estoy tan a punto de estallar de excitación que es imposible que ninguna mujer haya estado tan cerca jamás.

—Chicos —digo—. Dragomir y yo también nos tenemos que ir.

Vlad me besa en las mejillas y Fanny sonríe alegremente y nos dice adiós con la mano.

Madre se acerca y me da un abrazo de oso.

Espera, ¿cómo?

Lleva años sin hacer eso.

Antes de que pueda recuperarme, recibo una sorpresa aún mayor. Padre no solo me da un abrazo, sino que además me dice:

—Ha sido estupendo verte.

Debe de haberse helado el infierno al nivel de congelación de *El día de mañana.*

Después el comportamiento de mis unidades

parentales vuelve a entrar en el ámbito de lo concebible para ellos.

Madre abraza a Dragomir lo suficientemente fuerte como para que él sienta algunas partes de ella que no debería, y luego babea en sus mejillas, al estilo Winnie.

En cuanto termina, Padre somete a mi cita a un trato similar.

Estoy tan aturdida cuando finalmente escapamos que camino con pasos titubeantes.

Cuando pasamos junto a Boris, hurgo en mi bolso en busca de dinero en efectivo, encuentro cien dólares y los deslizo en su mano regordeta. «Elige a Vlad y a su pareja para el próximo juego», le susurro. «Vuelve a hacer lo de la liga».

Boris asiente.

Le lanzo a mi hermano una mirada burlona. Estoy convencida de que mi propósito en su vida es empujarlo a divertirse más. Y por hoy, esa misión está cumplida. Solo espero que no sea físicamente posible morir de sonrojo. De lo contrario, cuando Fanny pase por lo mismo que yo en esa silla, podría morir en el acto.

Oye, podrían ponerle su nombre a morirse por esa causa en su honor: el síndrome de Fanny Pack. Pobre chica. Todavía no puedo creer que sus padres la llamaran Fanny cuando su apellido es Pack. Porque eso en inglés significa riñonera… y cosas peores.

Quizás los míos *no sean* los más malos del mundo.

—Tus padres son un encanto —dice Dragomir mientras atravesamos la pista de baile.

¿Tiene poderes mentales?

Me entra el hipo. Encantadores delante de él, tal vez.

—Madre vendería su alma al diablo por un nieto tan atractivo como tú.

Espera. ¿Acabo de decir eso en voz alta?

Mierda. Como a la mayoría de los tíos, mencionar tener niños podría hacerle salir corriendo... y no puedo permitir que pase eso. Quiero conseguir hacer lo que deseo hacer con él.

Para mi sorpresa, él solo sonríe.

—Excusas, excusas. Vas a perder nuestra apuesta. Mis padres están igual de obsesionados por los nietos, pero los tuyos siguen siendo unos angelitos en comparación con ellos.

¡Grr! Sigo perdiendo competiciones. No he conseguido que acabara debajo de la mesa de tanto beber. No lo vencí en *Beat Saber*, a menos que lo del ojo morado cuente. Y ahora ni siquiera he podido demostrar que mis padres son peores que los suyos... aunque supongo que en este caso, no me he esforzado tanto.

Al salir del restaurante, siento una sensación extraña y desagradable en el estómago. Si no supiera lo meticulosa que es Madre acerca de la frescura de sus ingredientes, supondría que he comido algo en mal estado.

Dragomir me enseña su móvil, agitándolo.

—Fyodor me dice que está atrapado en el tráfico. Cree que podría estar aquí en diez minutos.

—Da igual, vámonos ya —señalo un taxi que ya estaba esperando en la acera.

Dragomir accede y nos subimos en él. Él suelta rápidamente su dirección, saca un fajo de billetes y le pasa la mitad al tío al volante.

—Llévanos allí deprisa y conseguirás la otra mitad —promete.

El taxista asiente solemnemente y pisa el pedal hasta el fondo.

Cuando el coche se mueve hacia adelante de golpe, siento que me ronda un pequeño acceso de mareo, pero no digo nada. Llegar rápidamente a casa de Dragomir merece la pena.

Además, sé lo que necesito hacer para mantener la cabeza ocupada.

Me abalanzo sobre Dragomir y le beso. Intensamente.

Él me devuelve el beso con una fuerza abrasadora.

El taxi y el mundo se desvanecen. Lo único que queda son esos labios sensuales y las manos fuertes, cálidas y ligeramente callosas que recorren mi cuerpo.

Después de lo que me parece ser un minuto de felicidad, el automóvil se detiene con un chirrido.

¿Ya hemos llegado?

Está claro que el tiempo vuela cuando estás al borde de un orgasmo.

Dragomir entrega el resto de su dinero en efectivo

al conductor y me guía hasta un lujoso rascacielos. Durante la subida en el ascensor, volvemos a besarnos, pero eso dura un parpadeo antes de que tengamos que salir.

—Bienvenida a mi casa —dice cuando entramos en un ático gigantesco. Antes de que pueda siquiera mirar a mi alrededor, una criatura parecida a un oso me ataca y me babea toda la cara. De nuevo.

Puaj. El aliento canino de Winnie es potente hoy. Me produce arcadas.

Debo limpiarme lo antes posible. No es solo porque mi estómago se revuelva por ese olor, sino porque Dragomir no querrá besarme así.

Una vez ha terminado conmigo, la osa cortarrollos babea a su amo.

Él saca sus toallitas húmedas y me ofrece una, pero yo meneo la cabeza.

—¿Puedo usar un lavabo?

Con Winnie pisándonos los talones, él me guía a través de una sala de estar con todos los estantes cubiertos de trofeos.

Mmm. Cada una de las estatuas doradas sostiene algo vagamente fálico en la mano. ¿Puedes ganar un trofeo por masturbarte?

No, lo dudo. Si se pudiera, yo ya tendría el oro olímpico.

—Me va la esgrima —me explica él, tras advertir a dónde se ha dirigido mi mirada.

La esgrima. Por supuesto. Eso tiene más sentido.

—Oye —digo, haciendo todo lo que puedo para

no meterme demasiada baba de perro en la boca mientras hablo—. Has hecho trampa.

Él arquea una ceja al tiempo que entramos en la cocina.

—Tenías ventaja en el *Beat Saber* porque se te dan bien las espadas. O los floretes o lo que sea —digo, acercándome al fregadero para lavarme los restos caninos. Mi base y mi colorete ya están arruinados, pero hago todo lo posible para que no se me corra la máscara. Si parezco un mapache, Winnie podría intentar comerme.

Ella ya me está mirando con lo que fácilmente podría ser hambre.

Cuando termino de lavarme la cara, él me alcanza una toalla.

—¿Desde cuándo ser bueno en algo se considera hacer trampa? —pregunta mientras me seco.

—Parece antideportivo que un profesional engañe a una novata así. Eres básicamente un tramposo del *Beat Saber*.

Con una sonrisa, se inclina sobre el fregadero y también se salpica un poco de agua en la cara.

Aprovecho la oportunidad para mirar alrededor de la cocina en busca de fotos de alguna esposa o novia. Afortunadamente, no hay ninguna. Sin embargo, hay una foto de él vestido con toda la indumentaria típica de la esgrima.

Oh, cielos.

No me había dado cuenta de esto antes, pero esos trajes protectores son ajustados. Y lo que es peor, se parecen sospechosamente a los polos de cuello alto.

En cuanto establezco esa conexión, mis ovarios se ponen a toda marcha. Me aclaro la garganta repentinamente seca.

—Necesito que mantengas ocupada a Winnie durante las próximas horas.

Él se endereza, se seca la cara y sus ojos se oscurecen cuando su mirada se posa en mis labios.

—Estoy en ello —dice con voz ronca.

Mete la mano en la alacena y saca lo que parece ser el fémur de un **T-Rex**. Se lo da a Winnie, canturreando algo en ruskoviano, y ella comienza a morder el hueso.

Hace un gesto con la cabeza en dirección a la puerta de la cocina.

Yo paso de puntillas al lado de Winnie en dirección a la sala de estar y él me sigue.

Solos por fin.

Moviéndose con gracia depredadora, reduce la distancia entre nosotros y me besa una vez más.

Siento como si me diese vueltas la habitación.

Antes de que me dé cuenta, le estoy quitando la ropa y él me está quitando la mía.

Por fin.

Esto. Está. Pasando.

Sin interrumpir el beso, me levanta. Un momento después, mi espalda desnuda está sobre el sofá, y sus ojos recorren mi piel expuesta.

Oye, esto no es justo. Él sigue llevando los

pantalones puestos... pero su torso musculoso está de momento compensando por ese pecado.

Mientras admiro esa piel reluciente, ligeramente bronceada y salpicada de oscuro vello masculino, se me hace la boca agua.

Él se inclina sobre mí.

—¿Estás de acuerdo con esto? —Su voz es áspera, su mirada llena de tanto calor que tiemblo.

—Oh, sí. Más que de acuerdo.

De repente, su rostro se tensa.

—Debemos ir con cuidado. No quiero seguir los pasos de nuestros perros.

Yo me humedezco los labios.

—Tomo la píldora.

Su expresión se torna voraz.

—Estoy limpio.

—Yo también —digo, y le doy un beso antes de que pueda perder más tiempo en trivialidades.

Bailamos la Lambada con nuestras lenguas.

Él me muerde el labio inferior.

Le desabrocho los pantalones y meto la mano dentro.

El Everest es sedoso al tacto y duro como... bueno, como una montaña.

Dragomir me besa el cuello y luego le da un mordisquito.

Se me pone la piel de gallina, con unos bultitos de tamaños de guijarros.

Su lengua baja por mi clavícula hasta mi pezón derecho.

Yo suelto un jadeo, mi mano se aprieta sobre el Everest y empiezo a acariciar hacia arriba y hacia abajo.

Él gime de placer, pero me aparta del Everest mientras procede a lamer su camino hasta mi ombligo, viajando cada vez más abajo hasta que está exactamente donde lo quiero.

Donde lo necesito.

—Recuéstate —me ordena con voz ronca.

Estoy totalmente encantada de obedecerle. Aquí y ahora, voy a averiguar si él es el definitivo.

Cuando su cálido aliento toca mi clítoris, sé sin la menor duda que lo es.

Esto va a ser alucinante. Mejor que el chocolate y los cachorritos.

Él le da a mi clítoris anhelante el más diminuto de los lametones.

Yo gimo de placer.

Aplana la lengua y vuelve a tocarlo de nuevo.

El placer comienza a acumularse en mi interior, mientras otro gemido sale de mis labios.

Sus lametones se transforman en besos.

Mis manos se aferran a su cabello. A este paso, podría arrancarle el cuero cabelludo al pobre hombre.

Sus besos se transforman de nuevo en lametones.

Soltándole el pelo, me corro dando un grito. El placer es tan intenso que los dedos de mis pies se curvan espasmódicamente y cada músculo de mi cuerpo se contrae y tiembla.

Es oficial. Mi racha de tres años de orgasmos solo con juguetes ha llegado a su fin.

Él me mira con pura satisfacción masculina y sus ojos parecen oro fundido.

Mi ritmo cardíaco se va ralentizando poco a poco, y yo me escabullo de debajo de él.

—Ahora recuéstate tú.

Él toma mi lugar.

La habitación que nos rodea me da vueltas como una montaña rusa.

Qué raro. Debe de ser por efecto del orgasmo.

Obligando a mis manos a que dejen de temblar, le quito a Dragomir sus estúpidos pantalones y luego libero a Everest de sus calzoncillos.

Jooooooder. A pesar de la advertencia de Xenia acerca de que los ruskovianos están bien dotados, y a pesar de haberlo palpado con las manos, no me esperaba que Everest fuera tan grande... ni tan hermoso.

Me está llamando de la misma en que la montaña homónima debe llamar a los buscadores de emociones de todo el mundo. Entiendo por qué arriesgan sus vidas por escalarlo. Escalar *este* Everest está ahora en mi lista de deseos... y lo escalaré, aunque sea lo último que haga.

Pero primero, veamos si cabe en mi boca. Puede ser complicado, pero nunca he rehuido un desafío.

Empiezo lamiéndolo como una piruleta.

Dragomir gime y Everest da unos saltitos bajo mi lengua, instándome a seguir.

Allá vamos.

Abro mucho la boca y meto tanto como puedo.

Espera un segundo. Normalmente, no suelo tener tanto reflejo nauseoso, pero algo no va bien.

Algo se activa.

Oh, oh.

Es como si todos los pequeños problemas anteriores, la comida tal vez en mal estado, el agitado viaje en taxi, el aliento de perro y la habitación dando vueltas, decidieran salir a la superficie como uno solo.

Oh mis dioses del vodka. Estaba en negación por no perder otra competición más frente a Dragomir.

La de beber.

Mareada, me aparto del Everest con dificultad y me levanto con las piernas temblorosas.

Sí. Estoy pedo. Y lo que es peor, el contenido de mi estómago está subiendo.

—¿Qué pasa? —La cara de Dragomir se tensa por la preocupación.

—Baño —jadeo—. ¡Baño! ¿Dónde está el baño?

Se pone de pie de un salto, pero estoy demasiado preocupada para admirar su gloriosa desnudez.

—Aquí —corre por un pasillo y empuja una puerta antes de volverse hacia mí—. ¿Estás bien?

No puedo responderle, ya que eso requeriría que abriese la boca.

En lugar de eso, hago uso de todas mis fuerzas, de toda mi concentración, para llegar a la tierra prometida que es ese baño.

Hago todo lo que puedo para correr.

Dado que el vodka hace tiempo que redujo el consumo de energía de mi cerebelo al del paso de un caracol, mi sprint termina cuando choco contra la pared. Con fuerza.

No. No. No.

El golpe casi me hace gritar, y por ende, abrir la boca.

Pero no lo hago. Como una heroína.

Debo terminar mi épica misión de búsqueda de ese baño. Lo que está en juego no podría ser más vital.

Utilizando hasta el último gramo de mi fuerza de voluntad, camino lo más rápido y recto posible dadas las circunstancias. Si, además de por la masturbación, otorgaran un oro olímpico por caminar estando muy borracha, después de esto lo tendría en el bolsillo.

Consiguiendo con gran habilidad no estamparme contra Dragomir ni contra la puerta que aún me está sosteniendo, me lanzo dentro del baño, me pongo de rodillas y rezo violentamente a todos los dioses del vodka en el improvisado altar de porcelana.

Unas manos fuertes me sujetan el cabello, y oigo murmurar unas palabras tranquilizadoras por encima de mí.

Estoy tan avergonzada que si pudiera hacer que las baldosas me tragaran y caerme al apartamento de abajo, lo haría.

Esto no es solo una oración, también es una ofrenda de comida, y espero que a los dioses del vodka les gusten las remolachas hervidas, las patatas, las zanahorias, las cebollas, el chucrut, los guisantes y los encurtidos.

Bueno, todo el mundo sabe que les gustan los encurtidos, pero estoy menos segura acerca del resto.

Mirar el altar es un gran error.

Otra oración brota de mi boca, al estilo de *El exorcista*.

Y luego otra más.

En algún momento, me libro de todo mi fervor espiritual. Temblando, tiro de la cadena y me alejo del altar.

Incapaz de mirar a Dragomir a los ojos, me lavo la cara, y luego agarro la botella de Listerine del lavabo y le doy un buen trago. A continuación, tomo el tubo de pasta de dientes, me meto un poco en la boca, le doy unas vueltas por mi boca y me lo trago.

—No puedes hablarle jamás de esto a ningún ruso. —Hasta yo misma me escucho arrastrar las palabras—. Me quitarán la nacionalidad.

Él me envuelve suavemente en un albornoz.

—Vamos a vestirte.

Dejo que me lleve a la sala de estar, donde me ayuda a ponerme la ropa.

Winnie está aquí y, como Dragomir, me mira preocupada.

—Estoy bien —miento, pero ahora parezco arrastrar las palabras todavía más.

—¿Por qué no te tumbas? —dice él.

—Quiero... —Hipo—. Quiero irme a casa. Necesito dormir un rato.

Él frunce el ceño.

—¿No sería mejor que te quedaras?

Niego violentamente con la cabeza y siento que se acerca otra oración.

—Voy a coger un taxi.

—No, no lo harás.

Lo dice como si fuese un hecho, así que no discuto, dejo que él me lleve abajo y dentro de la limusina-caravana que ya está esperando.

—Túmbate —me ordena en cuanto entramos.

Yo lo hago, agradecida de no seguir de pie sobre mis piernas temblorosas, y él se sienta a mi lado y me acaricia el pelo.

—Eso está muy bien —murmuro mientras mis párpados se cierran por sí solos.

—Bien. Relájate.

Hago lo que me dice y, un instante después, pierdo la conciencia.

Capítulo Veinticuatro

Me despierto en mi cama y desearía no haberlo hecho.

Nunca. Volveré. A beber.

Mi dolor de cabeza tiene su propia migraña y el sabor de mi boca tiene que ir en contra de la Convención de Ginebra.

¿Cómo he llegado hasta aquí?

¿Lo de ayer por la noche ocurrió de verdad o fue una cruel pesadilla?

A juzgar por el olor a vodka en el aire, sí que ocurrió. Debo de haberme quedado dormida en la caravana. Pero, y ¿luego qué?

¿Me llevó en brazos Dragomir hasta mi casa, igual que a una novia?

De hecho, eso suena bastante bien. Espero que eso sea lo que pasó, y no, por ejemplo, que él y Fyodor me llevaran juntos cogiéndome por los brazos y las piernas igual que un saco de patatas podridas.

Echo un vistazo bajo las sábanas.

No hay ropa.

Interesante. ¿También me desnudó?

Si es así, no pasa nada. De todos modos, ya me había visto desnuda en su casa. También es posible que me desvistiese yo misma, pero que no pueda recordarlo debido a la amnesia inducida por el alcohol.

Mmm. Si me desnudé, ¿tal vez también me salí con la mía con Dragomir?

Pero no. Estoy bastante segura de que recordaría ese acontecimiento trascendental. Además, dada la circunferencia de Everest, ahora sentiría alguna molestia, y no es así. Casi todo lo contrario. Hay un vacío punzante en mis partes femeninas que probablemente no desaparecerá *hasta que* lo llene Everest… suponiendo que eso sea posible después de mi paso en falso de anoche.

Con un gemido, me siento y deslizo mis pies en las pantuflas que alguien me ha dejado junto a la cama.

Boner entra corriendo en la habitación y su cola se mueve demasiado rápido para que mi cerebro confundido lo procese.

«*Ma chérie*, hueles como el trasero de un perro que ha comido caracoles fermentados en salsa de vodka. *Délicieux*».

Me pongo de pie a trompicones.

Mmm. Mi control de las funciones motoras parece volver a funcionar. Es un buen comienzo.

Cuando llego a la sala de estar, el sofá me llama la

atención. Los cojines no están donde normalmente las deja mi señora de la limpieza.

¿Ha dormido Dragomir aquí?

Es posible. Si nuestros roles se invirtieran, yo me quedaría para asegurarme de que no se ahogara con su propia oración.

—¿Dragomir?

Nadie me contesta, pero cuando entro tambaleándome en la cocina, mi teoría se confirma.

Hay una olla de avena en la cocinilla, un vaso de un líquido extraño en la mesa y mi cafetera está cargada y lista para usar.

También hay una nota sobre la mesa:

Me he ido a trabajar. En la taza hay un remedio ruskoviano contra la resaca. Bébetelo, y te dejará como nueva.

Me bebo de un trago el remedio milagroso. Sabe al complejo vitamínico Pedialyte con zumo de pepinillos, leche y Cherry Coke. No estoy segura de lo efectivo que será esto como remedio para la resaca, pero si alguien me lo hiciera beber cada vez que tengo una, pensar en ello tendría un efecto mucho más disuasorio a la hora de beber que la resaca por sí sola.

Cuando termino de obligarme a llenar mi estómago de avena, vuelvo a recordar lo que es ser humana.

Mientras me tomo una taza de café, le envío un mensaje a Dragomir:

Gracias por el desayuno. Y por traerme a casa.

Su respuesta es instantánea:

Un placer. ¿Tienes un segundo para una videollamada?

Dejo mi café sobre la mesa, corro al baño, me maquillo y examino mi rostro.

No tengo mi mejor aspecto, pero tampoco el peor.

Claro, respondo y me dejo caer en la silla de la cocina.

De inmediato aparece una videollamada de Dragomir.

La acepto.

Detrás de él debe estar su oficina, y es del tamaño de los apartamentos de algunas personas, con varios monitores ocupando un escritorio blanco y reluciente y una pared de estanterías que muestran de todo, desde libros de texto de economía hasta trofeos de esgrima.

Sus penetrantes ojos color avellana escanean mi rostro.

—El *barabul'ka* debe de haber funcionado. Ya tienes mejor aspecto.

—¿*Barabul'ka*? —En ruso, esa palabra significa «salmonete rayado». El cual, a pesar sonar a un pez algo disgustado, es en realidad un tipo de pescado comestible.

—*Barabul'ka* es el nombre del remedio —dice él.

Así que, ¿era eso en realidad caldo de pescado o pescado crudo molido? Pensándolo bien, no creo que quiera saberlo.

—Gracias de nuevo. —Tomo un sorbo de mi café —. Y discúlpame por lo de anoche.

Él se recuesta en su silla de oficina con forma de trono.

—No te preocupes.

Arqueo una ceja.

—No puedo creer que no me estés restregando tu victoria. Ojalá tuviera yo ese autocontrol.

Sus ojos chispean.

—Alardear de haberte ganado a ti en lo de beber sería como si una cantante de ópera fanfarronease sobre aclararse la garganta.

¿Ha sido eso un pique? Si es así, lo dejaré correr.

—Tienes que dejarme hacer algo por ti como agradecimiento por cuidarme tan bien.

Me paso la lengua por los labios por si acaso no está claro lo que he querido decir con eso.

Misión cumplida. Su mirada se torna hambrienta y su cuerpo se tensa, como si estuviese a punto de dar un salto.

—¿Qué tenías en mente?

—¿Qué tal si te pasas por aquí esta noche? —Hago que la pregunta esté impregnada con tanta lascivia como puedo—. Te haré... de cenar. Espero que puedas llegar.

Su voz se vuelve más grave.

—Allí estaré.

—Estupendo —digo, luego le doy un beso al aire y cuelgo.

Finalmente va a suceder... y no hay vodka capaz de detenernos esta vez.

Aturdida por la emoción, me termino el café y me

voy corriendo a mi dormitorio para preparar las cosas para esta noche. Sábanas limpias: hecho. Música romántica lista para usar: hecho. ¿Juguetes eróticos? Me lo saltaré por ahora.

Hasta coloco algunas velas LED alrededor de la cama.

Ahora tengo que seguir adelante con mi excusa para atraerle, y hacerle algo de cenar.

¿Qué debería cocinar? No tengo ni idea, pero sé a quién preguntarle. Es cierto que ahora cocina para perros, pero antes era una chef humana.

Llamo a Xenia, la pongo al día sobre mis aventuras recientes y luego le hablo de mi dilema culinario.

—Sé exactamente qué —dice con entusiasmo—. Estos son los ingredientes que debes incorporar a todos los platos: alcachofas, espárragos, aguacate, coco, dátiles, plátanos, huevos, mango, champiñones, quimbombó, pistachos, semillas de sésamo, perejil y apio. Para el postre, simplemente mezcla nueces y miel.

¿Son eso cuatro platos si cuentas el postre? Empiezo a ver por qué su Chico Objeto parece tan rellenito.

—Cielo, esa es una lista muy larga —digo—. Además, ¿en qué plato pueden ir los plátanos y el quimbombó juntos?

—¿Quién ha dicho que tengan que ir en el mismo plato? Estos ingredientes son afrodisíacos conocidos en todo el mundo. Por ejemplo, los franceses creen que las alcachofas dan calorcillo en los genitales.

—También lo hacen algunas ETS.

—Calorcillo, no ardor —dice ella, y puedo oírla poner los ojos en blanco a través del teléfono—. Siendo rusa, deberás saber lo potentes que pueden ser las nueces con miel. Tómate una cucharada media hora después de la cena y pídele que haga lo mismo.

¿Debería añadir un poco de Viagra molida a ese postre ya que estoy?

—Está bien, Dra. Xenia. Ahora, si me pasas algunas recetas para hacer con todas esas cosas, todo irá de perlas.

Ella promete hacerlo y las recetas me llegan en una hora.

Pido los ingredientes online y mientras espero a que me traigan el pedido, saco a Boner a pasear y trabajo en algunos diseños. Cuando llegan las provisiones, me pongo a cocinar enseguida, aunque sea demasiado pronto para cenar.

Si al final saco de esto solo dos platos de algo comestible, consideraré todos mis esfuerzos un éxito.

Estoy en medio de hacer una salsa de mango, aguacate y perejil cuando Dragomir me envía un mensaje de texto:

¿Puedo videollamarte ahora mismo?

Acepto y salgo corriendo de la cocina para ponerme presentable. Apenas lo logro, ya que me llama un minuto después.

En cuanto su rostro aparece en mi pantalla, me

percato de su expresión sombría y me da un vuelco el corazón.

—Lo siento mucho, pero tengo que cancelar nuestra cena —dice con gesto tenso—. Mi hermano ha sufrido un accidente.

Capítulo Veinticinco

—¡Oʜ no! ¿Qué ha pasado?

Él se coloca unos auriculares inalámbricos.

—Déjeme cambiar al modo teléfono para poder ir haciendo las maletas.

¿Las maletas?

Procede a explicarme que uno de sus hermanos es tremendamente adicto a la adrenalina: hace surf en las aguas más peligrosas, snowboard en las montañas más empinadas, etc. Esta vez, estaba practicando el salto base desde el rascacielos más alto de Moscú. Algo salió mal y se dio un golpe en la cabeza; entonces su familia se lo llevó en helicóptero a Ruskovia.

—Está en coma —la voz de Dragomir rezuma tanto dolor que desearía poder alcanzarle a través de las señales electromagnéticas y darle un abrazo—. Salgo en avión para Ruskovia esta misma noche.

¿Esta noche? Su historia me ha absorbido tanto

que me había olvidado por un momento de nuestros planes.

Corro hacia la cocina y apago el fogón antes de que se declare algún incendio.

—¿Y Winnie? —le pregunto—. ¿Vas a dejarla con Fyodor?

—No. Él se viene conmigo, así que ella también.

—¿Cómo? Quiero decir, ¿no les dará un ataque a los de la aerolínea?

¿Les habrá convencido de que es una osa de servicio?

—Voy a volar en jet privado —me explica—. Haré todo lo posible para que se sienta cómoda... aunque es verdad que a ella no le gusta nada volar.

—Si quieres, puedes dejarla conmigo —me oigo decir.

—Gracias, pero no podría abusar de ti de ese modo.

No suena del todo convencido, así que insisto.

—¿Es seguro siquiera que vuele en su estado? —No tengo ni idea de por qué estoy tratando de persuadirle para que deje a Winnie conmigo. O sea: ¿una osa en mi pequeño apartamento? ¿En serio?

Tal vez solo quiero que él tenga una razón para mantenerse en contacto... lo que también se conoce como retener a un rehén.

—El estrés no es ideal durante el embarazo —admite él—. Pero aun así, no puedo pedirte que hagas esto.

—No me lo estás pidiendo. Soy yo la que se está ofreciendo voluntaria.

Él se queda en silencio un instante.

—No sabes lo que eso implicaría.

Estoy bastante segura de que sí... y probablemente recoger paladas de caca de osa sea parte de ello.

—Si lo hacemos, tienes que dejarme pagar por toda su comida —dice él—. Es una chica grande, y los gastos de alimentarla podrían...

—No hay problema —digo, luchando contra el impulso de comentar lo corto que se ha quedado con su comentario de «chica grande». Puedo permitirme pagar su comida, no hay problema, pero si pagarla él le hace sentir mejor, no voy a discutírselo.

—También pagaré una parte de tu alquiler ya que...

—Ahora estás diciendo locuras. Solo tráele una bolsa de comida o lo que sea que necesite. Si se gasta, compraré más y te pediré el dinero cuando vuelvas.

—Gracias —dice él, con emoción—. No sabes cuánto significa esto para mí.

Genial. Ahora me siento culpable por el motivo oculto tras mi bonito gesto.

—¿Cuándo la traerás? —pregunto.

—¿En una hora?

Entro en mi vestidor y busco una bolsa o una mochila que no haya decorado con mis dibujitos de penes.

—Me va bien.

—Hasta pronto pues —se despide y cuelga.

Me guardo el teléfono en el bolsillo, agarro una mochila JanSport sin decorar y la lleno con algunos juguetes selectos de la línea de teledildónica que Fanny y Vlad probaron para mí. Estos juguetes están diseñados para que los use un hombre y nos permitirían a Dragomir ya mí tener intimidad por vía remota... suponiendo que le dé la mochila, lo cual no estoy segura que deba hacer.

Por un lado, así podríamos hacérnoslo el uno al otro, a pesar de la repentina separación. Obviamente no será tan divertido como lo que hubiéramos hecho esta noche, pero algo es algo. Por otra parte, ¿y si se da cuenta de algún modo de que mi empresa fabrica estos juguetes?

Pero, claro, ¿cómo podría suceder eso? Como dijo Vlad, la forma en que está creada Belka hace que sea imposible saber que yo soy su dueña.

Quizás tome la decisión cuando él llegue.

Por ahora, dejo la mochila cerca de la puerta principal y empaqueto para llevar algunas de las cosas que había preparado para la cena, para que se las coma durante el vuelo.

Me paso la siguiente hora leyendo mi correo electrónico. Aparentemente, los tapones anales en forma de Woody Harrelson son tendencia. ¿Habrá estrenado una nueva película o algo así? Bueno, al menos no es Liam Neeson. No sé cómo le habría transmitido esa noticia a Xenia.

Suena el timbre.

Boner corre hacia allí tan rápido que casi se da de bruces contra la puerta.

Cuando la abro, la visión de Dragomir con un suéter ajustado y unos vaqueros oscuros hace que mi estómago se agite... pero enseguida, una osa ataca mi cara con un cubo de saliva, poniendo freno a mi libido hiperactiva.

—Basta, Winnie —Dragomir la aparta de mí—. Te vas a quedar con Bella, así que debes comportarte como una perrita buena.

Me pasa una toallita húmeda.

—No pasa nada —digo en cuanto me libro de las babas—. Ella *es* una perrita buena.

Ignorándonos, Winnie lame a Boner a continuación.

«*Bonjour, ma petite*. Tu lengua es como la loncha perfecta de beicon, tus babas como una médula ósea celestial».

«*Zdrastvuyte*, Napoleón Carlovich. Eres mi clase favorita de bollito, perdón, semental perruno. Haces que mis ovarios llenos de cachorros se pierdan y mis diez pezones se endurezcan de anhelo».

Mmm. Esta sesión de ventriloquia mental se ha intensificado rápidamente. También puede que esté proyectando un pelín...

—Las cosas de Winnie están aquí —dice Dragomir, metiendo una enorme maleta de ruedas.

Me quedo pestañeando delante de la maleta, mientras él sale de nuevo y entra otra más.

¿Dos maletas? ¿Para un perro?

Cuando *yo* me voy de vacaciones, solo me llevo una, y más pequeña que cualquiera de esas.

Entendiendo mal mi expresión, Dragomir abre las maletas y me muestra que una está llena de juguetes para perros, mientras que la otra contiene una manta, una cama y unos cuencos del tamaño apropiado, junto con algunos otros artículos destinados a mantener feliz a cualquier osa.

Arqueo las cejas.

—¿Es eso todo?

—Por supuesto que no —dice Dragomir. Vuelve a salir y entra arrastrando una bolsa de comida para perros en la que fácilmente podría meterse una persona de mi tamaño... sin tener que retorcerse para caber ni nada.

Antes de que pueda hacer ningún comentario al respecto, lleva la bolsa hasta la cocina, llena un cuenco gigantesco con comida que saca de ella y echa agua en otro bol del mismo tamaño.

Como si hubiese estado muriéndose de hambre durante años, Winnie ataca el pienso.

Y oye, puede ser que ella esté comiendo por diez, tal vez incluso por quince.

—Tal vez quieras darle de comer a Boner también —dice Dragomir—. No queremos que se pongan celosos el uno del otro.

Estoy de acuerdo, así que lleno los cuencos de Boner, que se ven cómicamente pequeños en comparación con los de Winnie. En cuanto Boner comienza a masticar, Dragomir y yo nos escabullimos.

Llevamos las maletas de Winnie a la sala de estar y distribuimos sus cosas para que, para citar a Dragomir, «se sienta como en casa».

Cuando termina con el último de los juguetes, hay un atisbo de tristeza bailoteando en sus ojos, como si ya echase de menos a Winnie.

—Estará bien —digo—. Me aseguraré de que así sea.

Se acerca a mí y su expresión cambia a algo mucho más intenso.

—Estoy oficialmente en deuda contigo.

Mi mirada se dirige hacia el dormitorio, donde todo está preparado para un encuentro épico.

—Tendremos que averiguar cómo vas a compensarme.

Él reduce la distancia entre nosotros a un solo paso.

—Tengo que irme corriendo.

—Por supuesto. —Lo miro fijamente y mi corazón me late con fuerza en el pecho cuando él pone sus manos sobre mis hombros e inclina su cabeza.

Me pongo de puntillas.

El beso es menos salvaje que los anteriores. En cambio, está lleno de ternura... y parece contener una promesa.

Una promesa de más cosas por llegar.

Él se aparta de mala gana.

—Lo siento. Me tengo que ir.

—Por supuesto. Vete a estar con tu hermano. —¿Acaba de quebrárseme la voz?

Asintiendo solemnemente, se dirige a la puerta.

Entonces me acuerdo de las cosas que he preparado, y corro tras él.

—Llévate esto. —Le entrego el paquete para llevar—. Iba a ser nuestra cena de esta noche.

Sus ojos adquieren un brillo cálido.

—Gracias. Me pondré en contacto contigo tan pronto como aterrice y te haré un balance de la situación.

Envalentonada, también le pongo la mochila con los juguetes eróticos en las manos.

—Llévate esto también. Pero no lo abras hasta que tengas un momento de privacidad.

—Vale. —Vuelve a besarme, esta vez suavemente y en la frente, y se va.

Cierro la puerta con un suspiro. En piloto automático, mis pies me llevan a la sala de estar donde me dejo caer en el sofá, sujeto mis rodillas contra mi pecho y me pongo *Frozen* por enésima vez.

En algún momento, Winnie y Boner entran en la sala de estar.

Winnie coge un donut de goma del tamaño de una llanta de camión y se acurruca a mi lado, ocupando el resto del sofá. Boner se une a nosotros en mi regazo, y para cuando aparecen los créditos, ya me siento mejor.

Como no estoy segura de si Dragomir ha sacado a

Winnie antes de traerla, llevo a los dos perritos a pasear y, aunque normalmente no lo haría, me llevo mi teléfono conmigo, por si él me llamase desde el avión.

Cuando entramos en el parque, un conocido caniche gigante se nos acerca. Lo recuerdo por su corte de pelo, al estilo melena de león. Este perro se portó como un gilipollas con Boner el otro día.

Sí.

Como su memoria no es tan fina como la mía, Boner intenta hacer buenas migas con el caniche otra vez.

El caniche le enseña los dientes y le gruñe.

A pesar de ser tres veces más grande, Winnie se esconde detrás de mí dando un gemido.

—Pom-Pom, no estás siendo una señorita simpática —le dice la dueña a su caniche después de yo les haya lanzado una miradita.

La reacción de Boner hoy es casi idéntica a la de la última vez. Deteniéndose en seco, me mira con una mirada perpleja que parece decir «*Ma chérie*, creía que yo, el semental, les resultaba *irrésistible* a las perritas».

Lo aparto de un tirón antes de que Pom-Pom pueda abalanzarse sobre él. Esa bicharraca claramente tiene la rabia.

Cuando la caniche se pierde de vista, reanudamos nuestro paseo y, como tengo mi teléfono, llamo a Xenia y le cuento cómo ha sido mi día.

—Mmmm —murmura ella cuando termino.

—Mmm, ¿qué?

—Me volverás a llamar «rusa cínica».

—Te llamaré cosas peores si no lo sueltas.

—Bien —resopla ella—. ¿Cómo sabemos que hay un hermano herido en Ruskovia? ¿Y si va a visitar a su esposa o a su novia perfectamente sana?

Aprieto las correas de los perros que sostengo en la mano.

Ella está hablando de un escenario al estilo Marco, y no me puedo creer que no se me haya ocurrido a mí antes.

—Eso no tiene sentido —digo, sin saber muy bien a quién intento convencer—. Tuvo la oportunidad de acostarse conmigo. ¿No es eso lo que buscan los infieles? Si hubiésemos llegado hasta el final y *entonces* él hubiese tenido que irse, sería una historia diferente.

—Quizá sea un tipo raro, con conciencia —dice, sonando menos segura ahora—. Cuando el momento de engañarla se acercaba, se sintió culpable y saltó al avión para poder estar con su pareja.

—¿Y me dejó a su perra? Eso no cuadra del todo.

Al menos, espero que no. Ojalá estuviera tan segura como pretendo estar.

Xenia suspira.

—Tal vez sea *yo*, siendo una cínica. Aun así, si yo fuera tú, mantendría los ojos y los oídos bien abiertos cuando hablase con él.

Noto el estómago helado y tenso.

—¿Podríamos cambiar de tema? ¿Qué se siente al estar comprometida?

Xenia está encantada de contármelo todo sobre sus conversaciones recientes con las personas de su vida y cómo todos los rusos se sorprendieron de que una «mujer de su edad» haya encontrado a alguien.

Cuando terminamos de hablar, ya he llegado a casa.

Entramos, les quito las correas a los perros y me mantengo ocupada con el diseño del traje de realidad virtual, y luego con varios correos del departamento de marketing... cualquier cosa con tal de evitar que mi mente regrese a examinar el fantasma que Xenia ha conjurado.

El problema es que esos pensamientos furtivos me tienden una emboscada cuando finalmente me meto en la cama. La decoración sexy del cuarto es un gran recordatorio de Dragomir.

La fría tensión de mi estómago regresa con mayor fuerza que antes, y mientras doy vueltas en la cama, me doy cuenta de algo.

No he tenido cuidado.

De alguna manera, he bajado la guardia y he permitido que Dragomir entrara lentamente y se enroscara en torno a mi corazón, como una serpiente. No es que esté enamorada de él, es demasiado pronto para eso, pero definitivamente siento *algo*.

Joder. ¡Qué idiota soy!

¿Tenía razón Xenia? ¿Podría haberse dado cuenta él de mi cuelgue en ciernes, haberse sentido culpable por ello y haber decidido huir antes de que las cosas llegaran más lejos? Tal vez sea una de esas personas que piensan que el sexo no significa nada, pero que si hay sentimientos involucrados, eso es engañar de verdad.

De cualquier forma que lo mire, me alegro de que me esté dando el espacio necesario para reflexionar sobre ello. Es una mala idea sentir algo más aparte de lujuria por él. Aunque se haya eximido del proceso, sigue siendo un posible inversor en el proyecto de mis sueños y, como él dijo, los negocios y las emociones no deberían mezclarse. El sexo y los negocios tampoco son una gran combinación, pero al menos eso es más excusable.

¡El hombre llevaba un jersey de cuello alto la primera vez que nos conocimos, por el amor de Dios!

Entonces, ¿estaba Xenia en lo cierto? ¿O simplemente se está poniendo paranoica porque sabe que tiendo a atraer a los gilipollas? ¿Y acaso importa? Aun cuando Dragomir sea soltero, claramente está ocultando algo sobre su pasado.

Eso debería ser un factor decisivo en sí mismo.

Quizás ahora que he caído en la cuenta, pueda dormir.

Pues no. No va a suceder, al menos no sin alguna ayuda.

Me levanto y voy arrastrándome hasta la cocina, casi tropezándome con Winnie por el camino. Está acurrucada rodeando a Boner, que parece encontrarse en el séptimo cielo.

Cuando finalmente llego a la nevera, me bebo un vaso de leche con la esperanza de que un coma alimenticio me ayude a quedarme dormida.

No funciona. En vez de sueño, me entra acidez de estómago.

Vale. Cojo un juguete erótico al azar, vuelvo a la cama, e intento llevarme al agotamiento a base de orgasmos. Desafortunadamente, mi mente traicionera visualiza a Dragomir desnudo cada vez que llego al clímax, infaliblemente. Mente estúpida.

Solo cuando el indicador de batería baja del juguete comienza a parpadear me las arreglo para quedarme dormida.

Capítulo Veintiséis

MIENTRAS ME COMO MI avena a la mañana siguiente, observo a mi perro haciendo algo peculiar. Si tuviera que adivinar de qué se trata, diría que quiere follar con Winnie. Tiene esa mirada que conozco tan bien, la de justo antes de atacar a su juguete erótico, Remy. Sin embargo, debido a la diferencia de tamaño, ni siquiera puede acercarse a montar a la osa.

Solo mira su trasero con gesto nostálgico y se lloriquea.

Por su parte, Winnie no entiende lo que él quiere o finge no entenderlo.

—Ya la has dejado preñada —le recuerdo.

«*Ma chérie*, ¿qué tiene eso que ver con un instante para el *sexe*?».

—*Touché.* —Continúo comiendo.

A medida que avanza el desayuno, mi teoría se confirma. En lugar de comerse las croquetas que le he puesto, Boner está acechando a Winnie.

Ella solo mastica su comida, ignorándole.

Con un gran esfuerzo, él salta a la silla de la cocina. Eso lo coloca casi a la altura correcta, excepto porque la silla está a medio metro de distancia del trasero de la osa, y ella no parece dispuesta a retroceder hacia allí.

Boner mira hacia abajo y luego hacia su objetivo, con ojos calculadores.

—No lo hagas —le advierto—. Te partirás el cuello.

Me ignora y salta... pero se pasa del blanco y aterriza sobre el lomo de Winnie.

Ella ni siquiera deja de comer.

Él mira hacia abajo y luego hacia mí.

«*Ma chérie*, ayúdame. *S'il vous plaît*».

Lo cojo y lo dejo en el suelo.

Si quiere algún otro tipo de ayuda, eso no va a suceder.

Él se acerca penosamente a su cuenco para ahogar sus penas en la comida. Después, se lo monta con Remy, pero, y podrían ser solo imaginaciones mías, parece faltarle algo de su entusiasmo habitual.

Echo un vistazo a mi teléfono.

Nada de Dragomir.

Espera, ¿por qué estoy mirándolo siquiera?

Me sumerjo en el trabajo y me las arreglo para no pensar demasiado en él durante el resto del día. Sin embargo, por la noche no puedo conciliar el sueño. Me molesta no haber recibido ninguna llamada o mensaje de texto de él.

Ya tendría que haber aterrizado, creo.

———

Cuando me despierto después de otra noche de sueño agitado, todavía no hay nada.

¿Y ya está? ¿Me ha hecho ghosting?

No, eso no tiene ninguna lógica. Tengo a su perra. Pero entonces, ¿por qué no me llama ni me envía mensajes de texto?

Por fin, una videollamada de Dragomir aparece en mi teléfono después del almuerzo, apartándome del diseño de un consolador.

Mi dedo se desliza para aceptar, y rápidamente giro el teléfono para evitar que vea en lo que estoy trabajando.

Unos conocidos ojos color avellana me miran desde la pantalla. Unos ojos preciosos, a pesar de lo cansados y tristes que parecen.

—Hola —dice cuando le contesto—. Lo siento, no he tenido ocasión de ponerme en contacto antes.

Miro detrás de él. Parece estar en una sala de estar con una alfombra grande y de aspecto caro colgando de una pared a sus espaldas... lo que convierte a las alfombras de pared en otro pequeño detalle en el cual Ruskovia es similar a Rusia.

—¿Cómo está tu hermano? —pregunto, mientras mi mente trata frenéticamente de averiguar qué hacer con las sospechas que le ha insuflado Xenia.

Él parece afligido.

—Está en coma. Los médicos no saben cuándo despertará.

Mierda.

Suena tan sincero…

—¿Dónde está? —pregunto.

—Aquí, en el hospital —dice Dragomir.

¿Hospital? El fondo no parece el de un hospital.

Guau. Si *está* mintiendo, se está creando karma muy malo. ¿Pero cómo podría averiguarlo?

Él frunce el ceño, mirándome fijamente.

¿Acaso mi cara refleja algo de mis dudas?

—¿Cómo se llama tu hermano? —le suelto.

No ha sido muy sutil, pero bueno. Si se lo está inventando, dará un paso en falso y le pillaré. O si me da un nombre, puedo pasárselo a Vlad para ayudarle con su espionaje... todo son ventajas.

Su ceño se acentúa.

—¿Pasa algo malo?

Sí, esa no ha sido una buena idea de mi parte.

—¿Estás en el hospital ahora mismo? —pregunto, decidiendo jugármela—. ¿Justo ahora?

Sus ojos se entrecierran.

—Eso es lo que acabo de decirte hace un momento.

—Entonces, ¿cómo es que parece una sala de estar?

¿Ha subido alguien el termostato de mi apartamento? Estoy empezando a sudar como una cerda en una clase de Bikram yoga.

Mira la alfombra peluda detrás de él y luego se vuelve hacia la cámara.

—Es un hospital privado. ¿Por qué no hacer que los pacientes se sientan cómodos?

—Supongo...

Sus labios tan besables se convierten en dos líneas apretadas.

—¿Estás tratando de decirme que no estoy en un hospital, aunque yo te esté diciendo que sí?

Me trago el nudo repentino de mi garganta.

—Una alfombra no parece muy higiénica.

Si pudiera rebobinar, comenzaría esta conversación desde cero y tomaría un rumbo diferente.

Su mirada se endurece.

—¿Quieres decir que te estoy engañando?

Se me hace un nudo en el estómago y las palabras salen de mis labios por sí solas.

—Mira, no sé demasiado de ti. Cuando te fuiste tan de repente, comencé a preguntarme si...

—Es suficiente. —Coge el teléfono y gira la cámara, moviéndola por la habitación.

Al principio, mi impresión de que se trata de una sala de estar se intensifica. Veo un televisor grande, muebles lujosos y una mesa de café ornamentada que pega en un hospital incluso menos que una alfombra. Pero luego aparece una cama y mi pecho se aprieta dolorosamente al verla.

Es una cama de hospital, aunque la más elegante que he visto en mi vida. Alrededor de la cama hay soportes con lo que deben ser sueros intravenosos, un ventilador, un monitor que muestra la presión arterial y la frecuencia cardíaca, y otros equipos médicos de esos que te ponen los pelos de punta.

Noto el estómago tan frío y duro como la tundra siberiana.

Todo este equipo está conectado a un Dragomir inconsciente.

Ahogo un gemido de pánico y me recuerdo a mí misma que no puede ser Dragomir. Lo he visto hace solo un segundo. Este tipo tan clavadito a él es su hermano.

Oh, Dios. Su *hermano*.

¡Qué gilipollas que soy! He dudado de él en uno de los peores momentos de su vida. Si uno de mis hermanos...

No. Ni siquiera puedo terminar de formular ese pensamiento.

Con un movimiento brusco, el teléfono regresa al rostro de Dragomir.

Siento un irracional momento de alivio al tener pruebas de que no es Dragomir el que está en esa cama, pero mi alivio es de corta duración.

El ceño fruncido en su rostro es inconfundible. Está tan decepcionado de mí como yo.

Su voz es grave y severa.

—¿Satisfecha?

—Lo siento mucho. No debería haber...

—En efecto —dice él—. Y ahora, si me disculpas...

Él me cuelga.

Me quedo boquiabierta frente a la pantalla negra de mi teléfono durante un rato.

En algún momento, después, me pellizco. Intensamente.

Pues no. No es ningún mal sueño. Por desgracia.

Entonces... ¿esto ha sido todo? ¿Se ha terminado lo que fuese que había entre nosotros?

Me siento como una caca de perro... lo que me recuerda a los peludos a mi cargo.

Haciendo caso omiso de la pesadez en mi pecho, hago un sándwich, les pongo las correas a los perros y voy al parque.

———

—A vosotros los rusos sí que os gustan los osos —murmura John mientras contempla a Winnie en toda su esponjosa inmensidad.

Me encojo de hombros y me lanzo a una nueva historia sobre por qué necesita hacerme el favor de quitarme el sándwich de las manos.

Mirándome con extrañeza, John coge la comida.

—¿Estás bien? —pregunta con brusquedad.

¿Qué pinta tan mala debo de tener para que se haya saltado sus habituales insultos comunistas?

—Estoy bien, gracias por preguntar.

—Vale. —Le da un mordisco al sándwich y se lo traga sin masticar—. Gracias.

¿Gracias?

Guau.

Quizás debería jugar a la lotería para conseguir los fondos que necesito para mi empresa. Entre esto, el abrazo de Madre y ese «encantado de verte» de Padre, puede que me tocase el premio gordo.

—Adiós, John— murmuro antes de dirigirme de vuelta a casa.

Por el camino, mi idea de jugar a la lotería me arrastra a una cadena de reflexiones que quería evitar.

¿Hasta qué punto he estropeado las cosas con Dragomir? Además de quedarme sin su cuerpo para siempre, ¿habré sentenciado también mis posibilidades de conseguir los fondos para mi empresa?

Supongo que el tiempo lo dirá.

Hay una videollamada sonando en mi teléfono cuando entro a mi apartamento.

Arrastrando a los perros, entro corriendo.

Al coger el móvil, deseo que sea él, volviendo a llamarme.

Al ver el nombre en la pantalla, me dejo caer en el sofá, aliviada.

El universo debe de haberme escuchado.

Es Dragomir.

Capítulo Veintisiete

CON EL CORAZÓN palpitando al galope, contesto.

Parece cansado pero no menos apetitoso.

Contengo mi emoción. Lo más probable es que esté a punto de acordar algo concerniente a Winnie o algo así.

—Siento haberte colgado antes —dice.

Mientras les quito las correas a los perros, pestañeo.

—Entró un médico a la habitación —prosigue—. Espero que lo entiendas.

¿No me colgó porque estaba enfadado? ¿Está este hombre postulándose para que le hagan santo?

—Yo soy la que lo siente —le suelto—. Estás lidiando con una tragedia. Obviamente, no hay espacio en tu vida para mi paranoia.

Él suspira.

—Tenías algo de razón. No nos conocemos tan bien, y me doy cuenta de que en parte eso es por culpa mía. Mi pasado aquí en Ruskovia es… bueno, no disfruto hablando de ello.

—No es que estemos oficialmente juntos para justificar cualquier paranoia por mi parte —digo y luego desearía no haberlo hecho, porque algo de esa afirmación le hace ponerse tenso.

Reprimiéndose, se destensa visiblemente y se acerca el teléfono un poco más a su cara.

—Dime algo… ¿Hay alguna otra cosa sobre la que no te fíes? ¿Es que alguien te ha hecho daño?

Trago saliva a través de mi garganta, repentinamente más estrecha.

—El último hombre con el que salí. Estaba casado y yo no fui consciente de eso durante todo el año que estuvimos saliendo.

Los ojos de Dragomir se agrandan y luego se estrechan peligrosamente, y una vena comienza a latirle en la frente.

—¿Te mintió sobre eso?

Asiento, sintiendo el ardor de la vergüenza en mis mejillas. Hasta el día de hoy, me siento como una idiota.

—Era banquero de inversiones en Goldman Sachs, vicepresidente del departamento de fusiones y adquisiciones, así que trabajaba con unos horarios demenciales… o eso me contó. Por mi parte, yo acababa de salir de la universidad y estaba ocupada comenzando mi propia carrera. —O mejor dicho, mi propia empresa de juguetes eróticos, pero todavía no estoy preparada para ahondar en ese tema con

Dragomir—. Sólo nos veíamos una o dos veces por semana como mucho —continúo, haciendo todo lo posible mantener la voz despejada de amargura—, y casi nunca los fines de semana. Siempre me decía que tenía alguna reunión urgente con un cliente para la que necesitaba prepararse, y estoy segura de que su esposa pensaba que las noches de los días laborables y las noches que pasaba conmigo de vez en cuando eran las típicas noches de quedarse toda la noche en la oficina.

Dragomir suelta un rabioso improperio en ruskoviano. Debe de ser una palabrota que mi ex se merece, pero suena muy parecido a algo benigno en ruso: *empacho*, la sensación de malestar que tienes después de haber comido demasiado.

Confirmando mis sospechas, murmura entre dientes «hijo de puta» en inglés antes de volver a mirar a la cámara.

—Juro por la vida de mi hermano que no estoy con ninguna otra mujer —dice gravemente—. ¿Te sirve eso?

¿Ninguna *otra* mujer? ¿Eso me convierte en *la* mujer de su vida?

Seguramente sí. No creo que jurase por la vida de su hermano si estuviera mintiendo. No de normal pero más especialmente dadas las circunstancias.

—¿Cómo se encuentra? ¿Te ha dicho algo el doctor? —pregunto, agradecida por dejar el tema de mi ex.

La expresión de Dragomir se oscurece.

—Me ha explicado que su coma le fue inducido médicamente. Esperan que eso proteja su cerebro de una inflamación más grave.

Mi pecho se llena con un dolor opresivo.

—Lo siento mucho. Ni siquiera sé qué decir.

—No puedo culparte por ello. Yo tampoco sé qué decir sobre el tema. —Sus ojos parecen más castaños que avellana con esta luz—. Lo peor de esto es que estoy tan furioso con Tigger… ¿En qué clase de hermano me convierte eso?

¿El nombre de su hermano es Tigger? Suena más como un apodo, pero lo archivo de todos modos antes de dedicarle a Dragomir una sonrisa tranquilizadora.

—En uno humano. Si mis hermanos hubieran pensado en hacer un salto base desde un rascacielos, y encima lo hubiesen llevado a cabo, yo estaría furiosa. Y si se hubiesen lesionado haciéndolo, probablemente acabaría de cargármelos yo misma.

Un ligerísimo atisbo de sonrisa le ilumina los ojos.

—Puedo imaginármelo fácilmente.

—Apuesto a que también ellos pueden… y por eso no habrá ningún salto base de ningún Chortsky en el futuro inmediato.

Dragomir asiente y luego dice en voz baja:

—Tigger siempre ha sido un temerario, incluso cuando éramos niños. Siempre que ocurría alguna travesura en la casa, nuestros padres lo interrogaban a él primero. —Su mirada se vuelve distante—. Como esa vez en la que robó una granada de la Segunda Guerra Mundial de un museo y la lanzó a una hoguera que había encendido en el jardín junto al cenador favorito de mamá. No sé cómo logró sobrevivir, pero el cenador y la mitad de los jardines no lo lograron. Nuestros padres le contrataron una niñera personal después de ese incidente, pero él la obligó a renunciar... y a otras cinco niñeras más después de esa.

Guau. Y mis padres se quejan de que *mis* hermanos eran revoltosos de pequeños.

—Los hermanos pueden ser problemáticos —digo—. Cuando yo tenía seis años, los míos me llevaron a Coney Island. Yo era alta para mi edad, así que me dejaron montar el Cyclone: una montaña rusa desvencijada y extremadamente aterradora. Cuando fuimos a nadar después, estaba tan mareada que casi me ahogo y necesité que un salvavidas me hiciese el boca a boca.

Él frunce el ceño, como si estuviera preocupado por mi yo de la infancia, y luego niega con la cabeza con desaprobación.

—Al menos *ahora* parecen protectores contigo.

—Siempre lo fueron. Es solo que cuando sucedió ese incidente, eran demasiado jóvenes para tomar buenas decisiones, lo que básicamente significa que su protección se manifestaba golpeando a cualquier matón que se osara tirar de mis trenzas.

—Sigo diciendo que lo tuviste fácil con solo dos hermanos de los que preocuparte. Imagínate tener nueve.

—Espera. —Lo miro en busca de algún signo de

que está bromeando—. ¿Todos tus hermanos son varones?

—Nada más y nada menos. Es una fuente de gran orgullo para mi padre haber engendrado tantos hijos varones. —Esto último lo dice con disgusto.

Yo suelto un silbido.

—Eso tiene que ser una anomalía estadística. Pobrecita, tu madre. ¿Cómo pudo encargarse de tanta testosterona junta bajo un mismo techo?

Él pone los ojos en blanco.

—Madre nunca se ensuciaba las manos… para eso estaba el servicio.

¿Servicio? Recuerdo su mención del cenador de su madre y de los jardines. Su familia parece más que simplemente acomodada. Solo sirve para demostrar cuán cierto es el cliché de «el dinero no compra la felicidad». Parece claramente infeliz al recordar su infancia.

—Puede que una niñera fuese mejor que el estilo de maternidad de mi mamá —digo, sin saber si eso va a sonar reconfortante o no.

Él resopla.

—Tus padres son unos ángeles comparados con los míos.

¿Otra vez la apuesta esa? ¿Es que no se rinde nunca?

—Solo fingieron ser majos delante de ti. No tienen nada de ángeles.

Sus ojos se tensan.

—Los míos me han desheredado oficialmente. Y a

Tigger también. ¿Le han hecho eso los tuyos a alguno de sus hijos?

Me remuevo incómoda en mi asiento.

—No.

—¿Serían capaces de hacerlo?

Me encojo de hombros.

—Ellos desaprueban las decisiones que he tomado y me lo han hecho saber. Sin embargo, no estoy segura de que planeen hacer *tan* oficial su disgusto.

Una sonrisa aparece en sus labios.

—Así que admites la derrota para variar.

—No admito tal cosa. Hasta que no conozca a tus padres, supuestamente infernales, no creeré que sean tan malos como afirmas.

Por otra parte, ¿todavía quiero conocerlos ahora? Tal vez sea mejor dejarle ganar en esta ocasión.

La sonrisa desaparece.

—*Son* tan malos como te cuento.

Ojalá estuviera aquí para poder abrazarlo y aliviar al menos parte de su dolor.

—¿Qué hiciste para cabrearlos?

—Quería ser independiente. —Nunca antes había escuchado a alguien concentrar tanta amargura en solo tres palabras—. Cuando salí de la universidad, me estuve encargando de sus inversiones, pero cuando obtuve suficiente capital para salir adelante por mi cuenta, hice precisamente eso y ellos lo desaprobaron.

—¿Y ya está?

Incluso su suspiro suena amargo.

—Nada les gusta más que salirse con la suya.

Entonces lo desaprueban por haber fundado su propia empresa, básicamente. Tenemos eso en común… aunque no se lo voy a mencionar porque no estoy lista para la conversación sobre mi compañía de juguetes eróticos.

—¿Y Tigger? —pregunto—. ¿Cuál es su problema con él? ¿Sus aventuras?

Las fosas nasales de Dragomir se ensanchan.

—Ellos lo llaman su «comportamiento impropio». Sospecho que cuando salga del coma, sus primeras palabras serán «ya te lo dijimos».

Mmm. Quizás sus padres *sean* peores que los míos.

Él bosteza, haciéndome recordar lo cansado que me pareció al principio de la llamada.

—¿Cuándo fue la última vez que dormiste? —La pregunta me sale con un tono más imperativo de lo que pretendía.

—Allá a Nueva York —me responde, reprimiendo otro bostezo.

—Deberías meterte en la cama. Tienes falta de sueño y *jet lag*. Si Tigger se despertara ahora mismo, no le servirías de nada en este estado.

Su suave sonrisa regresa.

—Eres más sabia de lo que correspondería a tu edad. ¿Ya te lo había dicho?

—No hace falta, ya lo sabía. Ahora vete.

—Gracias —dice y me mira con una expresión extrañamente intensa.

Trago saliva audiblemente. ¿Por qué de repente me siento como una mosca atrapada en ámbar?

—¿Me llamarás cuando te despiertes? —Me las arreglo para decir.

—Hecho, tenemos una cita —dice y cuelga.

Me levanto del sofá y me acerco a mi portátil.

Los tapones anales de Woody siguen siendo tendencia.

Vale pues.

Durante un rato, me dedico a diseñar un dispositivo de succión de clítoris.

Si el objetivo era olvidar a Dragomir, no estoy segura de cuánto éxito he tenido en eso. Ahora que he terminado, me doy cuenta de que el diseño se parece sospechosamente a sus labios.

Xenia me llama, así que se lo cuento todo.

—Parece que realmente no está con nadie —dice cuando termino—. Siento haberte puesto tan paranoica.

—No necesitas disculparte. Tengo una mente propia. —Y un bagaje propio que me predispone a desconfiar de los hombres.

Charlamos un poco más, luego me pide que la mantenga informada sobre la recuperación de Tigger y cuelga.

Les echo un vistazo a mis peludos compañeros y vuelvo a encontrarme a Boner en la silla de la cocina. Creo que está esperando a que Winnie venga a beber para intentar montarla desde la altura adecuada.

—Yo me tiraría a Remy si fuese tú —le digo.

«*Ma chérie*, ¿cómo puedes comparar a la *maman* de mis bebés con una mera *maîtresse*?».

Me preparo un sándwich de pavo mientras lo vigilo. Como era de esperar, Winnie viene a beber pero posiciona su trasero para que Boner ni siquiera pueda soñar dar el salto.

Osa lista.

Boner, abatido, salta de la silla.

Ooooh. Si no fuera por Remy, diría que mi perro está viviendo en una versión del infierno masculino: una hembra sexy frente a él pero siempre fuera de su alcance. Por otra parte, la suya es la configuración sexual de muchos matrimonios, por lo que llamarlo infierno tal vez sea una exageración.

Llevo el sándwich a la sala de estar, enciendo Netflix y repaso lo que ofrecen. Mmm. ¿Debería ver algo con Woody Harrelson, en honor a nuestro producto más vendido?

Me pregunto si ha usado un jersey de cuello alto en alguna de sus películas.

En cuanto elijo la película, le doy el primer mordisco a mi sándwich, pero mis dientes hacen clic en el aire vacío.

Miro boquiabierta mi mano sin sándwich.

¿Qué demonios? ¿Puedes tener lagunas de memoria por estar demasiado cachonda?

Una bocanada de aliento de perro me da una pista, y miro detrás de mí.

Sí.

Con unos ojos completamente inocentes y el hocico cubierto de migajas, Winnie está masticando lo que parecen ser los restos de mi sándwich.

¿Cómo me lo ha quitado tan sigilosamente? Si pudiera enseñarle a hacer lo mismo con joyas, podríamos ser ladronas de fama mundial.

—Eso ha sido de ser muy perra, robarme la comida —digo con severidad—. Además, ¿no has comido ya como una bañera llena de comida para perros hoy?

«Tsk, tsk, Bella Borisovna. ¿Avergonzando a una embarazada por su apetito?».

Me dirijo a la cocina, meto otro trozo de pavo entre dos rebanadas de pan tostado y les pongo a los dos perritos algo de comida, para que también estén ocupados comiendo, una manera infalible de mantener seguro mi próximo sándwich.

Después de la película y de una ducha, me pongo el pijama y finalmente me voy a la cama, pero no a dormir. Primero, quiero aliviar mis impulsos reprimidos con la ayuda de un vibrador de nuestra línea de teledildónicos. La fantasía que tengo en mente es que Dragomir lo esté operando de forma remota, controlando mis orgasmos desde Ruskovia.

Saco el vibrador nuevo de la caja y me preparo para vincularlo con mi teléfono.

Increíblemente rosa, este juguete está hecho de un material especial que inventé hace poco. Es blando y recuerda al *kholodetz*, aunque en la fabricación de este vibrador no se han incluido morros de cerdo, orejas de cerdo, patas de pollo ni colas de ternera.

De hecho, nunca se le hace daño a ningún animal en la fabricación de juguetes Belka. No hacemos pruebas con animales... a menos que Vlad y Fanny cuenten.

Al desbloquear mi teléfono, busco la aplicación de Belka que escribió Vlad, una con controles para el juguete.

De repente, aparece una videollamada en mi pantalla.

El corazón se me sube a la garganta.

¿Me he quedado dormida y estoy soñando?

Una vez más, es Dragomir.

Capítulo Veintiocho

ME RECOLOCO para que Dragomir no pueda ver el juguete erótico que hay sobre mi cama y pulso aceptar.

De fondo tiene un dormitorio elegante que debe de ser el ático de algún hotel. Está sentado en una silla y lleva solo una bata, lo que me permite salivar ante el espectáculo del firme canalillo entre sus músculos pectorales.

Tiene los ojos color avellana increíblemente rojos e irritados... como los ojos de un prisionero sometido a esa técnica de interrogatorio de nivel superior que es la privación del sueño. Sin embargo, cuando me ve, sus labios dibujan una sonrisa que me hace sentir igual que si me hubiese bebido un trago de luz del sol.

—Hola, *squirrelchik* —dice—. ¿Ya me echas de menos?

Le respondo con una sonrisa tontuna.

—¿Me acabas de llamar chica ardilla?

Adopta un tono didáctico.

—El diminutivo ruso de Bella es Belochka, y esa palabra también quiere decir ardilla. Además del sufijo «chka», otra forma de hacer un diminutivo, especialmente en ruskoviano, es «chik». Pero como eres más o menos estadounidense, lo cambié al inglés y obtuve *squirrelchik*.

Pongo los ojos en blanco con gesto jocoso.

—¿De verdad acabas de explicarme en plan macho sabelotodo lo que significa mi propio mote?

—Lo siento —dice él con tono arrepentido—. Tendría que haberme dado cuenta de que entenderías cómo había llegado hasta ahí. Eres más inteligente que yo. Y obviamente sabes más ruso.

—Y que no se te olvide. Pero lo que es más importante: ¿no crees que ese apodo me hace sonar un poco ardillesca?

Su sonrisa se amplifica.

—Puedo llamarte *kiska*.

—Eso es coñito. Lo sabías, ¿verdad?

Su ceja izquierda se eleva.

—Significa *gatito*.

—Gatita —digo—. Créeme, prefiero ser la chica ardilla... siempre y cuando, a cambio, pueda ponerte un apodo a ti también.

Él ladea la cabeza.

—Eso depende.

—*Drakonchik* —le digo. Imitando su mismo tono didáctico de antes, le explico: Dragomir es bastante parecido a «dragón», y el diminutivo de dragón en ruso es *drakonchik*.

Él frunce el ceño.

—También suena como el Dr. A. Konchik. ¿*Konchik* no es también la punta del pene en ruso?

—No —digo, haciendo todo lo posible por no reírme—. Es una palabra genérica para punta, como lápiz, bolígrafo, etc. Pero si lo prefieres, *puedo* llamarte Dr. Puntita.

—No, gracias, *drakonchik* está bien.

—Entonces, trato hecho. Ahora cuéntame por qué no estás dormido.

Se encoge de hombros, y el cansancio regresa a su rostro.

—Lo he intentado. No he podido.

—¡Qué asco! Odio cuando pasa eso.

Una sonrisa aparece en sus labios.

—No es *tan* malo.

Mi respiración se acelera. Creo que sé a dónde está yendo esto.

—Cuando me cansé de estar tirado en la cama, terminé buscando algo que hacer, así que abrí la mochila que me diste. —Gira la cámara para mostrarme los juguetes eróticos esparcidos por toda su cama.

Sí. Lo que sospechaba. Pero, ¿podría esto realmente...?

—Así que, squirrelchik. —Su sonrisa se vuelve francamente malvada—. ¿Te importaría explicármelo?

Capítulo Veintinueve

¿CREE que puede ponerme nerviosa con esa exhibición de juguetes eróticos? ¿A mí, la mujer que diseñó todos ellos? O, me atrevo a esperar, ¿está a punto de convertirse en realidad mi fantasía de hace un momento?

Respiro hondo.

—Esos son juguetes teledildónicos. «Tele» en griego significa «lejos» y «dildo», ya sabes, es el término inglés para consolador. —Lanzo una mirada afilada a la zona de la entrepierna de su bata. Aunque puede que sean ilusiones mías, creo que capto un fugaz atisbo de Everest ahí abajo, haciendo una tienda de campaña con el tejido de color blanco.

La mirada de Dragomir se vuelve de un tono de ámbar más brillante y su cansancio anterior desaparece sin dejar rastro.

—¿Quieres usar uno de esos conmigo?

Arqueo una ceja con gesto lascivo.

—Sí, pero no te divertirás tú solito. —Girando la cámara, le muestro el vibrador rosa que hay encima de mi cama—. Este es un juguete que funciona bajo el mismo principio que los que tienes tú. Con la aplicación adecuada, puedes hacerme a mí lo que planeo hacerte yo a ti.

Él se acerca más el teléfono a la cara. A juzgar por su expresión, casi espero que arranque un trozo de pantalla de un mordisco.

—Está bien, entonces —gruñe—. Desnúdate.

Guau. El juego *comienza*. Casi al estilo de Donkey Kong.

Me quito el top, dejando al descubierto mis pechos.

Sus ojos se agrandan.

Dándole la espalda, levanto el trasero y me bajo lentamente los pantalones cortos de mi pijama.

Casi se le cae el teléfono de la mano.

Me doy la vuelta y, tan seductoramente como puedo, me quito las bragas.

Nunca había hecho esto antes, desnudarme delante de una cámara. ¿Quién iba a decir que me iba a excitar tanto? Tengo los pezones duros y el clítoris palpitante... y todavía no hemos llegado a lo mejor.

—Joder —el gruñido de Dragomir suena casi como un quejido—. Eres perfecta.

En plan juguetón, muevo la cámara más cerca de mi cara, ocultándole temporalmente mi cuerpo.

—Ahora te toca a ti.

Él coloca su teléfono en una mesilla de noche, se aparta para que pueda verle todo el cuerpo, y deja caer su bata.

Mi mente, y otras partes más íntimas, están oficialmente alucinadas.

De nuevo.

La luz de su habitación resalta cada línea de sus músculos poderosos y magníficamente definidos, lo que me da ganas de lamer la pantalla, de tocarme y tal vez hasta de coger un vuelo a Ruskovia.

Sí, definitivamente, eso último. Teletransportarse sería aún mejor. El hombre es dinamita para los ovarios... y su Everest es particularmente tentador. Destaca como una montaña en la cámara del teléfono, robando el centro de atención de la imagen con gran facilidad.

¿Tendrá Dragomir alguna función de zoom inteligente en su teléfono que lo esté haciendo parecer aún más grande? ¿O ya era tan grande cuando lo tuve en la boca el otro día? ¿Cómo es que no me disloqué la mandíbula?

—Y ahora, ¿qué? —pregunta él con voz entrecortada.

—Ponte eso. —Con un dedo tembloroso por la expectación, señalo el anillo de pene extra grande de su cama—. Yo controlaré la vibración.

Cuando se gira para recoger el juguete, veo una panorámica de sus glúteos tensos y sus muslos musculosos… y mi excitación sube otro grado más.

Alguien debería de hacerme una estatua por el

noble sacrificio de dejar que él sea el primero en correrse.

Se da la vuelta con el anillo para el pene en la mano.

Me quedo boquiabierta cuando lo desliza sobre Everest.

Es oficial.

Este es el encuentro sexual con mayor carga erótica de mi vida.

El anillo, que le queda justo, hace que Everest se abulte y se llene todo de venas.

¿Le importaría si yo empezase a meterme mano?

No. Más divertido centrarse en él primero.

Aun así, resistirse a ese impulso es difícil. Hay algo en las joyas y otros pequeños accesorios que hace que la desnudez sea vuelva aún más pronunciada.

Aclarándome la garganta, abro la aplicación de Belka en mi teléfono y rápidamente guío a Dragomir a través del proceso de hacer que mi teléfono controle su anillo.

Una vez todo queda configurado, hago clic en el botón necesario de mi extremo y Everest comienza a vibrar como si estuviese sufriendo un terremoto.

El rostro de Dragomir se pone tenso y sus ojos de color voluble se oscurecen de lujuria.

Subo un poco la velocidad de la vibración.

Aunque parezca imposible, Everest parece todavía más grande y grueso.

Sonriendo con picardía, subo la velocidad al setenta por ciento.

Un rubor oscuro tiñe sus pómulos altos.

Ochenta por ciento.

Gime, y sus manos se cierran en puños.

Espero unos momentos y luego subo el anillo a la máxima potencia.

Dragomir gime más fuerte y Everest entra en erupción.

Santos volcanes benditos. Creo que tendría que haber llamado a esa cosa Vesubio en lugar de Everest.

El semen se dispara en un torrente, aterrizando por todas partes, incluso sobre la cámara del teléfono, lo que le da a su habitación un aspecto descolorido.

¡Maldita sea! ¿Quizás deberíamos haber usado la manga? De esa manera, la erupción se habría contenido.

Detengo la vibración.

Dragomir se quita el anillo, y luego agarra unos pañuelos de papel y lo limpia todo. Al reposicionar la cámara, me clava una mirada hambrienta.

—Te toca.

Por fin.

Conectamos rápidamente mi vibrador a la aplicación de su extremo y luego me deslizo de nuevo en la cama.

—¿Listo? —gruñe él.

Me pongo el vibrador contra el clítoris.

—Sí.

Con sus ojos recorriendo mi cuerpo, enciende la vibración.

Joooooder. Es alucinante... cien veces mejor

porque él tiene el control. La masturbación y las cosquillas tienen eso en común: hacértelo a ti mismo es sensiblemente distinto de tener a alguien que te lo haga.

Con una mirada de satisfacción puramente masculina, sube la intensidad.

Un gemido se escapa de mis labios.

Aunque tengo la vista borrosa, observo que Everest se eleva de nuevo, lo que me excita increíblemente más.

—Eso es, squirrelchik —suspira él—. Córrete para mí.

Estoy a punto de complacerle, pero luego sus ojos se entrecierran al ver algo detrás de mí y él grita en ruskoviano.

Mi orgasmo en ciernes se aleja.

¿Qué demonios?

Suceden dos cosas al mismo tiempo.

Mi nariz detecta un olor a aliento de perro y Winnie me roba el vibrador de las manos con la misma habilidad ninja que había usado con mi sándwich.

—¡Oye! —grito—. Devuélveme eso.

Moviendo la cola, la osa sale disparada de la habitación.

—¡Asegúrate de que no se lo trague! —Oigo gritar a Dragomir al tiempo que salto a perseguirla.

Oh, claro. Esta es la segunda vez que consigue un juguete cubierto con mis jugos femeninos... y el tercer juguete en general.

Esprinto tras ella.

Ella salta por encima de mi mesa de café con facilidad y menea la cola mirándome con unos ojos tan inocentes como de costumbre.

—Esto no es ningún juego —le advierto severamente mientras la persigo.

Ella huye, y si su boca no estuviera ocupada... y lo más importante, si los perros pudieran hablar, apuesto a que me diría: «Si no es ningún juego, ¿por qué me parece tan divertido, Bella Borisovna?».

Como soy humana y, con suerte, más lista, utilizo la estrategia y finalmente la arrincono en la cocina.

Boner nos mira con la cabeza inclinada a un lado.

Uf. Será mejor que guarde mis juguetes bien escondidos en el futuro. Sin duda, él también querrá jugar a este juego ahora.

Haciendo un gran esfuerzo, extraigo el vibrador de las fauces babeantes de Winnie.

Ella mira con nostalgia el objeto rosa.

—Te haré un juguete rosa apropiado para perros —le digo—. Pero este no.

Boner lloriquea.

—También te haré otro a ti.

Winnie todavía parece triste, así que la soborno con una galleta con sabor a beicon, lo cual la anima.

Lanzo el vibrador masticado a la basura, me lavo las manos, regreso al dormitorio, cierro la puerta y le aseguro a Dragomir que ella no se ha tragado el juguete.

—¿Quieres seguir adelante? —me pregunta él.

¿Cagan los osos en el bosque? (O más bien:¿roban las osas juguetes eróticos?).

—Oh, sí.

La sonrisa que me devuelve le hace algo indecente a mis partes internas.

—¿Tienes otro juguete de teledildónica?

Pues sí, pero no estoy segura de si debería admitirlo. No sé cuántos juguetes harán falta antes de que empiece a sospechar que los fabrico yo misma. Además, ahora que estoy mirando su desnudez, quiero acabar lo antes posible y no buscar una caja, abrirla, configurarla con la aplicación, etcétera.

Poniéndome una sonrisa traviesa en la cara, deslizo lentamente mi mano por mi estómago.

—¿Qué tal algo un poco menos tecnológico?

Everest da un saltito, aprobando la idea.

—Sí, squirrelchik. —La voz de Dragomir baja una octava—. Tócate y córrete para mí.

—Y quiero que tú hagas lo mismo por mí —murmuro, moviendo mis dedos hacia arriba y hacia abajo por mi sensible clítoris.

Él cierra el puño en torno a Everest.

El orgasmo que antes me fue negado regresa en un santiamén, y el placer explota a través de mis terminaciones nerviosas con toda la intensidad de una explosión nuclear.

Gimo su nombre.

Él gruñe de placer.

Cuando mi respiración se estabiliza, lo sorprendo mirándome con una intensidad peculiar. Como si estuviera perdido en un desierto y yo fuera un Gatorade de limón y pepino.

—Creo que necesito una ducha —digo, con la voz un poco ronca.

Parpadea y la mirada se desvanece, reemplazada por otra sonrisa indecentemente sexy.

—Por supuesto. A mí también me vendría bien una. Duerme bien esta noche, Squirrelchik.

—Tú también.

Espero a que cuelgue, pero no lo hace. Simplemente me mira, y vuelvo a captar una pizca de esa desconcertante intensidad en sus ojos, ese extraño anhelo que tanto me anima y me inquieta.

—Adelante. Cuelga —digo.

Sus labios se estremecen.

—Cuelga tú.

—No, tú.

—Tú primero.

Vale, es oficial. *He* vuelto al instituto.

Sonriendo, hago un gesto de adiós con la mano hacia la cámara y cuelgo.

Capítulo Treinta

A LA MAÑANA SIGUIENTE, cuando estoy terminando de desayunar, Winnie se me acerca y suelta un extraño gemido.

Espera un segundo.

Ya he oído eso antes.

Me levanto de un salto, les pongo la correa a ambos perros y salgo disparada.

Tan pronto como salimos del edificio, miro a mi alrededor para asegurarme de que no haya personas mayores de aspecto frágil alrededor. No quiero que les den ataques cardíacos.

No hay moros en la costa, así que miro a Winnie y digo:

—Kraken.

THPPTPHTPHPHHPH.

Me echo a correr, con los dos perros en ristre, con la esperanza de ser más rápida que el olor, pero el pedo que sale del trasero de Winnie sigue y sigue.

Cuando nos detenemos junto un semáforo en rojo, Boner le dispara a Winnie lo que debe de ser una mirada impresionada. Apuesto a que vendería su alma para poder soltar incluso el diez por ciento de esa cantidad de gas.

Al menos el viento que sopla en mi cara se lleva la mayoría de la peste. Aun así, es como si estuviéramos atravesando un horrible cementerio donde vienen a morir los huevos podridos y el repollo mohoso.

—Gracias por la advertencia —le digo a Winnie cuando nos hemos alejado lo suficiente del hedor—. Si hubieras hecho eso en el apartamento, habría tenido que mudarme... y seguro que no me habrían devuelto la fianza.

Winnie no me escucha. Su atención está puesta en otra cosa, hacia un lado.

Sigo su mirada y me quedo helada.

Es un gato negro a punto de cruzarse en nuestro camino, y no hay nadie cerca para romper la maldición, así que tendré que darme la vuelta como una idiota.

Como de costumbre, Boner finge que el gato no existe, lo cual es justo. Este gato para él es lo que sería un león para mí. Por otra parte, si un león apareciera en Central Park, no estoy segura de si yo actuaría como si no existiera.

Al ver a Winnie, el gato arquea la espalda y bufa.

Gimiendo, Winnie se apresura a esconderse detrás de mí.

El gato deja de bufar, se da la vuelta y corre como

si le fuese en ello la vida, sin duda pensando: *Esa perra con pinta de osa está actuando igual que una loca. Será mejor que me mantenga alejado.*

¡Uf! Una vez evitado el mal yuyu, seguimos paseando... es decir, hasta que veo a Pom-Pom, nuestra perra caniche enemiga, corriendo hacia mí ella solita.

Mierda. La dueña debe de haber soltado la correa y esa bestia ahora ronda libremente.

El estúpido gato negro debe de haber provocado esto, después de todo.

Tengo a Winnie escondida detrás de mí antes de que pueda ni pestañear.

Ajeno a sus interacciones pasadas con la malvada caniche, Boner menea la cola.

Pom-Pom gruñe y acelera en nuestra dirección.

Mi corazón me late frenéticamente mientras tiro de Boner. No sé qué hacer. Aunque lo coja en brazos, podríamos tener problemas. A pesar de su aspecto amable, los caniches gigantes son unos perrazos capaces de lastimar no solo a Boner sino también a mí.

Boner finalmente debe darse cuenta del peligro. Mete el rabo entre las piernas y suelta un gemido, potente.

Crecida, Pom-Pom se lanza hacia nosotros.

Yo cojo a Boner y me preparo para defender nuestras vidas.

La bestia de pelo rizado está casi a la distancia de un mordisco.

De repente, un gruñido escalofriante hace vibrar el aire.

Es como sonaría un perro del infierno si lo cabreases de verdad, pero de verdad.

Al principio, me parece que el horrible sonido proviene de Pom-Pom.

Pero no.

Pom-Pom se detiene en seco, con los ojos muy abiertos.

No puedo creer lo que ven mis ojos.

Winnie ya no se esconde detrás de mí. Se ha interpuesto entre nosotros y la atacante, y aunque cueste creerlo, ese gruñido está saliendo de sus fauces.

En realidad, teniendo en cuenta esa historia de «librar a Ruskovia de los lobos», tal vez *no* sea algo tan difícil de creer. La actitud de Winnie ha cambiado por completo de linda y tierna a fiera de las que te hacen cagarte encima. En esto, ella también se parece mucho a un oso: son muy monos, pero pueden ser terriblemente aterradores si los coges en un día malo.

Y este es uno de esos días.

Winnie acaba de ponerse en plan mamá oso, y amenazar el culo afeitado de esa caniche, protegiéndonos a mí ya Boner.

—Acércate un poco más y suelto la correa —le digo triunfalmente a Pom-Pom.

La caniche no es una estúpida terminal. Girando sobre sus talones, mete el rabo entre las piernas y sale corriendo... hasta los brazos de su jadeante dueña.

Soltando aire, aliviada, dejo a Boner en el suelo.

De nuevo comportándose como un cielito, Winnie lame la cara de Boner y prosigue su paseo como si nada.

———

De vuelta a casa, me decepciona no encontrarme ningún mensaje de Dragomir en mi teléfono. Sin embargo, hay una llamada perdida de mi madre... lo cual es preocupante. Casi nunca me llama, prefiere enviar invitaciones de Facebook para las celebraciones familiares.

¿Habrá pasado algo?

Recuerdo al gato negro y mi respiración se acelera. Rápidamente, le devuelvo la llamada.

—Hola, cariño —dice ella al contestar—. ¿Cómo estás?

¿Cariño? ¿Cómo estás?

¿Quién es esta y qué ha hecho con mi verdadera madre?

—Estoy bien, mamá —digo con cautela—. ¿Pasa algo malo?

—Por supuesto que no. Me acabo de dar cuenta de que no había hablado contigo en algún tiempo.

¿No se habrá quedado corta con eso?

—Estoy bien —digo—. ¿Cómo estás tú?

—Bien, bien. ¿Cómo está Dragomir? ¿Cómo van las cosas entre vosotros?

Ah. Ahora todo encaja. Esta llamada es una inversión para el proyecto «conseguir un lindo nieto».

—Dragomir no está tan bien —le digo y le cuento el accidente de Tigger.

—Eso es horrible —exclama ella, auténticamente afectada—. Diles a él y a sus padres que le deseo a Tigger una pronta recuperación.

—Claro. —Y lo haré... si alguna vez conozco a sus padres.

—¿Sabes? —dice—, tengo un gran remedio que deberían probar.

Oh, cielos. Los remedios de Madre pueden ser un poco disparatados, hasta para los estándares rusos. Y por alguna razón, suelen tener que ver con la orina. Una vez tuve que orinar en su pierna cuando le salió un sarpullido, y hubo un momento en que Alex cogió un virus estomacal y ella logró convencerlo de que *bebiera* orina... pero al menos esa vez fue *su propia* orina.

—Estoy segura de que los médicos saben lo que hacen —la tranquilizo.

Si le digo a Dragomir que orine sobre su hermano, no creo que lo entienda. Incluso podría pensar que me van las lluvias doradas, lo cual no es así.

—¿Qué daño puede hacer que pruebe mi cataplasma? —pregunta Madre.

—Depende de la cataplasma...

Si se trata de carne de cordero cruda, como su remedio contra el acné, él podría sufrir una intoxicación por E. coli o algo peor.

—Hace falta que una muchacha virgen de

diecinueve años mastique medio kilo de repollo, dos cebollas, cinco dientes de ajo y un tallo de perejil. Calentar la cataplasma a la temperatura corporal y cubrir la mayor cantidad posible de piel de Tigger durante unas horas.

¿Una virgen? ¿En qué ayudaría eso, medicinalmente hablando? ¿Los hímenes intactos ayudan a las chicas a producir algún tipo de enzimas mágicas en su saliva? Además, ¿por qué este remedio suena como una receta para una croqueta de humano, salvo por la harina?

Oye, al menos la virgen no necesita orinar encima de nadie. Eso no había pasado en ninguna otra receta hasta ahora.

—Le pasaré esta información a Dragomir —miento—. Gracias.

—De nada. Ahora cuelga y llámalo enseguida para que puedan ponerse a ello cuanto antes. Puede ser difícil encontrar vírgenes en estos días.

¿Ha sido eso una puya contra mí por perder la virginidad a los dieciocho, o una queja sobre la falta de moral de los milenials?

—Claro —digo—. Gracias, mamá. Adiós.

Cuelgo pero no llamo a Dragomir. Podría estar durmiendo para deshacerse del *jet lag*. En vez de eso, miro mi correo.

Interesante. Alex me avisa de que tenemos una reunión con Marco y su gente la semana que viene; me preguntaba si él se habría ido a Ruskovia con Dragomir.

Anoto la reunión en mi agenda y me dedico al diseño del traje, deteniéndome solo para dar de comer a los perros y de paso a mí.

Cuando el cerebro empieza a dolerme de tanto trabajar, me levanto y preparo el dormitorio por si acaso Dragomir vuelve a llamarme.

En lugar de un vibrador, saco de la caja un succionador de clítoris y lo pongo en la cama. A continuación, me pongo mi sostén y mis bragas más sexys y un lindo vestidito.

Justo cuando estoy a punto de ir a ver algo en Netflix para matar el tiempo, suena mi teléfono.

¿Puede ser él?

Agarro el teléfono.

¡Sí!

Es una videollamada de Dragomir.

Capítulo Treinta Y Uno

ESTÁ en esa habitación tipo ático de nuevo, con un aspecto mucho más descansado... y proporcionalmente más delicioso.

—Hola, *squirrelchik*.

—Hola, *drakonchik* —replico con una sonrisa—. ¿Qué tal has dormido?

Él me devuelve la sonrisa.

—Muy bien. Gracias por arroparme.

—Fue un placer. Literalmente. ¿Cómo está tu hermano?

Su sonrisa se esfuma.

—Sigue igual. Los médicos no sirven de ayuda. Podría salir del coma hoy, mañana o en unas cuantas semanas... en realidad, no lo saben.

—¡Qué asco! —Me siento en mi cama—. Avísame si puedo hacer algo para ayudar. —Aparte de ahorrarle el remedio de mamá.

También se sienta en su cama.

—Ya lo estás haciendo. Hablar contigo me hace quitarme cosas de la cabeza. Me haces sentirme tan ligero que es un milagro que no esté flotando hasta el techo.

—En ese caso, llámame a cualquier hora, de día o de noche, cuando quieras hablar.

—Puede que te tome la palabra. Sobre todo porque todavía estoy en el horario de Nueva York.

—¿No es enorme la diferencia horaria? —pregunto.

Él asiente.

—Diez horas.

—Probablemente deberías empezar a acostumbrarte a la hora local. No es bueno para tu ritmo circadiano dormir durante el día y andar por ahí de noche, igual que un vampiro.

Él suspira.

—Supongo que puede que yo también sea supersticioso. No puedo evitar sentir que si me adaptase a la zona horaria ruskoviana, sería como aceptar que Tigger no va a recuperarse pronto... y equivaldría a hacer que eso fuese así.

No es la primera vez que me gustaría poder acercarme y abrazarlo a través de Internet. En cuanto mi traje de realidad virtual esté diseñado del todo, los abrazos a distancia definitivamente serán una de las aplicaciones. Tal como están las cosas, tendré que intentar usar otros medios para animarlo.

—Háblame de Tigger —digo en voz baja—. Cuéntame alguna anécdota agradable.

La boca de Dragomir se curva ligeramente.

—Bueno, para empezar, casi siempre fue el delantero de nuestro equipo de fútbol. Marcó más goles que los que yo fui capaz de contar.

¿Goles? ¿No se llaman *touchdowns*?

Arqueo una ceja.

—¿Estás seguro de que te refieres al fútbol?

—Ah. Lo siento. Me refiero al fútbol europeo, no al americano, por supuesto. El sueño de mi padre era tener suficientes hijos para un equipo de fútbol europeo. Cumplió su deseo: a excepción del portero, que era mi primo, mis hermanos y yo formamos el equipo. Al menos durante un tiempo.

Él procede a hablarme sobre sus aventuras atléticas, y eso parece levantarle el ánimo... especialmente cuando me cuenta lo de la vez que lograron derrotar a un equipo semiprofesional de Rusia.

Mientras escucho, vuelvo a tener la sensación de que su familia es asquerosamente rica. El campo de fútbol de sus historias era «suyo», su entrenador suena como uno profesional, y el equipo con el que se enfrentaron en ese mítico encuentro lo trajeron en avión desde Rusia.

—¿Y tú? —me pregunta él—. ¿Practicabais algún deporte tus hermanos y tú?

Niego con la cabeza.

—Lo más cerca que estuvimos de eso fue jugando al hockey en la Xbox. En general, jugábamos a muchos videojuegos competitivos, desde los de peleas hasta los de carreras. Creo que así fue como Alex adquirió su pasión por el diseño de videojuegos.

Él sonríe.

—¿Así es como aprendiste tú a ser tan competitiva?

Yo sonrío.

—Lo dudo. Los vencía sin esfuerzo en casi todos los juegos. —Agito mis ágiles dedos—. Tengo una coordinación ojo-mano por encima del promedio y un tiempo de reacción excelente.

Su sonrisa se amplifica.

—No olvides tu asombrosa humildad por encima de la media. Dudo que alguien pueda competir con eso.

—Vale, sí. Y ahí estabas tú pensando que yo era solo la mujer más sexy que habías conocido en tu vida. Pues no... Además también soy la más humilde.

Sus ojos brillan con deseo.

—Probablemente no debería incentivarte sobre eso, pero realmente *eres* la más sexy.

Yo bato las pestañas con gesto coqueto.

—Volvamos a hablar de ti... y no estoy segura de que seas consciente, pero acabas de abrir una caja de Pandora.

Él ladea la cabeza.

—¿Quieres saber algo sobre las mujeres con las que he salido?

—Yo te he hablado de mi ex. Es justo, nada más.

Debe de estar de acuerdo porque dice:

—No hay mucho que contar por mi parte. No ha

habido tantas mujeres en mi vida, y ninguna de esas relaciones fue seria… con la excepción de la última.

—Su expresión se oscurece—. Ella trabajaba en el fondo de mis padres, y cuando perdí mi herencia, también la perdí a ella. —Se aclara la garganta—. Fue lo mejor, en realidad. Ella estaba claramente interesada en las cosas equivocadas.

Sí… y ella se lo pierde, y eso que me llevo yo.

Acerca el teléfono a su cara.

—Ahora tienes que contarme algo personal. Es justo, nada más.

—*Frozen* —le suelto después de devanarme la cabeza por algo que compartir aparte del hecho de que soy propietaria de una compañía de juguetes eróticos—. Es mi película favorita.

Él se toma esto mucho más en serio de lo que yo lo hubiera hecho si nuestros roles se hubieran invertido.

—Puedo creerlo fácilmente —dice—. Es una historia sobre rebelión y autorrealización, ¿no es así?

Finjo estar sorprendida.

—¿Nunca has visto *Frozen*?

Parece genuinamente avergonzado.

—He escuchado la canción. ¿Eso cuenta?

—No, no cuenta —digo con fingido mal humor—. Ahora tienes deberes. Tienes que verla.

Él asiente: o todavía me toma al pie de la letra o actúa a niveles de ganar un Oscar.

—Considéralo incluido en mi lista de tareas pendientes.

—Ya me lo agradecerás después —digo—. ¿Y tú? ¿Cuál es tu película favorita?

Él se acaricia la barbilla.

—Es difícil elegir una favorita, pero una de las que más vuelvo a ver es *La princesa prometida*.

—¡Inconcebible! —exclamo con una sonrisa—. De hecho, es muy fácil de concebir. Tiene toda esa esgrima, sin mencionar a Robin Wright como Buttercup. Ella es una de mis actrices favoritas.

El arquea las cejas.

—¿Ah sí?

¿La has visto haciendo de general Antiope en *Wonder Woman*? ¿O de Claire Underwood en *House of Cards*?

—Sí, la he visto, y está genial. Pero ella no es la razón por la que me gusta esa película... y tampoco lo es la esgrima. Me gustan los mensajes que contiene.

Frunzo el ceño.

—¿Tiene algún mensaje?

—Sí, claro. Como «la vida no es justa».

Asiento.

—Bueno, sí.

—Lo que es más importante —me lanza una mirada significativa— enseña que a los que esperan les pasan cosas buenas.

Yo pestañeo.

¿Está hablando de su falta de relaciones serias? ¿Soy yo lo bueno que le ha pasado después de esperar pacientemente? Si es así, creo que acaba de comparar el acto de conocerme con lo de Iñigo Montoya vengándose del asesino de su padre, pero aun así me hace sentirme imbuida de calidez y confusión.

Como no me siento cómoda pidiéndole que me lo aclare, en su lugar le pregunto qué tipo de música le gusta.

Resulta que compartimos gustos musicales similares. Incluso estamos conectados por nuestro amor a las bandas de rock rusas de las que los estadounidenses nunca han oído hablar, como Nautilus Pompilius. Además, a ninguno de los dos nos gusta el pop ruso, excepto por algunas bandas selectas, como t.A.T.u.

Cuando terminamos de hablar de música, pasamos a los libros, y aquí también nuestros gustos tienen muchas similitudes, con la excepción de los libros de ingeniería que yo leo por trabajo y los libros de esgrima e inversiones que lee él.

Según seguimos hablando, tengo la sensación de que quiere conocer cada pequeño detalle de mi vida. Me hace sentir cada vez más culpable por no haberle hablado de mi empresa. Por otra parte, él sigue cerrándose cuando la conversación se desvía en la dirección de su pasado en Ruskovia, así que supongo que eso nos deja bastante a la par, especialmente si *está* ocultando algo allí... algo que ya no creo que sea otra mujer.

Después de charlar durante lo que parecen ser horas, dirijo la conversación al ámbito de lo sexy. Moviendo mi cabello sobre mi hombro, pregunto:

—¿Eres ambidiestro?

—Lamentablemente no —dice—. ¿Por qué?

Muevo las cejas con gesto lascivo.

—Quiero tener los datos exactos cuando me imagine que me tocas.

Él se sienta más recto.

—Primero te tocaré con mi mano izquierda. Entonces, cuando me digas que ha sido la experiencia más alucinante de tu vida, finalmente admitiré que *no* soy zurdo.

Sonrío ante la referencia a su película favorita y giro la cámara para mostrarle el dispositivo de succión de clítoris que he preparado en mi cama.

—¿Te gustaría repetir nuestra aventura teledildónica?

Gira su propia cámara para mostrarme los juguetes en *su* cama, listos para usar.

—Como desees.

—Oh, sí que deseo. —Me acerco a la puerta del dormitorio y esta vez la cierro—. Y yo voy primero.

Capítulo Treinta Y Dos

Nos QUITAMOS la ropa como si estuviese en llamas.

Sus dedos bailotean en la pantalla de su móvil cuando configura la aplicación de control de succión del clítoris.

Yo me abro de piernas sobre la cama, y preparo el dispositivo.

—Eres increíble —dice él con tono de admiración.

Mis ojos recorren cada línea de sus músculos antes de posarme en Everest.

—Tú tampoco estás tan mal.

Sus ojos chispean.

—¿Lista?

Acerco el artilugio hasta mi clítoris.

—Sí.

Él toca los controles de su teléfono.

—Cierra los ojos e imagíname a mí chupándote.

Gran idea. Hago lo que me dice, pero antes de

que pueda dejar volar mi imaginación, comienza la succión.

Joder. Joder.

La imagen de sus suaves labios chupando mi clítoris es muy fácil de recordar gracias a lo bien diseñado que está el juguete.

La intensidad de la succión aumenta. Me lo imagino frunciendo los labios y sorbiendo con fuerza, como si quisiera marcarme un chupetón en el clítoris.

Un orgasmo intenso comienza a desplegarse en mi interior, y eso es incluso antes de que comience la vibración.

Guau.

Es más difícil imaginármelo siendo quien causa la vibración, a menos de que me convenza de que es un hombre-gato y que este es su ronroneo.

Sin embargo, al orgasmo no le importa si mi fantasía es o no realista. Explota a través de mis terminaciones nerviosas, haciendo que mis dedos tengan espasmos y arrancando un gemido de mis labios.

—Buena chica —murmura él con voz ronca.

Tratando de recuperar el aliento, abro los ojos y al ver mis partes femeninas tengo que volver a mirarlas dos veces. La succión ha sido tan potente que ha atraído más sangre de la habitual a mi clítoris, aumentándolo casi al tamaño de un pene diminuto.

Nunca antes había jugado con este juguete en una habitación bien iluminada, así que es bueno saberlo. También puede ser bueno que Dragomir no esté aquí para verme de cerca. Me imagino que a algunos tíos les encantaría que a su mujer le saliera un pene.

Por otra parte, también dudo que Dragomir sea uno de esos tíos. Pero, al menos en comparación con Everest, algunos penes reales pueden parecer clítoris.

Me humedezco los labios.

—Te toca.

Él examina los juguetes que tiene.

—¿Alguna preferencia?

—La manga. —Señaló el artilugio que parece un bolsillo hecho con un calamar.

Él toma la cosa, la lubrica y me mira con visible entusiasmo mientras la sincronizamos con mi aplicación.

—Esta vez tú vas a cerrar los ojos —digo—. Métete en eso e imagínate que estás dentro de mi coño.

Algo que nadie sabe es que diseñé ese juguete en particular basado en mi propia vagina. Tiene las dimensiones exactas en términos de profundidad, anchura y elasticidad. También hice todo lo posible para conseguir la textura perfecta. Me costó un sin fin de horas de tocarme y tocar prototipos de juguetes, pero siempre estoy dispuesta a hacer sacrificios por el bien del género femenino.

Por supuesto, no puedo contarle a Dragomir nada de esto sin revelarle mi secreto.

Hablando de secretos, espero que Vlad nunca descubra este hecho en particular. Mientras ayudaba a Fanny a probar mi línea de teledildónica, metió el pene en una manga como esta.

Sí, no voy a pensar en eso.

Con los ojos cerrados, Dragomir desliza el Everest en la manga. Lo observo de cerca: si el juguete se rompe, yo podría tener un gran problema en el futuro.

Pues no.

Ajusta perfectamente.

Mis paredes vaginales se retuercen de celos.

—¿Qué tal lo sientes? —pregunto con voz ronca.

La cara de Dragomir se contrae con gesto de éxtasis.

—Squirrelchik… —Su voz es un suave gruñido—. Siento que tu coño es alucinante.

Mejor que sí.

Inicio el movimiento hacia adelante y hacia atrás patentado de la manga.

Él se pone rígido.

Regodeándome en mi poder, subo la intensidad.

Él gime.

¿Por qué, oh, por qué no hice la manga transparente? Quiero observar cada detalle. Oh, bueno. Agrego un poco de vibración a los movimientos hacia arriba y hacia abajo.

Él suelta aire ruidosamente.

Es mi turno de ponerme rígida.

¿Acabo de oír como si llamaran a la puerta con los nudillos? ¿Habrán sido los perros?

Bah, no. Boner no conoce ese truco en particular... y dudo que Winnie tampoco lo haga.

Probablemente sea mi imaginación.

Olvidándolo del todo, aumento la intensidad hasta arriba.

El zumbido es súper ruidoso ahora, pero creo que escucho una voz femenina hablando ruskoviano.

¿Qué demonios? ¿Tendrá él una radio encendida'

En realidad, debería decir algo, pero no puedo apartar los ojos del Everest, que se está agrandando todavía más, aunque parezca imposible.

Sorprendentemente, sigue cabiendo en la manga.

¡Uf! Si tenía alguna preocupación subconsciente acerca de que Everest encajara dentro de mí, acaba de esfumarse, reemplazada por un anhelo de que regrese y pruebe esto mismo con lo que ha servido de modelo para la manga.

Los tendones se marcan como cuerdas en el cuello de Dragomir, sus puños se aprietan, y con un gruñido, se corre dentro de la manga.

Cuando abre los ojos, estos reflejan una mirada salvaje.

—Ha sido cojonudamente fantástico —jadea con voz ronca.

De repente, se oye el chirrido de una puerta al abrirse.

Con los ojos muy abiertos, Dragomir aparta la mirada de la cámara.

Se escucha una fuerte exclamación femenina.

Dragomir se da la vuelta y grita algo en ruskoviano.

Hay un chillido que suena como la palabra rusa para «lo siento», seguido por el estruendo de una puerta al cerrarse de un portazo.

Miro a la cámara.

—¿Tendría que estar celosa?

Él se da la vuelta, su rostro está teñido de un toque de rubor.

—No, lo siento. Esa era solo la doncella. Sin duda quería limpiar la habitación.

—Mierda. Habrá llamado y esos deben de haber sido los golpecitos que escuché. Pensé que era solo mi imaginación.

Él hace una mueca.

—Se supone que debe esperar hasta que los huéspedes cuelguen un letrero de «por favor, limpie» en la puerta.

—Probablemente pensaría que estabas fuera —digo—. En serio, deberías de empezar a cerrar esas puertas con llave... o el hotel podría acabar con una demanda de acoso entre manos.

—Esto no es un hotel —dice él—. Me he quedado en casa de mis padres.

Ajá. Más evidencia de la riqueza de su familia. Su cuarto de invitados parece un ático de lujo, y tienen una doncella que se supone que debe hacer caso de los letreros colocados por los huéspedes.

Mientras reflexiono sobre todo eso, Dragomir se quita la manga y cierra la puerta con llave.

—¿Por dónde íbamos? —pregunta volviendo a la cama.

Sonrío con picardía.

—Estábamos a punto de pasar la imagen a nuestros portátiles, para que podamos vernos usar nuestros teléfonos para corrernos los dos a la vez.

Le gusta esa idea y seguimos mi sugerencia.

Un par de veces.

Por fin, los dos nos quedamos totalmente agotados. Me quedo ahí tumbada, jadeante, y mis huesos parecen haberse convertido en gelatina, así que apenas puedo sostener el móvil derecho.

—¿Qué tal ha estado para ti? —pregunta él, en medio de un bostezo.

—Me recuerda a la posición del sesenta y nueve. —Imito su bostezo—. Es difícil manejar los controles de la aplicación cuando estás gritando de éxtasis.

Su mirada recorre mi cuerpo con un hambre reavivada.

—Estoy seguro de que será más fácil con la práctica.

—Seguro que sí —digo, y aunque una parte de mí quiere más, mi clítoris está pidiendo piedad. De mala gana, sugiero—: ¿Qué tal mañana?

Él acepta de mil amores, y repetimos el jueguecito de «no, cuelga tú» del otro día, hasta que finalmente yo cedo y lo hago.

En los muchos sueños que tengo cuando me duermo, me encuentro entre sus brazos, teniendo docenas de orgasmos sin parar.

Capítulo Treinta Y Tres

Los días siguientes, las videollamadas con Dragomir se convierten en un hábito. Aparte de los vídeos, si quiero hablar, le llamo o le escribo un mensaje y siempre me responde en cinco minutos como mucho. De hecho, es inquietante lo bueno que es en lo de responder, mejor que cualquier otra persona que conozca. Me gusta pensar que es porque soy una prioridad en su vida. Por supuesto, es posible que sea solo una de esas personas que ven su teléfono como una extensión de sí mismos, pero el hecho de que no se lo lleve cuando pasea con Winnie me hace dudar de eso.

De cualquier manera, cada vez que hablamos, conocemos más el uno del otro, y cada noche, los dos usamos mis juguetes teledildónicos para hacer que el otro se corra.

Si hubiese tenido alguna duda sobre que el mundo necesita el traje de realidad virtual en el que estoy trabajando, se ha disipado. Si el traje ya existiera, este tiempo separados sería mucho más llevadero, y lo que es cierto para nosotros también lo sería para los soldados en el extranjero, los pescadores en expediciones de larga duración, los pacientes en cuarentena, etc.

Aun así, con el actual nivel de tecnología, nuestra relación es todo lo feliz que puede ser una de larga distancia, excepto por una sola mosca cojonera: el hecho de que su hermano aún no haya salido del coma.

—Los médicos dicen que la hinchazón de su cerebro se está reduciendo —me dice una noche Dragomir—, pero aún no están seguros de cuándo recuperará la conciencia.

Y aunque no lo dice, puedo escuchar el «si» tácito en sus palabras.

———

A la semana siguiente llega nuestra reunión con la empresa de Dragomir.

—Hoy teníamos algunas preguntas técnicas para ti —dice Marco para empezar.

Está mirando a Alex como si yo no existiera, así que le digo intencionadamente:

—Me aseguraré de responder cualquier pregunta que podáis tener lo mejor que sepa.

—Tiene que ver con los mareos asociados a la realidad virtual —dice Marco, todavía dirigiéndose a

Alex—. ¿Cómo va evitar vuestro sistema que suceda?

Alex me mira.

Inclino mi cabeza, en gesto de agradecimiento.

—Lo primero es lo primero. Definamos el problema.

La atención de todos finalmente se dirige hacia mí.

Marco se aclara la garganta.

—El mareo por realidad virtual es un trastorno que se produce en las personas cuando usan la realidad virtual. ¿Cierto?

Suspiro interiormente. Al recusarse, Dragomir ha dejado a una persona a cargo que claramente no sabe nada sobre la realidad virtual.

—Esa no es realmente la definición común de ese fenómeno —dice Alex antes de que tenga la oportunidad de responder… y ha sido para mejor.

De nosotros dos, él es el más diplomático.

Marco echa una mirada al técnico de las gafas, Eugenius, si no recuerdo mal.

—El cibermareo por RV no es ninguna enfermedad —dice Eugenius—. Si dejas de usar la realidad virtual, los síntomas desaparecen.

Marco frunce el ceño, haciéndome preguntarme si está sacando el tema para tener una excusa para no darnos los fondos.

—Si me permitís —digo, endulzando la voz como si estuviera rebozada en miel—. Hice un curso sobre realidad virtual en la universidad, así que puedo definir el problema fácilmente. Además de explicaros cómo lo solucionaremos.

Marco tiene la misma expresión que si me hubiese pillado meándome en su sopa.

—Volviendo a la definición —prosigo—. El mareo por RV es un conjunto de síntomas que algunas personas experimentan cuando usan la RV, síntomas que son similares a los del mareo por movimiento. De hecho, ambos trastornos tienen mucho en común porque en ambos casos, la causa subyacente es que el cerebro de la persona recibe mensajes contradictorios sobre el movimiento y la posición del cuerpo en el espacio.

Todos asienten, y Marco hace un gesto a regañadientes con la mano para que continúe.

—En primer lugar, el grueso del hardware y el software de realidad virtual actuales ya han logrado grandes progresos combatiendo este problema. La cantidad de grados espaciales al seguir el cuerpo del usuario ha aumentado, la latencia se ha reducido y el rendimiento de los gráficos es mejor en todos los ámbitos. —Miro a mi alrededor para asegurarme de que no he perdido a nadie. Parece que aún no lo he hecho, pero podría, a menos que me ponga menos técnica—. Habiendo dicho todo eso, debo señalar que nuestro producto tendrá una gran ventaja en lo que respecta al cibermareo causado por la realidad virtual, porque tendremos el traje de cuerpo entero. Al usar el traje, es más probable que el cerebro de la persona se autoengañe y crea que la realidad virtual está sucediendo de verdad, eliminando así la principal causa subyacente de los síntomas.

A partir de aquí, me lanzo a enumerar una larga lista de trucos de software que planeamos usar para minimizar todavía más este problema, y luego le cedo la palabra a Alex para que les asegure a todos que puede hacer que dichos trucos sean de software se hagan realidad.

Lo que no menciono es que tenemos una razón adicional por la cual el mareo causado por la realidad virtual no supone una preocupación importante para nosotros. Moverse dentro de la realidad virtual es el mayor desencadenante del malestar, y nuestros usuarios practicarán sexo, un esfuerzo más estacionario en comparación con actividades como la lucha con espadas, las carreras de motos de Cross y otros elementos clásicos de los videojuegos.

—Gracias —dice Marco, pero no parece que lo diga en serio—. ¿Y qué hay de la fatiga visual? ¿No es ese otro problema de la realidad virtual?

Ahora está pescando a ver si encuentra algún problema.

—Nuestro producto causará menos fatiga visual que el de la competencia, y aquí está el motivo.

Cansada de las gilipolleces de Marco, les suelto una aburridísima charla sobre el conflicto de la vergencia acomodativa, la razón clave de la fatiga visual, y luego entro en las soluciones desarrolladas por la industria en general antes de mencionar algunas cosas que serán únicas en nuestros productos.

Lo más gracioso es que, debido al contenido sexual, la fatiga visual tampoco supone un problema para nosotros... pero no puedo jugar *esa* carta.

Claramente lamentando su pregunta, Marco, no obstante, intenta lanzarme algunas bolas curvas más, pero consigo batearlas todas fuera del campo hasta que él concluye la reunión a regañadientes.

———

—Eres buena —me dice Alex en ruso mientras tomamos un té en la cafetería donde Dragomir y yo tuvimos nuestra primera cita.

—¿Has tenido tú la sensación de que estaba intentando sabotearnos? —pregunto.

Él asiente.

—Pero le has parado los pies. Y eso es lo que cuenta.

—Se los he parado esta vez. Me preocupa con qué más podría salirnos ahora.

Alex me da unas palmaditas en el hombro.

—Contigo, Marco ha intentado apretar más de lo que puede abarcar. Estoy seguro.

Nos sentamos en una mesa y la conversación gira en torno a asuntos más personales, específicamente, a la vida amorosa de mi hermano. Aparentemente, desde que conoció a Dragomir, Madre ha estado dándole la lata a Alex por ser su único hijo que sigue soltero. De ese tema, Alex salta a preguntarme sobre las últimas novedades sobre lo mío con Dragomir, así que le pongo al corriente de nuestra relación a larga distancia.

—¿Has terminado de espiarlo entonces? —pregunta Alex después de escuchar todo sobre lo maravillosas que son las cosas entre nosotros.

Soplo en mi té mientras me lo pienso. Por alguna razón, ni me he acordado de ello últimamente.

—No creo que tenga otra mujer —digo finalmente—. Pero sí que creo que está ocultando algo. Simplemente no he tenido la oportunidad de profundizar en su pasado.

—Chica lista —dice Alex—. Confía, pero comprueba.

———————

Cuando llego a casa, me está esperando un paquete.

Es un regalo de Dragomir: un traje de muñeco de nieve para un perro del tamaño de Boner.

Y no de un muñeco de nieve *cualquiera*.

Es Olaf, de *Frozen*.

Mientras suelto unas risitas, le pongo el modelito a mi pobre perro.

«*Ma chérie*, has oído hablar de esas *histoires morbides* de perros que devoran a sus amos fallecidos? Algo me dice que dichos amos obligaron a usar a esos perros ropa como esta, y que los humanos no murieron por causas *naturelles*, no sé si me captas».

Winnie mira a Boner con una expresión confusa.

«Napoleón Carlovich, sabes que creo que eres el

semental máximo, pero lamento decirlo, no eres lo bastante macho para llevar ese atuendo».

Le quito el disfraz a Boner antes de que pueda hacerlo trizas.

La próxima vez que me disfrace de Elsa para Halloween, lo sobornaré con beicon y se lo pienso poner para hacernos unas cuantas docenas de fotos juntos.

Capítulo Treinta Y Cuatro

Durante la siguiente semana y media, Dragomir y yo continuamos con nuestras sesiones nocturnas por vídeo. Entonces, un día, me llama por la tarde.

Contesto de inmediato.

—¿Va todo bien?

—Tigger ha salido del coma. —La voz de Dragomir está imbuida de emoción.

Con el corazón palpitante, me siento más derecha.

—Cuéntamelo todo.

Entonces él me explica cómo ha ocurrido. Al parecer, Tigger abrió los ojos hace unas horas y reconoció a Dragomir, quien estaba en ese momento a su lado.

—Está muy lúcido, teniendo en cuenta todo lo que ha pasado —prosigue Dragomir—. Necesitará fisioterapia y todo eso, pero los médicos son ahora extremadamente optimistas.

¿Es egoísta que quiera preguntarle cuándo regresará a los Estados Unidos?

Sí, mucho… por eso no lo hago. En cambio, le digo la verdad: lo mucho que me alegro por él y su familia. Por las historias que me ha contado sobre Tigger de niño, siento que ya conozco a ese bribón temerario.

—Gracias —dice Dragomir—. Voy a irme a estar con él. Solo quería compartir esta noticia contigo.

Él cuelga y yo vuelvo a mi trabajo, donde mi alegría se traduce en una solución particularmente creativa para el problema de apretar los pezones del traje de realidad virtual.

———

En nuestra videollamada de esa noche, Dragomir me da otra actualización sobre su hermano. Parece ser que Tigger planea abordar su fisioterapia con el mismo entusiasmo con el que aborda sus peligrosas acrobacias, lo que es un buen augurio para su recuperación.

Las actualizaciones que recibo en los siguientes días son cada una más conmovedora que la anterior. La rehabilitación de Tigger avanza a una velocidad de ensueño, y en poco tiempo, él y Dragomir están paseando por los jardines de su familia.

Unos días después del inicio de los paseos, Dragomir me vuelve a llamar por video fuera de la hora habitual.

Respondo con entusiasmo.

—¡Hola!

Sus ojos color avellana resplandecen.

—¿Sabes qué?

—¿Qué? —pregunto, pero creo que lo sé.

—Tigger estaba ansioso por regresar a Nueva York y, el médico lo ha aprobado hoy mismo.

Un peso que ha estado apoyado sobre mis hombros durante todas estas semanas parece levantarse.

Volveré a ver a Dragomir. Tocarlo de verdad en lugar de en mis fantasías. Hacerle todas las cosas guarras que he planeado.

—¿Cuánto dura el vuelo? —pregunto, sin intentar ocultar mi entusiasmo.

—Estaré allí en dos días —dice él y luego frunce el ceño—. Después de casi haber perdido a Tigger, nuestros padres han decidido acompañarnos a Nueva York y necesitan algo de tiempo para prepararse.

Dos días.

Cuarenta y ocho horas.

Dos mil ochocientos ochenta minutos.

¿Alguna vez en mi vida he estado tan ilusionada?

—Mi primer destino al llegar es tu casa —dice.

Mi corazón da un salto, pero pongo mi cara severa, en broma.

—Tu primer destino es mi dormitorio.

Sus ojos brillan como el oro puro.

—Como desees.

—Y nada de tonterías con la mano izquierda.

Tráete tus mejores jugadas. Quiero tu mano y tu polla dominantes desde el principio.

Su rostro se pone tenso y voz se reduce a un gruñido bajo.

—Oh, squirrelchik, no tienes que preocuparte por eso. Te he deseado desde el momento en que te vi, y mi deseo solo se ha hecho más fuerte en los últimos dos meses.

Me lo quedo mirando. ¿Puede una oleada de lujuria privar a alguien del habla? Todo lo que puedo hacer en respuesta es abanicarme, igual que una dama victoriana.

—Será mejor que me dé prisa —dice él con voz ronca—. Hasta pronto.

Él cuelga y yo me quedo ahí sentada, tambaleándome. Yo también lo he deseado desde ese primer encuentro. El tiempo entre entonces y ahora ha sido como una sesión de juegos previos tortuosamente larga.

La idea de que finalmente consumamos lo que sea que esté pasando entre nosotros me hace temblar de emoción.

Capítulo Treinta Y Cinco

Mientras espero el regreso de Dragomir, no me masturbo... aunque tengo muchas, muchas ganas. No quiero ningún tipo de molestia por ahí abajo hasta que Everest entre en escena. En vez de eso, canalizo mi energía sexual reprimida en el trabajo y diseño una montaña de consoladores gigantes haciendo un guiño no demasiado sutil al objeto de mi deseo.

También me preparo para el gran evento en sí. Me depilo el vello de todas las partes del cuerpo en las que me parece que lo necesito y arreglo bien lo que queda. Convierto el dormitorio en un santuario tántrico con velas y música para crear ambiente y, aunque esto pueda resultar un poco exagerado, hago posturas de yoga destinadas a hacer que mi cuerpo esté más ágil.

Cuando por fin aparece una llamada de Dragomir en la pantalla de mi móvil, soy como una bomba hormonal a punto de estallar, en serio.

Acepto con el dedo.

—¡Hola!

—Hola. Estoy en el aeropuerto JFK y tengo novedades.

Será mejor que esas novedades sean que está de camino a mi casa.

—¿Qué pasa?

—¿Sabes cuánto deseabas conocer a mis padres?

Frunzo el ceño.

—Quería demostrar que los míos son peores que los tuyos, eso seguro. ¿Por qué?

Al tiempo que pregunto, tengo un mal presentimiento.

—Bueno, le he hablado a mi hermano de ti, y él quiere conocerte... y cuando nuestros padres se han enterado, han pedido venir también.

—Ajá —digo con cautela—. ¿Y cuándo se supone que va a tener lugar ese encuentro?

—A Tigger no le gusta la comida de avión —dice en tono de disculpa—. Ni tampoco a nuestros padres.

Me maldigo interiormente por haberme contenido en lo de masturbarme.

—Va a ser hoy, ¿no?

—¿Estás libre en un par de horas?

—Bueno, sí. —He dejado libre mi agenda para todo el día de hoy, y si me hubiera molestado en escribir una razón, habría puesto: «follarme a Dragomir hasta dejarle seco».

—Probablemente sea lo mejor —dice, sonando convincente—. Es justo que los conozcas antes de que las cosas entre nosotros vayan a más. —Se aclara la garganta—. Después de eso, tu opinión sobre mí podría cambiar.

—¿Por qué iba yo a hacer algo así? Aunque tus padres fuesen Stalin y Hitler reencarnados, ¿qué tendría que ver eso contigo?

Le oigo soltar aire.

—En ese caso, ¿podrías traerte a Winnie? Mi hermano y mis padres han traído a los hermanos de Winnie con ellos. Estoy seguro de que ella apreciará poder reunirse con su familia por una noche.

Miro la osa que tengo allí cerca, totalmente ajena a nuestra conversación.

—¿Sus perros son parientes?

—Bueno, sí —dice él—. Todos los perros de mi familia son del mismo linaje. ¿No te lo había mencionado antes?

—No. Solo me dijiste que Winnie era del linaje misha más puro.

—Ah, sí. Fallo mío. Si es demasiado problema, yo podría...

—La llevaré —digo, aunque una parte de mí se pregunta si quiere que le lleve a la perra para que poder romper conmigo sin dejarme a ningún rehén.

Pero no. ¿Quién te pide que conozcas a sus padres *antes de* una ruptura? En todo caso, podría querer recuperar a Winnie porque todavía cree que su familia me asustará.

—Te enviaré un mensaje de texto con la hora y el lugar —dice—. Gracias por ser tan comprensiva.

Comprensiva, y una porra. Estoy tan cachonda que estoy a punto de frotarme contra la mesa de la cocina.

—Nos vemos —digo y cuelgo antes de que entremos en el bucle de «cuelga primero».

Luego corro hacia mi vestidor y busco frenéticamente un modelito que pueda impresionar al mal encarnado, también conocido como sus padres.

Capítulo Treinta Y Seis

Cuando Winnie y yo nos bajamos del taxi, Dragomir está de pie junto a la entrada del Doro, el restaurante más caro de la ciudad. El viento azota su cabello oscuro y espeso, su barba incipiente es un poco más larga de lo habitual y su figura alta y musculosa está vestida con un atuendo casual pero elegante de vaqueros oscuros y un polo de cuello alto color marfil.

Un polo de cuello alto.

Santas hormonas benditas, ayudadme. Podría tirármelo sobre la mesa, delante de su familia.

Antes de que pueda pestañear, Winnie tira de la correa con toda la energía de una osa hambrienta, y yo casi tropiezo cuando ella me arrastra hacia su amo, cuya cara lame igual que si fuese un cucurucho de helado.

La miro celosa. Debe de estar bien ser una perra y que ese comportamiento sea socialmente aceptable.

Yo también quiero lamerle la cara, y todo el resto de él, pero a diferencia de Winnie, tengo que esperar.

—Ven aquí —me dice Dragomir una vez se ha liberado y se ha limpiado la cara.

Sonriente, me acerco para darle un abrazo, que rápidamente se torna un beso que me deja sin aliento y me hace estar más salida que el pico de una mesa.

—Ellos ya están dentro —murmura, soltándose de mala gana de mis garras—. ¿Estás lista?

Asiento.

Me pone la mano en la parte baja de la espalda y me guía dentro del elegante restaurante.

¿Está mal que quiera lamer esa mano?

Una vez dentro, miro a mi alrededor y silbo entre dientes. Con todos esos cuadros y estatuas, el pasillo de mármol de techos altos por el que caminamos me recuerda al Museo Metropolitano de Arte.

Como para realzar la asociación con el MET, un par de porteros fornidos nos saludan con los uniformes más extravagantes que he visto en mi vida: capas y bicornios como los de los Carabinieri, pero con los colores chillones y los bombachos más típicos de la Guardia Vaticana.

Interesante. Las críticas de este restaurante no mencionaban estos uniformes, pero debo admitir que añaden al ambiente. Dejando a un lado sus atuendos ridículos, estos tipos parecen capaces de actuar como seguratas en caso de que alguien intente huir sin pagar las bien conocidas cuentas de precios astronómicos de este local.

Como uno solo, los porteros inclinan la cabeza saludándonos con cortesía y abren las grandes puertas que conducen al comedor.

Se me corta la respiración.

Solo hay dos mesas dispuestas en todo el restaurante. En una mesa hay tres personas, probablemente Tigger y sus padres. En la otra mesa, una un poco más baja y cercana al suelo, hay dos perros descomunales comiendo de unos grandes cuencos.

—¿Una mesa canina? —Susurro mientras la cola de Winnie se convierte en un rotor de helicóptero al verles.

Dragomir se encoge de hombros.

—Mi familia tiende a mimar a sus perros.

Si su forma de tratar a Winnie es un ejemplo de eso, «mimar» podría ser un eufemismo.

Fascinada, los examino a todos.

Los perros de la mesa baja hacen que Winnie parezca una osa normal en comparación. Uno tiene una postura claramente arrogante a pesar de lucir un corte de pelo muy gracioso que lo hace parecerse a un cojín de piel de oso pardo, mientras que el otro es igualito a un panda por sus manchas blancas y negras. Y, por algún motivo insondable, lleva gafas.

Los humanos son igual de interesantes. La madre de Dragomir es una belleza pálida y de mejillas redondas que me recuerda a una de las mujeres retratadas por los pintores del Renacimiento, una impresión posiblemente influenciada por el ambiente del restaurante. Los dos hombres de la mesa se parecen inquietantemente a Dragomir, aunque el padre tiene bigote y una expresión malhumorada y amarga, mientras que los ojos de Tigger brillan con toda la picardía que Dragomir le ha atribuido.

Con la mano aún en la parte baja de mi espalda, Dragomir me acompaña hasta a la mesa humana.

Todos se ponen de pie para saludarnos.

—Permítanme presentarles a Bella —dice Dragomir—. Bella, estos son mi madre, Bronislawa; mi padre, Stanislaus; y mi hermano Anatolio.

Repito desesperadamente todos los nombres en mi cabeza para asegurarme de recordarlos. Como otras palabras ruskovianas, los nombres son vagamente rusos, pero no del todo. Los vampiros de la ficción rusa podrían tener nombres así.

La sonrisa del hermano es contagiosa.

—Encantado de conocerte, Bella. Por favor, llámame Tigger. Todo el mundo lo hace. —Al igual que Dragomir, habla inglés americano sin acento.

La madre le lanza a Tigger una mirada de desaprobación.

—Qué informal —dice con una mezcla de acento británico y eslavo—. Este país es una mala influencia para los modales. ¡Antes de darnos cuenta, todos estaremos sujetando nuestros cuchillos con la mano izquierda!

¡Oh no! ¿Cuchillos en la mano izquierda? El universo seguramente implosionaría.

Bronislawa me da un repaso de pies a cabeza,

frunce el ceño y luego extiende la mano con un ademán perfecto, como si esperara que se la besara, al estilo del Padrino (¿o es al estilo del Papa?).

En su lugar, la golpeo torpemente con el puño.

Me mira como si le hubiese lamido la cara.

Tigger hace un amago de carcajada, convertida rápidamente en tos, y los ojos de Dragomir forman unas arruguitas en las comisuras.

Bronislawa aparta su mano cerrada.

El padre, Stanislaus, no dice nada en ningún momento, simplemente se queda ahí, frunciendo el ceño.

Dragomir le dice algo en ruskoviano. El padre me mira, inclina la cabeza casi imperceptiblemente, dice algo cortés y frío en ruskoviano y vuelve a sentarse.

Las únicas palabras que entiendo son «Bella» y «pozor», y esta última significa «vergüenza» o «deshonra» en ruso. Con suerte, significará algo más en ruskoviano. En Praga, los letreros que dicen «pozor» en realidad significan «advertencia»... aunque no es que esa elección de palabras funcione mejor en una frase como «Encantado de conocerte, Bella».

A juzgar por la mirada de Dragomir, su papaíto podría haber dicho algo malo acerca de mí.

Bueno, no cuenta si no sé qué es ese algo. Hasta ahora, mis padres siguen siendo peores. Nadie aquí se ha quejado de nietos inexistentes, ni me ha avergonzado por mi pasión en la vida.

—Nuestro padre no habla inglés —me susurra

Tigger con complicidad, y tengo la sensación de que quiere decir «no se digna a hablar inglés».

—¿Por qué no lleváis a Winnifred con los suyos y luego os unís a nosotros? —dice con tono imperioso Bronislawa.

Sigo a Dragomir mientras lleva a Winnie a la mesa para perros. Cuanto más nos acercamos, más se emociona ella y cuando estamos a unos metros de distancia, el perro panda con gafas se vuelve en dirección a Winnie, ladra y mueve la cola.

—Ese es Caradog —dice Dragomir mientras intercambian lamidas de cara y olfateo de traseros—. Es el hermano de Winnie y el mejor amigo de Tigger.

—Podría haberlo adivinado —digo—. Pero, ¿qué es eso de las gafas? ¿Él también va a hacer paracaidismo?

Dragomir se encoge de hombros.

—Puede ser para mejorar su vista o para protegerle los ojos si los tiene más sensibles. Tendremos que preguntárselo a mi hermano.

Una vez ha terminado con Caradog, Winnie se vuelve hacia el oso-cojín de aire arrogante.

El bicho finge que Winnie no está ahí.

—Ese es Gruffydd, el perro de mis padres —dice Dragomir poniendo los ojos en blanco—. —Es el padre de Caradog y de Winnie.

Afortunadamente, Winnie tiene un pellejo grueso y se recupera del desaire de Gruffydd rápidamente... y con suerte sin ningún trauma paterno. Ella solo le da un olfateo de despedida al trasero de Caradog y coge su sitio en la mesa, donde algo que desprende olor delicioso ya está esperándole en su cuenco.

Estoy salivando, y esta vez no solo por ver a Dragomir. Si lo que sea que cuente como comida para perros en este sitio huele tan bien, la comida para humanos seguro que será divina.

Regresamos a la mesa de los humanos y nos sentamos junto a Tigger.

—Espero que no te importe, he pedido la tabla grande de quesos —dice Tigger, frotándose las manos.

Como si estuviese esperando a ese anuncio, una persona con el mismo tipo de original uniforme que los porteros aparece desde la cocina con una enorme bandeja de madera en sus manos.

Resulta ser la tabla de quesos en cuestión, y es el plato más grande de este tipo que he visto en mi vida, con quesos de todos los colores, olores y consistencias, desde untables hasta duros como una piedra.

Estúpido cuello alto. La idea de algo «duro como una piedra» rompe mi concentración y acelera mi respiración.

No. Tengo que luchar contra ello. No quiero que sus padres piensen que soy una ninfómana.

Murmurando algo que podría ser gracias en ruso, Stanislaus coge un bocado azul de aspecto mohoso que huele como a un ejército de pies sin lavar. Cuando lo se inclina a cogerlo, veo su rostro de perfil, y algo en él me resulta vagamente familiar, aunque no caigo en qué.

Bronislawa va a continuación y se sirve con delicadeza un poco de cada uno de los cinco quesos blandos diferentes.

Espero a que Tigger y Dragomir vayan a continuación, pero Dragomir empuja el plato hacia mí.

—Bronislawa —digo, haciendo todo lo posible por sonar como el ángel que no soy—. ¿Hay algún queso que me recomendarías?

Eso es. Una rama de olivo.

—Mi nombre se pronuncia Bronislawa —dice ella, lo que a mí me suena exactamente a lo que yo he dicho.

—Bro-nis-la-wa —enuncio con cuidado.

—No. Es Bro-nis-la-wa. —De nuevo, lo dice exactamente igual que yo.

¿Sabes qué? Se puede meter esa rama de olivo donde le quepa.

—Gracias por corregirme. ¿Hay algún queso que creas que debería probar?

Ella señala una rebanada amarilla de aspecto enfermizo en el borde de la tabla.

—¿Y qué tal el queso americano vulgar? —Lo que parece dejar en entre paréntesis es: «Como tú».

Estoy a punto de corregirla sobre mi americanidad cuando noto que Dragomir me aprieta la rodilla por debajo de la mesa.

¿Está loco? Entre su jersey de cuello alto y ese apretón, pierdo la capacidad de pensar por un momento.

Cuando mi subidón hormonal baja un poco, recuerdo que a los ruskovianos no les gustan los rusos, que es lo que estaba a punto de decir que yo era.

Le dedico una sonrisa falsa a Bronislawa, cojo el queso americano y lo pruebo.

Guau. Está tan bueno que gimo de placer. Si bien es reconocible como el queso americano del tipo que alguien podría derretir en una hamburguesa, es el más sabroso que he probado y, por lo tanto, está sorprendentemente bueno.

Es como la forma platónica del queso americano, lo que cualquier otra porción de esta sustancia persigue pero nunca logra.

Bronislawa le susurra algo a Stanislaus en ruskoviano y reconozco una palabra: *shlyuha*.

En ruso, eso significa *puta*.

¿Ha sido eso una referencia a mi gemido? ¿Cuál es la probabilidad de que esa palabra signifique *santa* en ruskoviano?

A juzgar por los ceños fruncidos de Dragomir y Tigger, no demasiado alta.

Hago algo bastante infantil. Finjo un estornudo que contiene dos palabras: *sama shlyuha*.

En ruso, eso significa *la puta lo serás tú*.

Los ojos de Bronislawa se agrandan, el ruskoviano y el ruso deben estar lo suficientemente cerca para que ella entienda a qué sonaba mi estornudo. Dragomir y Tigger parecen estar reprimiendo sendas sonrisas, mientras que el padre mantiene el mismo gesto pétreo. Antes de que alguien pueda decir nada,

Tigger coge alegremente una muestra de cada queso, y Dragomir se va directo a por una sustancia color púrpura que supongo que también será alguna forma de alimento para bebés de mamíferos fermentado.

—¿Listos para el siguiente plato? —pregunta Tigger, después de acabar como un tornado con su porción—. Las culinarias son el único tipo de aventuras que me dejan disfrutar ahora mismo.

En cuanto todos asentimos, él da una palmada y otro tipo con uniforme gracioso sale corriendo de la cocina con una bandeja gigante. En ella hay cinco filetes con puré de patatas y una variedad de verduras, una oferta bastante básica para un lugar tan elegante.

Espero a que todos empiecen a comer antes de cortar un trozo de carne y metérmelo en la boca.

¡Por todas las estrellas Michelin!

Mis papilas gustativas estallan en un orgasmo gastronómico.

No tengo ni idea de qué animal acabo de probar pero está deliciosamente tierno, perfectamente jugoso y celestialmente sabroso.

Me deleito de placer hasta que veo a Bronislawa mirándome con desaprobación de nuevo.

¿Qué?

¿Habré vuelto a gemir?

No. No, es peor que eso.

Estoy sujetando mi cuchillo con la izquierda.

Es oficial.

Soy una repugnante bárbara.

Capítulo Treinta Y Siete

Intercambio los cubiertos de mano, y con la esperanza de cubrir mi paso en falso, pregunto:

—¿Qué clase de carne es esta?

—Ciervo —dice Tigger.

—Venado —responde Bronislawa al mismo tiempo.

Espero a que alguien me diga que están de broma, pero no es así.

Genial. Acabo de disfrutar comiéndome a Bambi.

Desde ese momento, evito la carne y pruebo el puré y las verduras que, como era de esperar, también resultan ser las mejores que he probado nunca.

—¿No te gusta la carne, querida? —me pregunta Bronislawa.

—No, Bambi está delicioso —respondo—. Es solo que no tengo mucha hambre.

Ella ladea la cabeza.

—¿Estás segura de que se trata eso?

—¿De qué otra cosa podría tratarse?

Ella se encoge de hombros.

—Sólo me preguntaba si estás vigilando lo que comes.

Casi me atraganto con una col de Bruselas.

—¿Perdona?

¿Está diciéndome que estoy gorda?

Ella arruga la nariz.

—Pareces modelo o actriz. ¿No vigilan esas siempre lo que comen?

Dada la forma desagradable en que pronuncia las palabras *modelo* y *actriz*, bien podría haber dicho *putilla y fulana*.

Mirándolo por el lado positivo, ella no me ha llamado gorda.

—Bella es una emprendedora —dice Dragomir, con toda intención y un tono notablemente más frío —. Se graduó en el MIT, de hecho. En caso de que no lo sepáis, esa es la universidad técnica más selecta del mundo, solo aceptan al siete por ciento de solicitantes.

Casi quiero agradecerle a Bronislawa que sea tan zorra. Nunca pensé que el que un tío me defendiese así me pondría tan caliente. Dragomir acaba de ganarse todo tipo de favores sexuales.

Pero, ¿a quién intento engañar? Entre lo cachonda qué ya estaba y su jersey de cuello alto, le haré cualquier numerito que quiera en el dormitorio, sin necesidad de que me defienda.

—Tigger —digo, decidiendo cambiar de tema

antes sufrir una combustión espontánea—, ¿conoces alguna actividad de aventura divertida que se pueda hacer Nueva York, idealmente aquellas que no implican arriesgar la vida y la integridad física?

—Volar en globo —dice Tigger sin dudarlo—. Puedes saltar con un paracaídas sujeto a la canasta. De esa manera, ni siquiera necesitas saber cómo usar uno.

Él se lanza a enumerar más ideas del mismo tipo, y yo finjo estar interesada, aunque nunca, ni en un millón de años, haría nada de eso. Me gusta que mi cráneo no esté fracturado, muchas gracias.

Para pasar el rato, paso sigilosamente mi mano por el muslo de Dragomir por debajo de su servilleta, y voy yendo más y más hacia arriba hasta que siento a Everest muriéndose de ganas por hacer como Hulk y reventar los pantalones.

La mandíbula de Dragomir se tensa, pero él sigue comiendo su bistec de Bambi y hace todo lo posible porque su familia no se dé cuenta de nada.

Impresionante.

Al final, me compadezco de ambos y aparto la mano.

Se escucha un fuerte ladrido proveniente de la mesa canina. Todos nos volvemos y vemos a otro portero que sale corriendo de la cocina con otra bandeja.

Esa es una nueva definición de mimado.

Por capricho, lanzo mi voz cerca de donde están

las fauces de Winnie, haciéndola sonar ronca y con un marcado acento:

«Contente, Caradog Gruffyddovich. Comer estofado de gatito demasiado rápido puede causar acidez estomacal».

Tigger y Dragomir se ríen, pero sus padres me miran como si me hubiera salido un pezón en la frente.

A partir de ese momento como en silencio, y cuando el Bambi de todo el mundo menos el mío está acabado, mi teléfono vibra.

Es un mensaje de Dragomir:

¿Ya lo admites?

Me aseguro de que nadie pueda verme responder y escribo:

¿Admitir qué?

Cuando Dragomir echa un vistazo a su teléfono, pone los ojos en blanco.

Que te he ganado en la competición de los peores padres.

Lo pienso durante medio segundo y luego respondo con un rotundo *no*.

Casi al mismo tiempo, Bronislawa se inclina hacia su marido, que todavía tiene el ceño fruncido, y dice algo en ruskoviano, lanzándome varias miraditas.

Distingo un par de palabras y frases que identifico como parecidas al ruso y que además del *pozor* antes mencionado, incluyen «rebeldía», «solo una fase» y «puede hacerlo mejor».

Dragomir debe de oírlo también porque se pone lívido y se levanta de un salto.

—Paso del postre —dice fríamente—. Será mejor que nos vayamos.

Tigger les lanza a sus padres una mirada de decepción y luego se pone en pie también.

—Los médicos me han aconsejado que no me exceda, así que también tengo que marcharme ya.

Bronislawa dirige a sus dos hijos una mirada de desaprobación.

—Si es lo que debes hacer.

—Un placer, como siempre —dice Dragomir, con la voz rezumando sarcasmo.

Cogemos a Winnie y a su hermano panda y salimos.

Cuando llegamos a las elegantes puertas de salida del comedor, Winnie emite ese gemido que ahora conozco tan bien.

Dragomir no parece haberlo escuchado.

Echo un vistazo por encima del hombro. Tanto Bronislawa como Stanislaus me están mirando fatal.

Vale. Esta era su última oportunidad de evitar mi venganza, y se la han cargado.

Finjo que se me cae el bolso, me arrodillo para recogerlo, respiro hondo y le susurro a Winnie:

—Desata el Kraken.

THPPTPHTPHPHHPH.

Los ojos de Dragomir se agrandan mientras mira boquiabierto el trasero pedorro de Winnie.

Con una sonrisa canina, Caradog suelta un pedo aún más ruidoso... y yo no creía que pudiese existir nada más potente que lo de Winnie.

La expresión decidida de Dragomir me recuerda a los bomberos que se dirigen a combatir un incendio. Nos agarra a Tigger y a mí por los codos con firmeza y nos arrastra, junto con los dos pedorros aún en proceso de soltar aire.

Aunque contengo la respiración mientras atravesamos el vestíbulo a toda prisa, la peste logra de alguna manera alcanzar mis fosas nasales, y es tan mala que empiezo a lamentar lo que acabo de hacer.

Para mi sorpresa, en lugar de correr por sus vidas, los seguratas/porteros sacan unas máscaras antigás de algún lugar, tal vez de sus pantalones, se las ponen y se apresuran a entrar.

A lo lejos oigo a Bronislawa y Stanislaus emitiendo sonidos de arcadas y a Gruffydd aullando... o también tirándose pedos. Es difícil decirlo.

Para cuando salimos, los perros se han quedado afortunadamente sin munición.

Apretando un pañuelo contra su nariz, Dragomir llama a su caravana-limusina. Debe de haber estado dando vueltas a la manzana todo este tiempo.

Con un chirrido de neumáticos, el vehículo se detiene y saltamos dentro.

—¡Fyodor, dale caña! —grita Tigger.

Cuando la caravana arranca a toda velocidad, todos volvemos a respirar normal... excepto los perros. Habían estado disfrutando del aroma todo ese rato.

En cuanto recuperamos el aliento, Tigger empieza a soltar una risita.

—¿Te imaginas la expresión del rostro de mamá?

Los ojos de Dragomir dibujan unas arruguitas y los tres nos echamos a reír a carcajadas.

—¿Dónde vamos ahora? —pregunto al final.

—¿A un bar? —sugiere Tigger.

—No —dice Dragomir con severidad—. Todavía te estás recuperando, así que vamos a dejarte en tu hotel.

No lo dice, pero estoy segura de que la siguiente parada es una de nuestras casas. Al menos, será mejor que lo sea.

Tigger lanza un montón de alternativas a regresar a casa, pero Dragomir se las desmonta todas.

Resulta que el hotel de Tigger está a solo un par de manzanas de mi apartamento.

—Yo se lo recomendé —explica Dragomir después de que dejamos a Tigger—. Me quedé allí hace poco porque estaban fumigando mi casa. En realidad fue cuando nos conocimos.

Ah. Eso explica por qué solo me encontré con él esa vez en el parque.

La caravana se detiene del todo junto a mi edificio.

Mi corazón comienza a martillar salvajemente en mi pecho.

—¿Vas a subir… a tomar un té?

La mirada que me lanza Dragomir parece decir: «¿Tiene un oso armas de flatulencia masiva?».

Me muerdo el labio.

—Vamos, pues.

Alborotando el pelaje de Winnie, él le dice:

—Fyodor te llevará a casa. —Nos vemos mañana.

¿Mañana? ¿Está planeando pasar la noche conmigo? Los latidos de mi corazón alcanzan niveles de ataque de pánico cuando salimos y corremos hacia mi apartamento.

Boner nos mira con gesto de decepción cuando entramos. «*Ma chérie*, ¿dónde está *ma petite*?».

—Un segundo —le digo a Dragomir y acompaño a Boner hasta la cocina, donde le doy un plato de su comida favorita para distraerle de la pérdida de su amorcito.

Una vez que Boner está masticando felizmente, corro hacia atrás, agarro a Dragomir de la mano, lo arrastro a mi habitación y cierro la puerta.

Haciendo caso omiso de la decoración romántica de la habitación, Dragomir me mira con un ansia del mismo nivel que la mía.

Por unos instantes, nos quedamos mirando como dos pistoleros en un duelo. Y luego nos lanzamos los dos a la vez.

Nuestros labios se encuentran en un beso profundo y arrebatador, y las orugas de mi vientre se convierten en mariposas cachondas. La habitación gira a nuestro alrededor como si estuviéramos en una máquina de entrenamiento de la NASA.

Nos arrancamos la ropa el uno al otro sin romper el beso, y soy vagamente consciente de que puede que le haya desgarrado el jersey.

Da igual. Le conseguiré docenas de reemplazos.

Con un gruñido que suena como «estás tan

jodida, squirrelchik», Dragomir me levanta en brazos como a una novia, luego me tumba en la cama y hace una pausa para pasar su mirada acalorada sobre mi cuerpo desnudo.

Aturdida por la expectación, también lo devoro visualmente: cada músculo tenso, cada ángulo apetitoso y, por último, pero definitivamente no menos importante, la gloria montañosa de su Everest.

Cuando su mirada finalmente regresa a mi rostro, sus ojos están más oscuros que nunca. Flexionando los músculos con la gracia de una pantera, se une a mí en la cama.

Por fin.

Allá. Va. Mos.

Capítulo Treinta Y Ocho

Él me besa el cuello. O mejor dicho, lo chupa.

Yo le clavo las uñas en la espalda.

Él traslada su beso a mi pezón izquierdo y lo mordisquea hasta que yo gimo de placer.

Puedo sentir su sonrisa de satisfacción contra mi pezón. Luego su lengua baja atravesando mi seno, pasa por mi ombligo, y desciende hasta mi clítoris, que lo espera ansioso.

Después de toda la tensión, el placer que eso me provoca es indescriptible. Comparado con su lengua, mi succionador de clítoris es una mierda.

Pongo los ojos en blanco.

Si las lenguas pudiesen hacer tests de coeficiente intelectual, estoy segura de que la de Dragomir andaría por el rango de puntuación de los doscientos, junto a todos los demás genios... así es de astuta e inteligente.

¿Está jugando conmigo?

Hay que joderse.

Agarro un puñado de su cabello para que siga así y corcoveo como un potro salvaje contra su lengua.

¡Premio!

El orgasmo golpea cada una de mis neuronas mientras yo grito su nombre.

Cuando levanta la vista, su rostro luce una expresión arrogante.

Sí *estaba* jugando conmigo. Qué perverso.

Con un gruñido grave en el fondo de la garganta tiro de él y le beso profundamente, notando mi sabor en sus labios mientras empiezo a acariciar a Everest con las manos.

A acariciarlo suavemente, claro. A este juego de calentar al otro pueden jugar dos personas.

Él se pone rígido, en todos los sentidos del término.

Haciendo eco de sus movimientos de antes, deslizo la lengua por su cuello, bajo hasta su pezón izquierdo, jugueteo provocativamente con la aureola y luego lo mordisqueo ligeramente.

Tanto Everest como el pezón se endurecen, y continúo mi viaje más hacia abajo, sobre sus abdominales y la pista de aterrizaje que marca su vello hasta llegar a sus pelotas.

Con una sonrisa maléfica, les doy un lametón como el de un gato.

Sus bolas se tensan de excitación.

Allá vamos. Lamo lentamente a Everest como si fuese una piruleta, y este me recompensa con una sacudida que hubiese generado un corrimiento de tierras de haberse tratado de una montaña de verdad.

Sus manos se agarran de mi pelo, y su respiración se torna irregular.

—Te deseo tanto, joder.

Escaneo el Everest, y mi propia respiración vacila por la excitación. La última vez que me metí toda esta cosa entera en la boca no me fue demasiado bien. Pero quiero volver a hacerlo de todos modos. Sin duda, fue el alcohol que llevaba en el cuerpo lo que me causo problemas, no mi reflejo nauseoso.

Aun así, en parte para provocarle, en parte como precaución, lo voy introduciendo con cuidado, lentamente, notando la piel suave como la seda, tirante y caliente contra mi lengua.

¿Acaba ahora mismo de hacerse más grande y ponerse más duro? ¿Queda sangre para que funcione el resto del cuerpo de Dragomir?

Él gime y yo procedo vertiginosamente. Después de haber jugado con Everest de forma remota durante semanas, he aprendido exactamente qué lo hace funcionar, y ahora uso ese conocimiento carnal, lo que hace que Dragomir gruña mi nombre en el fragor de su placer.

El problema de provocar cuando estás tan cachonda como yo es que te estás torturando a ti misma tanto como a tu víctima.

Cuando el dolor palpitante de mi interior se vuelve insoportable, le miro a sus ojos ambarinos.

—Te quiero dentro de mí.

Él se mueve como un torbellino. Antes de que pueda respirar una sola vez, él me ha puesto de rodillas.

Vaya habilidad de manejo que tiene.

Él lame mi abertura desde atrás, alargando la lengua unos centímetros hacia la raja de mis nalgas.

Guau.

Es algo tan sucio. Tan caliente.

—¿Estás preparada, squirrelchik?

Solo puedo lloriquear.

Él empuja muy muy suavemente a Everest dentro de mí.

Bendito ascenso a la montaña sagrada.

Aun con lo preparada que estoy, hay un momento en el que la tensión se vuelve incómoda. Por fortuna, pasa deprisa, y es reemplazada por el placer.

Él agarra mis nalgas con gesto posesivo y las separa.

Bueno, esto se está poniendo más sexy por segundos.

Jadeando, miro por encima de mi hombro.

Sus ojos arden de deseo y su cuerpo desnudo es absolutamente glorioso y me hace pensar en la estatua de algún dios griego.

Las primeras embestidas son lentas y suaves.

Me aprieto contra él, ansiosa porque el ritmo se haga más rápido y las sensaciones más intensas.

Sus manos callosas me aprietan las nalgas y sus embestidas se vuelven más hambrientas, más urgentes.

Mis puños agarran y estrujan las sábanas.

Él acelera más.

Mis gemidos de placer se convierten en gritos a medida que la tensión de mi interior aumenta a un crescendo.

Gritando su nombre, me corro. Al mismo tiempo, él entra todavía más profundo dentro de mí y puedo sentir su liberación como un chorro cálido en mi interior a la vez que él exhala un gruñido de placer.

Suelta mi trasero y me abraza desde atrás.

Me dejo caer en la cama. Él me suelta de mala gana y yo empleo la poca fuerza que me queda para darme la vuelta y mirarle.

Él se tiende a mi lado, sosteniéndose sobre un codo. Aunque todavía está jadeante, hay una expresión tierna en su rostro bellamente cincelado.

—Ha sido increíble —murmuro, y de repente me siento atípicamente tímida.

Él me aparta un mechón suelto de la frente.

—*Tú* eres increíble.

Ruborizándome, recojo con el dedo una gota de sudor que estaba deslizándose por su músculo deltoides flexionado.

—Te quedas a pasar la noche, ¿verdad?

Lo que realmente quiero preguntar es:

«¿Vas a quedarte para siempre? ¿Crees que esto que hay entre nosotros, sea lo que sea, puede funcionar?».

Su mirada se dulcifica.

—Si me dejas, me quedaré esta noche... y mañana por la noche, y la noche siguiente.

Guau. ¿Estamos en la misma onda? Quiero sondearle más profundamente, pero me da miedo hacerlo. Después del fragor del sexo, los hombres dicen todo tipo de cosas que en realidad no pretenden decir.

Haciendo un esfuerzo, intento ordenar mis ideas.

—Creo que necesito una ducha. —Mis palabras suenan más seductoras de lo que pretendía.

Sus párpados cubren a medias sus ojos.

—Yo te llevaré.

Dicho y hecho, él se levanta me carga a la espalda y se va a grandes zancadas hacia la ducha.

Mientras me deleito con el calor del agua que cae sobre nosotros, Dragomir comienza a enjabonarme.

Una chica podría acostumbrarse a esto.

Cuando estoy toda bien enjabonada, me enjuaga y luego me lava el cabello... dándome un masaje en la cabeza de los que te hacen gemir de gusto y que enorgullecería a los mejores salones de belleza.

Es oficial. Quiero conservar a este hombre como mi esclavo de spa.

Y como esclavo sexual, por supuesto.

Con una sonrisa malévola, comienzo a devolverle el favor.

¡Maldita sea! Enjabonar sus duros músculos me vuelve a poner cachonda y llena de ganas de nuevo, y a juzgar por la reacción de Everest a mis atenciones, seguramente Dragomir no diría que no a otra ronda.

—¿Puedes ponerme loción en la espalda? —pregunto mientras me seco—. Sin ella, se me seca la piel un montón.

Él me mira con gesto de apreciación.

—¿Ahora?

—En el dormitorio. —Imbuyo mis palabras de promesas carnales, luego agarro la botella de crema corporal con una mano y a Everest con la otra.

Sus ojos se agrandan mientras gentilmente lo guío hacia afuera.

—Siempre había deseado arrastrar a un tío por la polla así de literal —digo con voz sensual—. No había tenido acceso a una víctima del tamaño adecuado hasta ahora.

Everest da una sacudida en mi mano.

—Me alegro de ser de utilidad —gruñe Dragomir.

Cuando llegamos al dormitorio, suelto a Everest y salto sobre la cama, con el culo levantado.

—Estoy lista.

Él carraspea.

—¿Para ponerte la loción?

Yo vuelvo la cabeza y finjo juguetear con un invisible collar de perlas.

—¿Para qué si no?

Agarra la loción con brusquedad y yo me doy la vuelta y mi corazón se acelera.

En lugar de atacarme, que es lo que casi esperaba, lo escucho estrujar la botella de loción.

Oh, Dios.

En vez de solo hidratarme, se embarca en un verdadero masaje erótico, empezando por mis hombros y bajando por mi espalda y mis piernas para terminar con un masaje de pies de nivel orgásmico.

—¿Está incluido un final feliz? —suelto jadeante cuando se le acaban las partes del cuerpo a las que tratar como en un spa.

Él me da la vuelta.

—Primero, necesito hidratarte la parte delantera.

¿Otra vez me está provocando? Supongo que yo lo he empezado.

Su intento de provocarme tiene un éxito brutal. Para cuando termina de masajearme los senos con la crema, estoy a punto de arrodillarme y rogarle que me meta la polla.

Moviéndose con su distintiva gracia atlética, él guarda la crema y cubre mi cuerpo con el suyo.

Cuando Everest se aprieta contra mi vientre, cojo aire para comenzar a suplicar, pero antes de que pueda decir una palabra, él inclina la cabeza para que sus labios rocen mi oreja.

—*Ahora* puedes conseguir ese final feliz —susurra.

Demonios, sí.

Cojo a Everest y casi lo empalo en mi interior, ignorando la resistencia inicial y casi dolorosa.

Oh, sí. Esto está bien.

Dragomir toma el relevo a partir de ahí con unas embestidas lentas y sensuales.

¿Más provocación?

Me mira a los ojos y entrelaza sus dedos con los míos.

Vale. Así que no está provocando.

Esto me gusta.

Si la otra sesión se describiría bien usando los términos «follar duro» esto parece ser algo totalmente diferente.

La expresión «hacer el amor» se me pasa por la cabeza pero la destierro por ahora; no estoy lista para evaluar mis sentimientos y poner etiquetas a nada en medio de tal placer.

Gradualmente él acelera y me olvido por completo de toda esa terminología complicada, ya que un orgasmo dos veces más potente que el anterior estalla a través de mí, obligándome a gritar. De nuevo.

Quiero que él también termine, así que utilizo mis músculos bien entrenados por las bolas chinas y aprieto a Everest con todas mis fuerzas.

Con las fosas nasales dilatadas, Dragomir se corre nuevo y luego me abraza con fuerza, como si no quisiera soltarme jamás. Entierro mi cara en su cuello, inhalando su cálido aroma masculino.

Joder, este hombre lo tiene todo.

—¿Otra ducha? —Susurro después de lo que me parece ser una hora de intensa producción de oxitocina.

—No estoy seguro de si debemos molestarnos. —Levanta mi pecho izquierdo con una mano y siento que Everest vuelve a crecer, una hazaña que no creía que fuera físicamente posible—. ¿Qué tal si traes todos tus juguetes para que podamos jugar? — prosigue él.

Al instante tan cachonda como una adolescente Amish que hubiese descubierto Pornhub durante su Rumspringa, corro a hacer lo que me pide y traigo *todos* los juguetes que poseo.

Al dejarlos sobre la cama, me percato de que es una pila enorme.

Sospechosamente enorme.

Huy.

Para mi alivio, Dragomir ni siquiera levanta una ceja, como si estuviera acostumbrado a que las mujeres tuvieran suficientes juguetes para abastecer una tienda para adultos.

¿Debería decirle que yo he diseñado estos?

Tengo muchas, muchas ganas de hacerlo.

Antes de que pueda pronunciar una palabra, Dragomir agarra un vibrador que le llama la atención, presiona el botón de «encendido» y me toca con él.

Olvidémonos. Siempre puedo sincerarme con él cuando no esté al borde de otro orgasmo.

O de otro.

O de otro.

Después de unos diez orgasmos, dejo de llevar la cuenta. Lo único que sé es que está empezando a amanecer cuando por fin los dos perdemos la consciencia, enredados en un montón de miembros sudorosos.

Capítulo Treinta Y Nueve

—SQUIRRELCHIK, tengo que irme a trabajar —dice una voz en la distancia.

A regañadientes, abro mis pesados párpados.

A juzgar por la luz del sol que entra en la habitación, ya ha pasado mi hora habitual de despertarme.

Dragomir está de pie junto a la cama, vestido con un traje.

Mmm. ¿Se lo habrá traído Fyodor esta mañana, o ya lleva un rato despierto y ha salido de compras con los jirones de la ropa de ayer?

—Lo siento —dice—. De verdad me tengo que marchar.

Oh, vale. Eso. Aunque mi cerebro no funciona del todo, bajo las sábanas para dejar todo lo que puedo de mí al descubierto.

—¿Estás seguro de que tienes que irte?

Uno de los músculos de su mandíbula tiembla.

—Ojalá no tuviese que hacerlo. Por culpa de mi viaje, llevo muchísimo retraso en algunos proyectos. Ya me he saltado todas las reuniones no esenciales de hoy, pero las que vienen después son sobre inversiones críticas.

Mierda. Me había olvidado por completo de que me he acostado con un posible inversor.

Bueno, supongo que el demonio de dos espaldas ya ha salido de su botella.

—Muy bien, vete —digo con un fingido ceño y me tapo—. Ya me lo *compensarás* cuando regreses.

—Oh, claro que lo haré. —Sus ojos están llenos de un calor abrasador—. Por ahora, te he dejado algo de desayunar en la cocina. Deberías comer algo y descansar un rato más. Necesitarás recuperar todas tus fuerzas para cuando vuelva para expiar mis pecados.

Con esas palabras, sale de la habitación, dejándome ruborizada y jadeante.

Cuando se me pasa, dudo si volver a dormirme, pero me hace ruidos el estómago, así que voy a ver ese desayuno.

Guau. Dragomir ha cubierto todas las bases. Sobre la mesa hay huevos Benedict, gofres, cinco tipos de mermelada, una jarra de zumo de naranja recién exprimido, una tetera y una enorme cafetera.

Hablaba en serio con todo eso de «recuperar tus fuerzas»

Antes de comer, lleno el cuenco de Boner y lo llamo.

El pequeñajo entra con aire apenado en la habitación y mira a su alrededor como si esperara ver algo. Al no encontrar lo que sea, agacha la cabeza y comienza a comer con indiferencia.

Ooooh. Debe de echar de menos a Winnie. Le pediré a Dragomir que la traiga pronto para animarlo.

Después de llenarme con suficiente comida para darme fuerzas para las siguientes dos noches de incesantes orgasmos, saco a Boner a pasear.

Definitivamente no es el mismo de siempre. Olfateando con nostalgia cada trozo de hierba en el que Winnie ha orinado, ignora a todos los otros perros con los que nos encontramos y está listo para regresar en una cuarta parte del tiempo que normalmente tardaría.

En casa, Boner se las arregla para tener aspecto triste mientras bebe su agua, y eso sí requiere de habilidades teatrales, especialmente con un chihuahua de graciosas orejitas.

«*Ma chérie*, no puedo seguir sin *ma petite* por mucho más tiempo. Si ella no vuelve, me tiraré de la nevera».

Saco mi teléfono y le envío un mensaje de texto a Dragomir:

Hagamos que nuestros perros pasen un rato cuando te vaya bien.

Mientras espero su respuesta, alejo la silla de la cocina de la nevera, por si acaso.

Como de costumbre, Dragomir no tarda en responderme.

Puedo hacer que Fyodor los pasee juntos esta noche.

Le transmito las buenas noticias a Boner y le digo a Dragomir que ese paseo conjunto estaría genial.

Satisfechas las necesidades del perro, me permito un bostezo. Uno ruidoso.

Pasarme la noche sin dormir me está empezando a afectar.

Bueno, lo bonito de tener un negocio propio, al menos uno administrado remotamente como el mío, es que una puede tomarse un día tranquilo cuando quiera.

Hoy, quiero.

Localizo un antifaz para dormir, pero antes de que pueda apagar mi teléfono, este suena.

Es una llamada de Vlad.

Como hace siglos que no hablamos, se la cojo.

—Hola, tú —digo con una sonrisa.

—Hola, hermanita. ¿Cómo va todo?

—Genial. Dragomir ha vuelto.

—Ah, por fin. ¿Cuándo ha ocurrido eso?

Le pongo al corriente de los últimos acontecimientos. Cuando llego a lo de la cena de anoche, me pide que le repita un par de veces los nombres del hermano, los padres y hasta los de los perros, como si estuviera tomando notas.

Está claro que aún pretende indagar acerca de Dragomir, según planeábamos antes. Sin embargo, no aclaro este punto. De hecho, finjo haberme olvidado del todo acerca de ello. Puede que sea una tontería, pero me ayuda a lidiar con el sentimiento de culpa.

He llegado a conocer a Dragomir, me he ganado su confianza y, por lo tanto, debo respetar su privacidad. También está esto: él ha llegado a importarme tanto que tengo miedo de averiguar algo malo.

No, eso es una locura. Al menos la culpa es fácil de racionalizar y hacer que desaparezca. Si Vlad fisgonea sin que yo le pida que lo haga, ¿qué culpa tengo yo? Quiero decir, puedo detenerle, pero le gusta tanto fisgonear que podría hacerlo aunque yo le pida que no lo haga.

Eso es. Hacer un trato con mi conciencia nunca antes había sido tan fácil. Bien podría estar en camino de convertirme en una sociópata.

—¿Sigues ahí? —pregunta Vlad, sacándome de mis ensoñaciones.

—Perdón. ¿Qué has estado haciendo tú?

—Trabajando demasiado —dice él—. Pero eso está a punto de cambiar. Fanny y yo nos vamos de acampada.

Alejo el teléfono de mi oído y lo me lo quedo mirando sin comprender.

—¿De acampada? O sea, con tiendas, garrapatas, bichos en el culo... ¿todo eso?

—No te estoy pidiendo que vengas —dice mientras vuelvo a acercarme el teléfono a la oreja. Casi puedo oírle poner los ojos en blanco en el otro extremo—. Es idea de Fannychka. Se ha tomado un día libre y quiere pasar una noche de aventura que nos permita desconectar por completo de la rutina diaria.

Yo me rasco la cabeza.

—Creo que solo quiere estar a solas en el bosque contigo, su protector grande y fuerte.

—¿Y qué hay de malo en eso?

—Lo siento, disfrútalo —digo y me guardo mi diatriba sobre cómo podría lograr algo similar con dos tapones para los oídos, apagando la wi-fi y metiendo el teléfono en el microondas—. ¿Cómo van las cosas entre vosotros dos? Ir de acampada parece un paso muy grande... al menos para mí.

—Alucinantes —dice... y dado lo reacio que es mi hermano normalmente a compartir sus sentimientos, esas palabras me dejan boquiabierta. Es decir, hasta que prosigue, diciendo—: Creo que ella es la definitiva, ¿sabes?

Por alguna razón, unos ojos de cambiante color avellana revolotean por mi mente.

—Sí. Creo que sé exactamente a qué te refieres.

Él carraspea. Supongo que acaba de darse cuenta de que ha superado su cuota de compartir de emociones prevista para todo el siglo.

—Todavía tengo que acabar de hacer las maletas para el viaje de esta noche, así que será mejor que me ponga manos a la obra.

—Pásalo bien. Y mantente alejado de los osos.

Él me cuelga, soltando una risita.

Yo sonrío al teléfono. Cuando le pedí a Vlad que me ayudara con la aplicación de los juguetes sexuales teledildónicos, lo último que esperaba era que encontrara a su media naranja en el proceso.

Con un sentimiento de calidez y felicidad, bostezo una vez más.

Oh, claro. Demasiado sexo y poco sueño.

Me pongo el antifaz para dormir y me quedo frita en cuanto mi cabeza toca la almohada.

———

El estúpido timbre de la puerta suena, sacándome de un sueño húmedo en el que salía Dragomir con un jersey de cuello alto de lycra, armado con juguetes eróticos futuristas que espero poder rememorar cuando vuelva a sentarme a trabajar.

El timbre continúa sonando mientras me pongo una bata y camino hacia la puerta, pasando por encima de Boner, que está lo más emocionado que lo he visto en años.

—¿Quién es?

—Fyodor —dice una voz que suena igual que la del mayordomo de Dragomir—. Mis disculpas, tengo a Lady Winnifred conmigo y está ansiosa por atender sus necesidades biológicas.

¿Lady Winnifred? ¿Es que este nunca ha presenciado una sesión del Kraken?

Como para confirmarlo, Winnie ladra y Boner se vuelve aún más loco de júbilo. Las feromonas de osa deben de estar volviéndolo loco.

—Un segundo —digo y me alejo corriendo para ponerme algo más presentable antes de regresar con la correa de Boner.

Cuando se abre la puerta, hay un montón de ladridos frenéticos, olfateo de traseros y lametones de hocicos.

«*Ma petite*! *El Destin* te ha traído a mí subida en una ola».

Le doy la correa a Fyodor.

—Gracias.

Él asiente a su estilo de mayordomo y se va.

Reviso mi móvil.

Sí. Dragomir me había avisado sobre este allanamiento de morada. Supongo que no pensó que yo fuera tan perezosa como para pasarme medio día durmiendo.

También hay un mensaje de texto de Fyodor:

Voy para allá.

Tendré que enseñarle a esperar antes de aparecer la próxima vez. Podría haber salido. Por otra parte, no me gustaría que Boner se perdiera tiempo de estar Winnie por mí, así que tal vez le dé a Dragomir una copia de mis llaves... estrictamente para Fyodor, por supuesto.

Un mensaje de voz de Vlad me llama la atención a continuación. Me llamó hace una hora.

Hola, hermanita. Por fin he descubierto algo sobre Dragomir. Llámame cuando puedas. Vas a querer oírlo.

Mierda.

Me tiemblan visiblemente las manos cuando llamo frenéticamente a Vlad.

Me salta su buzón de voz.

Le envío un mensaje de texto para que me llame *ahora* y espero un minuto, mordiéndome las uñas.

Y luego otro minuto más.

Luego media hora.

Suena el timbre de la puerta. Es Fyodor. Me entrega la correa de Boner y se marcha antes de que pueda hablar con él sobre el protocolo para la próxima vez, o hacerle preguntas directas sobre Dragomir.

Al quitarle la correa, Boner se va en busca de Remy, su juguete erótico, y comienza a tirárselo.

¿Quiere esto decir que no ha conseguido nada de Winnie? Pensé que ella podría... la distancia hace que incluso los corazones de los perros se vuelvan más cariñosos. Por otra parte, por lo que yo sé, tal vez lo hayan hecho, pero él estaba sobreexcitado y necesita quemar el resto.

Una vez termina con Remy, Boner se tumba, cierra los ojos, satisfecho, y se pone a roncar suavemente.

Todavía no hay ninguna señal de Vlad.

¿Qué demonios?

Entonces me acuerdo. La estúpida acampada. Probablemente ya esté allí, sin cobertura.

Maldita sea. ¿Qué será lo que ha averiguado?

Empiezo a pasearme arriba y abajo mientras resurgen mis preocupaciones anteriores sobre Dragomir.

Hasta el día de hoy, él pasa de puntillas sobre

ciertos temas. ¿Estará el descubrimiento de Vlad relacionado con eso? Si es así, ¿de qué se tratará?

Dragomir juró por la vida de su hermano que no tenía otra mujer, al estilo de Marco, pero ¿y si eso era mentira?

Tampoco me dio ninguna explicación sobre ese detective privado de la cámara. ¿De qué iría todo eso? ¿Y por qué Dragomir pagó al veterinario con monedas de oro? ¿Pertenecerá al inframundo criminal después de todo?

Un montón de preguntas y ninguna respuesta.

Miro fijamente a mi teléfono. Vlad dijo que eso de la acampada era solo una noche. ¿Querrá decir que también andarán mañana por el bosque?

¿Cuánto tiempo tendré que esperar antes de saber lo que ha descubierto?

Dejo de pasearme y llamo a Xenia.

—Deberías preguntárselo a él —dice mi amiga cuando la pongo al día.

—Preguntarle a Dragomir. ¿Así de fácil?

—Sí. De esa forma tendrás tus respuestas hoy mismo.

—Tal vez...

—Nada de tal vez. Hazlo.

—Vale —digo con un suspiro.

—Bien. Ahora que eso ya está decidido, háblame del sexo.

Lo hago, y casi puedo imaginármela echando mano del vibrador que le regalé y luego jurando que no sería capaz.

—¿Qué tal te está tratando tu Chico Objeto? —pregunto cuando me doy cuenta de que he estado hablando de mí sin parar—. ¿Tienes tus propias historias que compartir?

—Sabes que yo no soy de esas que lo cuentan —dice Xenia, para mi disgusto.

—Pues no, no lo sabía.

—Hay ciertas cosas que son privadas —dice a la defensiva.

—Yo acabo de contártelo todo. ¿Has oído hablar alguna vez del quid pro quo?

—A ti no te importa hablar de esas cosas. A mí sí.

—Que asquerosa eres.

—Lo soy. —Se ríe como una niña—. Con mi Chico Objeto. ¿Ya estás contenta?

En realidad, la imagen que ahora tengo en la mente podría arruinarme la Navidad para siempre, así que tal vez sea mejor que haya decidido no compartir demasiado.

Mi teléfono hace un ruidito, y mi corazón da un bote.

—Acabo de recibir un mensaje de Dragomir —le digo sin aliento.

—Mira a ver qué dice. Si está con otra, te ayudaré a patearle el trasero.

—Hecho —digo y le cuelgo.

El texto de Dragomir no arroja luz sobre nada. Simplemente dice:

Trabajando hasta tarde. Por favor, cena sin mí.

Grr.

Hago lo que me ha dicho y luego veo *Frozen* para tranquilizarme un poco.

Suena el timbre de la puerta.

Un montón de preguntas vitales se arremolinan en mi cabeza cuando salgo corriendo a abrir.

Sin embargo, en cuanto pongo mis ojos en Dragomir, las preguntas se mueren en mis labios.

Joder. Joder.

Lleva un jersey de cuello alto ajustado y negro.

Debe de haberse cambiado antes de venir.

A menos que... ¿será este otro sueño erótico?

Él entra, me atrae contra él y aprieta su boca contra la mía, devorándome con sus labios y su lengua mientras sus manos me aprietan y masajean el trasero.

Vale. Es real.

¿Preguntas? ¿Qué preguntas?

Besándonos como si nuestras vidas dependieran de ello, vamos tambaleándonos hasta mi dormitorio, dejando un camino hecho con nuestra ropa atrás igual que en una versión porno de Hansel y Gretel, excepto por el incesto.

En cuanto nos dejamos caer sobre la cama, comienza una repetición de las sextividades de la noche anterior... excepto porque, increíblemente, esta vez todo es aún más intenso.

Hacia las cuatro de la mañana, he tenido suficientes orgasmos como para figurar en el Libro Guinness de los récords mundiales y me siento como una naranja exprimida que ha sido atropellada por un camión.

Vale. Ahora que ya hemos acabado con el sexo, le preguntaré lo que quería preguntarle.

Bostezo tan fuerte que casi me disloco la mandíbula.

¿Y si mejor hablamos después de que apoye un rato la cabeza en el hueco de su hombro?

Sí. Ese es un buen plan.

Me acomodo contra él y cierro los ojos.

———

Me despierto porque el estúpido sol me está dando en la cara.

Dragomir no está por ninguna parte, pero hay una nota en mi tocador:

No quería despertarte de nuevo, pero tenía que marcharme corriendo. Es posible que vuelva a trabajar hasta tarde. Disfruta del desayuno y recobra tus fuerzas.

Dragomir.

Disfrutar del desayuno, y una mierda.

No llegué a preguntarle nada ¿y ahora tengo que esperar hasta la noche?

En realidad, esta noche, será mejor que Vlad aparezca.

Haciendo un esfuerzo por contener mi frustración, me como la deliciosa pasta untable que Dragomir me ha preparado con el aparente objetivo de engordarme. Luego saco a Boner a pasear e intento volver a dormir la siesta.

Sin conseguirlo.

Las preguntas me impiden dormir, así que canalizo mi ansiosa energía hacia mi trabajo.

Cuando me entra hambre, me hago un sándwich, pero antes de que pueda morderlo, suena mi teléfono.

¿Podría ser?

¡Sí!

Por fin.

Es Vlad, llamando.

Estoy a punto de conocer el secreto de Dragomir.

Capítulo Cuarenta

¿Quién hace algo así? —pregunto a Vlad en cuanto escucho su voz—. ¿Cómo pudiste dejarme un mensaje de voz como ese y desaparecer de la faz de la Tierra?

—Lo siento —se disculpa él, pero no suena sincero—. No era el tipo de información que quisiera discutir por teléfono.

Entrecierro los ojos.

—Oh, no, no lo harás. No vas a hacerme ir todo el camino hasta tu oficina. De hecho, si me tienes esperando otro segundo más, haré que te arrepientas. ¿Recuerdas mi décimo cumpleaños?

—Cálmate. Por lo menos cambiémonos a una videollamada. Al menos esas aplicaciones fingen preocuparse lo suficiente por la privacidad como para utilizar encriptación.

Rechinando los dientes, le cuelgo y le llamo por vídeo.

—Escúpelo —digo en cuanto veo la cara de Vlad
—. Ahora.

—Vale, pues este es el tema. Mientras esperaba a
que Fanny estuviese lista, investigué un poco con la
ayuda de los nombres que me diste.

Le miro con los ojos entornados.

—¿Y?

—Y acerté el premio gordo.

—¿Y? —Mi voz aumenta de volumen.

—Y averigüé quién es él en realidad. *Lo qué* es él.

—¿Lo *qué* él es? Si me dices «un hombre lobo» o
haces alguna otra broma, te voy a estrangular.

Él se acerca más a la cámara.

—La verdad en realidad podía sonarte a broma,
pero te aseguro que no lo es. Todavía me estoy
haciendo a la idea, para ser sincero.

Siento una sensación de vacío en la boca del
estómago.

—¿Qué es él?

—*Knyaz* —dice Vlad solemnemente.

Yo parpadeo.

—¿Qué has dicho?

—*Velikiy knyaz*.

Parpadeo más rápido.

—Sigo sin pillarlo.

Vlad frunce el ceño.

—Significa lo mismo en ruskoviano que en ruso.
El Gran Príncipe.

En este punto, estoy parpadeando en código
Morse.

—¿Un príncipe? ¿Cómo Hans?

Vlad arquea una ceja.

—¿Ese es el malo de *Frozen*?

—¿En serio?

Él y Alex se burlan de mi película favorita, pero hay un momento y un lugar para estas cosas.

—¿Cómo puede Dragomir ser un príncipe?

Vlad se encoge de hombros.

—¿Sabes que Ruskovia tiene una monarquía gobernante?

Asiento. Esa es una de las pocas cosas que sabía sobre ese lugar antes de conocer a uno de sus ciudadanos.

—El apellido de Dragomir no siempre fue Lamian. Ese es el apellido que adoptó al mudarse a Estados Unidos. Nació como Cezaroff. —Me mira en busca de señales de que he reconocido ese nombre. Al no encontrar ninguno, agrega—: o sea de la dinastía Cezaroff. O sea, un príncipe de sangre real.

Mi cerebro se esfuerza por procesar esto.

Un príncipe.

De la realeza.

—¿Está casado? —pregunto, aturdida.

—No —dice Vlad—. Creo que su estatus de noble es lo único que te oculta. Todo lo demás que te ha dicho es cierto... incluyendo el hecho de que fue desheredado. Eso es de conocimiento público.

—Sí, claro —digo con amargura—. Simplemente subestimó un poco lo que estaba en juego... la capacidad de gobernar un maldito país.

—En realidad no iba a gobernar de todos modos —dice Vlad—. Demasiados hermanos mayores.

Hermanos mayores. Por supuesto. Las piezas comienzan a encaja... como por qué el perfil de Stanislaus me resultó tan familiar cuando cenamos el otro día.

Lo había visto antes, en esa moneda de oro que Dragomir le dio al veterinario.

Y aún hay más. Las iniciales de su pañuelo: DC deben ser por Dragomir Cezaroff.

Otras pequeñas cosas también tienen más sentido ahora. Su perfecto inglés, las historias de su familia empleando sirvientes y siendo propietarios de jardines, glorietas, campos de fútbol...

—¿Estás bien? —El tono de Vlad es suave.

Oh, vale. Sigo al teléfono.

Niego con la cabeza.

—Será mejor que cuelgue y le dé una vuelta a todo esto.

Él se inclina hacia la cámara.

—¿Quieres que vaya a tu casa?

—No. ¡Gracias! Esto es algo que necesito hacer sola.

Por mucho que me pudiera servir un abrazo fraternal, necesito conectarme y comprobar todo esto por mí misma, porque una parte de mí todavía no lo ha aceptado.

—Lo siento —dice Vlad, y esta vez, suena como si lo dijera en serio.

Le dirijo una débil sonrisa.

—A diferencia de mamá, yo nunca disparo al mensajero. Además, no es como si hubieses averiguado que estaba casado.

Ojalá pudiera estar tan serena como intento parecer.

—Sólo avísame si necesitas algo —dice Vlad—. Podría piratear su...

—Gracias, pero no. ¿Podemos hablar más tarde?

—Por supuesto.

—Está bien, entonces, adiós.

Voy corriendo hasta mi ordenador y busco el nombre *Cezaroff*.

Aparece una avalancha de resultados.

La mayoría son artículos en ruskoviano que mi navegador traduce fácilmente. Uno trata sobre Dragomir Cezaroff ganando un concurso de esgrima cuando era adolescente. Innumerables otros artículos van de sus problemas con sus padres.

Lo que es más interesante, hay algo de material en inglés. Aparentemente, ser miembros de la realeza ha puesto a la familia Cezaroff en el radar de las revistas de cotilleos de los Estados Unidos y de otros países. Si bien no son tan populares como sus equivalentes británicos, estos príncipes siguen siendo lo suficientemente interesantes como para generar cierta obsesión.

Escaneo las cosas en inglés y no encuentro nada sobre Dragomir... ¿quizás debido a su estatus de desheredado?

Sin embargo, adoran a sus otros hermanos.

Tigger, bajo su nombre completo de Anatolio Cezaroff, parece estar por todas partes. Hay artículos sobre sus locas aventuras, cobertura de su reciente accidente (con títulos de clickbait como «¿Morirá?»), y especulaciones sobre las mujeres con las que ha sido visto.

De hecho, el artículo más reciente lo sitúa en el Doro la misma noche de nuestra cena allí. El autor afirma que su próximo numerito será batir un récord comiendo.

Espera un segundo.

Reconozco la foto de la persona que ha escrito este artículo.

Es el tipo de la cámara, el que pensé que era un detective privado. Ahora ya veo lo que andaba buscando. Esperaba que Dragomir hiciera algo de interés periodístico o lo condujese a una historia sobre sus parientes más relevantes.

El rompecabezas empieza a completarse.

Ese extraño diseño hecho con diamantes en el reloj Patek Philippe de Dragomir es el escudo de la familia Cezaroff, y la frase en ruskoviano es el lema de la familia: «En la tradición, la fuerza».

Las personas vestidas de una manera tan graciosa que confundí con los gorilas/porteros el restaurante eran en realidad la guardia real, lo que podría explicar por qué tenían máscaras de gas listas para usar.

Incluso los perros son famosos. La raza misha se creó originalmente para la familia real siglos atrás.

Hasta el día de hoy, cada Cezaroff recibe el cachorro misha de sangre más pura disponible. De hecho, la familia real es famosa por tener siempre uno cerca... un poco como los Stark y sus lobos en *Juego de tronos*. Dragomir no mentía cuando dijo que él no fue quien le puso su nombre a Winnie. Solo el rey, o el zar, tiene el privilegio de nombrarlos, y el padre esnob de Dragomir obviamente eligió un nombre elegante.

Cuanto más averiguo, más estúpida me siento por no haberlo descubierto antes por mi cuenta. También me enfado cada vez más.

Poniéndome de pie de un salto, empiezo a pasearme por el apartamento.

Nos conocemos desde hace dos meses, y aun así él me ha ocultado algo de esta magnitud. Le dije cuánto me dolió cuando el último hombre con el que salí me mintió por omisión, pero procedió a hacer lo mismo.

¿Cómo ha podido?

Durante todo este tiempo, ni siquiera sabía su nombre real.

Y pensar que casi me enamoro de ese tío. O que me he enamorado... que podría ser el motivo por el cual esto me duele tanto.

Dejo de pasearme y aprieto los puños.

Esto es lo que me pasa por ser tan estúpida como para fiarme. Tendría que haber sido más lista.

Dragomir se sintió atraído por mí: eso es una bandera roja total. Siempre atraigo a los gilipollas, pero pensé que esta vez podría ser diferente. Einstein tenía razón cuando dijo que «la definición de locura es hacer lo mismo una y otra vez y esperar resultados diferentes».

Bueno, mi locura se termina aquí y ahora.

O pronto.

Todavía tengo que enfrentarme a él.

Me doy la vuelta.

¡Sí, es una gran idea! Voy a ir directamente a su oficina y a decirle exactamente lo que pienso. ¿Por qué cojones no debería? Se merece toda mi ira.

Sintiéndome ligeramente mejor, me apresuro a entrar en mi vestidor y me pongo la ropa más sexy que tengo, un brutal vestido negro. Lo remato con una chaqueta corta de motorista y me pongo un par de botas de tacón alto.

Que se entere bien de lo que está a punto de perder.

A continuación, me aplico maquillaje a modo de pintura de guerra.

Mientras voy hacia la puerta a grandes zancadas, Boner se interpone en mi camino y gime lastimeramente.

Genial. El pobrecillo ya está echando de menos a Winnie.

Siento una oleada de culpabilidad que realmente no debería cargar sobre mis hombros. Dado lo que estoy a punto de hacer, Boner perderá su acceso a Winnie, pero no será culpa mía.

Con suerte, Boner pasará página.

Con suerte, los dos lo haremos.

Aun así, sintiéndome culpable, agarro la correa de Boner.

Cuando él ve eso, se anima un poco, como yo sabía que iba a hacer. La correa a horas distintas de las habituales para su paseo significa aventuras, y a él eso le encanta.

———

Con Boner en mi regazo, voy echando humo todo el viaje en taxi hasta la oficina de Dragomir. Cuando entro al vestíbulo del edificio, Boner tiene que correr para poder seguir el ritmo de mis pasos iracundos.

Al entrar en el ascensor, me quedo mirando fijamente los botones.

Se me acaba de ocurrir que en realidad no sé dónde está Dragomir. El único espacio que he visitado aquí es la sala de conferencias donde Alex y yo presentamos el Proyecto Morfeo.

Decidiendo comenzar mi búsqueda allí, cojo el ascensor hasta ese piso y salgo disparada hacia esa sala.

Ni rastro de Dragomir. Sin embargo, Marco está ahí, con todo el equipo de nuestras reuniones.

Vale.

Si tengo que sacarle a tortas a Marco la ubicación de Dragomir, que así sea.

Respiro hondo, y entro.

Capítulo Cuarenta Y Uno

El saludo de Marco es una mueca de desdén.

—Bella. Qué coincidencia. Precisamente estábamos hablando de ti.

Confundida, me detengo de golpe a una distancia desde la que podría estrangularle.

—No estoy aquí por ti.

Sus labios se vuelven dos líneas finas.

—Lo estarías si supieras el tema de nuestra discusión.

Me pellizco el puente de la nariz.

—¿De qué estás hablando? No tengo tiempo para...

—Sólo les estaba contando a todos tu secreto —dice Marco, cortándome con rudeza.

¿Mi secreto?

¿Va esto de que me he acostado con su jefe? Si es así, eso ya no será un...

—Eres propietaria de una empresa que se llama

Belka —anuncia Marco, y me congelo en el lugar—. Una empresa que fabrica cosas asquerosas. —Se acerca tanto a mí que puedo oler el café rancio de su aliento—. Así que, verás, no podemos invertir con la conciencia tranquila en ningún proyecto que te incluya a *ti*.

Cuando oigo esto, me echo para atrás físicamente y escucho un gruñido a mis pies. Igual que a mí, a Boner también le desagrada el tono de Marco.

—¿Dónde está Dragomir? —exijo.

—¿Por qué? —pregunta Marco—. Él se ha recusado. Nuestra decisión es definitiva. No necesitas molestarle con más mentiras.

—¿Mentiras? —Le enseño los dientes—. De eso tú sabrás un montón, ¿verdad?

Todo el mundo en la sala parece estar a punto de saltar de sus asientos. No todos los días puedes presenciar un espectáculo como este en un entorno corporativo.

Marco parece indignado.

—¿Qué se supone que quiere decir eso?

Le clavo una mirada paralizante, tan afilada como una daga.

—¿Sabe tu mujer ruskoviana algo sobre la americana? ¿Y viceversa?

Marco palidece y la gente que nos rodea comienza a susurrar entre sí, algunos de ellos con el ceño fruncido.

—Está mintiendo —dice Marco, de forma no muy convincente.

—Me complacerá enviar las pruebas de lo que digo por correo electrónico a todos los presentes en la sala. —Saco mi teléfono y lo agito en el aire.

Es un farol, por supuesto. No tengo ni idea de si Vlad tiene pruebas, ni de si me gustaría arruinarle a Marco la vida hasta ese punto.

Marco intenta agarrar mi teléfono, pero lo aparto y les lanzo a todos una mirada significativa.

A juzgar por las expresiones de quienes nos rodean, ya nadie cree a Marco.

El gruñido a mis pies es reemplazado por un sonido extraño.

Marco mira hacia abajo y comienza a maldecir en ruskoviano.

Sigo su mirada y me quedo ojiplática.

Es Boner. Ha levantado la pata de atrás lo más alto que ha podido y está haciendo sus necesidades en el pie de Marco.

Buen chico. Eso es lo que se merecen los imbéciles.

La expresión de Marco se vuelve lívida, y veo su pierna retroceder... presumiblemente para darle una patada mi perro.

Mi mano se mueve hacia adelante instintivamente, y lo siguiente que sé es que tengo agarradas las pelotas blandas y arrugadas de Marco.

Puaj.

—Dale esa patada y acabaras cantando en falsete —gruño.

Ahora Marco parece estar a punto de darme esa

patada a *mí*, así que me preparo para estrujarle con todas mis fuerzas.

—Déjalos en paz —dice Eugenio. Está dirigiendo la cámara del teléfono a Marco, y sin duda grabando un vídeo.

Enrojeciendo, Marco empieza a soltar obscenidades en voz baja, pero deja de mover la pierna.

Aparto a Boner, pronuncio «gracias» hacia Eugenius sin decirlo en voz alta, y suelto la asquerosidad que tengo en la mano, tomando una nota mental de lavármela con desinfectante hasta que se me quede en carne viva.

—Será mejor que te vayas —me dice Eugenio.

Sí. Marco pesa treinta kilos más que yo y podría decidir arriesgarse a usar la violencia a pesar de la presencia de sus colegas.

Yo salgo con la espalda muy derecha y reflexiono sobre qué hacer mientras entro en el ascensor.

El bajón post-adrenalina me está dando fuerte y ya no me veo preparada para enfrentarme a Dragomir. Tampoco es que me haga falta. Si Marco sabe lo de los juguetes eróticos, seguro que Dragomir también. Si añadimos a eso mi comportamiento indecoroso de hace un momento, estoy segura de que se acabó.

Salgo corriendo del maldito edificio y paro un taxi.

A medio camino de mi casa, suena mi teléfono.

Es Dragomir.

Por un segundo, estoy tentada de coger la llamada, ¿pero para qué?

Se acabó. Un enfrentamiento solo prolongaría el dolor.

Dejo que la llamada se vaya al buzón de voz.

Incapaz de contenerme, la escucho unos segundos después. Su mensaje es breve: *Deberíamos hablar.*

El texto de mi respuesta es igualmente conciso y directo: *No, gracias, Su Alteza Real.*

Él vuelve a llamar y yo dejo que salte el buzón de voz.

A continuación, me envía un mensaje de texto: *Llámame.*

No lo hago. En vez de eso, ignoro otra llamada y luego apago el teléfono.

Durante el resto del viaje a casa, acaricio a Boner para calmarme, y cuando entro en mi apartamento, me dirijo directamente a la sala de estar.

Tal como estoy este momento, tengo que recurrir al armamento pesado: *Frozen.*

Lamentablemente, todavía me siento como una mierda cuando aparecen los créditos. Peor incluso... y no me lo esperaba. Pensé que sería como cuando rompí con mi ex casado. Me dolió, claro, pero también me sentí liberada una vez que me arranqué la tirita.

No esta vez. Esta vez, parece que la tirita que he intentado arrancarme es papel de lija que algún genio malvado ha pegado locamente a mi corazón.

¿Por qué me siento así?

¿Es porque Dragomir se ha metido en mi corazón más profundamente que mi ex? ¿O, y esto es inquietante, se debe a que su mentira es menos malévola y, por lo tanto, no justifica mi reacción?

Mientras reflexiono más profundamente sobre eso, me parece tener hielo en el estómago.

¿Podría ser que no me siento liberada porque una parte de mí sabe que yo misma no soy tan inocente? Después de todo, Dragomir no es el único que ha omitido información. No le he hablado de mi negocio de juguetes eróticos, y se podría argumentar que mi mentira es más egoísta... al principio, oculté la verdad para poder conseguir que su fondo invirtiera en mi proyecto.

Poniéndome de pie de un salto, empiezo a pasear por mi apartamento con los recuerdos de nuestras conversaciones telefónicas a larga distancia creando un caleidoscopio en mi mente, junto con todas las formas distintas en que me ha llevado al orgasmo.

Cuando casi pisoteo a Boner, me siento y saco mi teléfono.

Es hora de ser honesta conmigo misma.

Todavía deseo a Dragomir, mentiras o no.

La pregunta es: ¿él todavía me desea? Cuando llamó antes, ¿fue para romper conmigo o quería disculparse por ocultarme su verdadera identidad?

Si era por esto último, creo que tendría que perdonarle.

De hecho, podría haberlo perdonado si hubiera

tenido éxito cuando irrumpí en su oficina, asumiendo que Dragomir hubiese dicho las cosas correctas.

Con el pulso acelerado, vuelvo a encender mi teléfono.

Es el momento de la verdad.

Le devolveré la llamada a Dragomir.

Mi llamada se va al buzón de voz.

Siento como si mi corazón se encogiera.

¿Se está vengando porque yo no se lo he cogido?

Espero cinco minutos, mirando fijamente el teléfono todo el tiempo.

Él no me devuelve la llamada.

Mi corazón se encoge todavía más. Hasta ahora, siempre me había respondido en cinco minutos.

¿Quizás esté en una reunión? ¿O paseando a Winnie sin teléfono, según su costumbre?

Por si acaso, vuelvo a llamar y dejo un mensaje de voz: *Llámame*.

Cinco minutos después, también envío el mismo mensaje de texto.

¿Quizás tenga al hombre más rico del mundo en su oficina? ¿O esté negociando un acuerdo de miles de millones de dólares?

Después de una hora mordiéndome las uñas, sigo sin respuesta.

Las excusas de las reuniones y de pasear a la perra me parecen más patéticas con cada minuto que pasa.

Dos horas después, tengo que admitirlo.

La he jodido, y puede que no haya vuelta atrás.

Capítulo Cuarenta Y Dos

QUIERO ECHARME A LLORAR, pero me resisto a mis ganas de hacerlo. Boner es sensible a mis estados de ánimo, y el pobre ya está sufriendo por su abstinencia de osa.

Cojo el portátil y me sumerjo en el trabajo.

Pero nada. Estoy tan distraída revisando inútilmente mi teléfono cada dos segundos que no puedo diseñar el más básico de los tapones anales.

Llevo a Boner a dar un paseo en lugar de andar inútilmente arriba y abajo por el apartamento, pero como llevo mi teléfono conmigo, eso se convierte en una hora de regodearme en la autocompasión y de revisarlo sin cesar.

Cuando Boner cubre todas sus necesidades, nos guío a los dos a casa, pero en lugar de entrar en mi edificio, me detengo, imbuida de una súbita determinación.

El paseo me ha aclarado lo bastante la cabeza como para tomar una decisión.

Si Dragomir no responde a mis llamadas, pienso enfrentarme cara a cara con él. Si quiere que esto acabe, tendrá que hacerlo en persona. No es que vaya a aceptar el rechazo sin chistar... pienso luchar por lo nuestro si me veo obligada a hacerlo.

Paro un taxi y me dirijo de nuevo a las oficinas de Dragomir.

Cuando llegamos, agarro a Boner debajo del brazo y voy rápidamente hacia la misma sala de reuniones por si acaso la suerte me acompaña y Dragomir está allí.

No está.

Sin embargo, sí están las mismas personas que la vez anterior. Afortunadamente, Marco no se encuentra entre ellos.

Dejo a Boner en el suelo y me preparo para entrar, pero Eugenius me ve y sale al pasillo.

—¿Ya te has enterado? —Parece impresionado.

Mis cejas se juntan.

—¿Enterado de qué?

—La financiación —dice, con aspecto algo confuso—. Acaban de aprobarla.

Me froto las cejas.

—Pero Marco...

—Ha sido despedido —dice Eugenius con gesto de disgusto—. Él era la fuerza impulsora de ese rechazo inicial. El resto de nosotros realmente nos sentimos más seguros al invertir en tu empresa cuando descubrimos que no era solo tu hermano quien podía dirigir un negocio de éxito.

Debería estar extasiada por esto, pero no lo estoy. No si este dinero me ha costado al hombre que me importa.

—¿Dónde está Dragomir? —Apenas resisto el impulso de sacudir a Eugenius para sacarle la información.

—Se fue justo después de echar a Marco —dice Eugenius.

—Entonces... ¿dónde está ahora? —exijo.

Eugenius frunce el ceño y se ajusta las gafas.

—¿Va todo bien?

¿Quiere que le sacuda?

—Solo tengo que hablar con él. Por favor. Es importante.

El tipo cambia su peso de un pie al otro.

—El jefe no nos explica sus idas y venidas. Parecía ser un asunto privado, algo urgente.

Un asunto privado y urgente.

¿Puedo atreverme a tener esperanzas? ¿Pudo haber ido a mi casa para tener la misma conversación por la que yo he venido aquí?

—Gracias, Eugenius. Estoy deseando trabajar a vuestro lado.

Ignorando el rubor de su rostro, me apresuro a regresar, y cuando salto al taxi, reviso mi teléfono.

Nada.

Uf. ¿Por qué pensé que Dragomir iría a mi casa sin llamar? Por supuesto que no lo haría.

Por lo que sé, la financiación fue su regalo de despedida.

Aun así, aunque he hecho todo lo posible para prepararme para la decepción, mi pecho se aprieta dolorosamente cuando llego a mi casa y no veo a Dragomir en o cerca del edificio. El dolor crece hasta los niveles del Everest cuando llego a mi puerta.

Él no está.

Después de todo, yo no era un asunto personal urgente.

Qué vanidoso por mi parte pensar que lo era. No solo están sus padres en la ciudad, sino que su hermano todavía sigue en recuperación.

Oh, mierda.

¿Y si le ha pasado algo a su hermano?

Ese tipo de emergencia podría explicar del todo su silencio.

Agarrando a un muy confuso Boner, salgo corriendo de mi edificio de nuevo, esta vez dirigiéndome al hotel de Tigger, que afortunadamente queda cerca.

—Estoy aquí para ver a Anatolio Cezaroff —jadeo frente el recepcionista del hotel.

Él me mira de arriba a abajo con gesto digno.

—El Señor Cezaroff no estaba esperando visitas.

Suelto un suspiro de alivio.

—¿Entonces se encuentra bien? Se hizo daño recientemente, y su hermano Dragomir está desaparecido, así que pensé que tal vez habría pasado...

—Déjeme ver si puedo llamarle por teléfono —dice el recepcionista con aire engreído—. ¿Su nombre, por favor?

—Dígale que soy Bella... la Bella de Dragomir.

Al menos espero que la última parte sea o vaya a ser cierta.

El tipo marca un número con el meñique y espera unos segundos.

—Hola. Hay aquí una dama que dice que es la Bella de Dragomir.

Espera un par de segundos y luego describe rápidamente mi aspecto.

—Ha dicho que ahora baja —me informa después de colgar—. También me ha dicho que si no es usted Bella sino alguna acosadora chiflada, piensa presentar cargos.

¿Una acosadora? ¿Es eso alguna broma o algo con lo que Tigger realmente tiene que lidiar? Más importante aún, si Tigger no es la emergencia, ¿dónde está Dragomir y por qué ignora mis llamadas?

¿Podría estar con otra mujer así de rápido?

No. Él no es así...

Príncipe o no, lo conozco. Sé cómo es por dentro.

Se me ocurre una opción impensable y una descarga de adrenalina acelera los latidos de mi corazón.

¿Y si Dragomir se ha metido en algún tipo de problema?

¿Y si lo ha atropellado un coche? ¿O si su caravana se ha visto envuelta en un accidente?

Claramente, mi mente estaba predeterminada para para preocuparme por Tigger, pero ahora que se ha desplazado a ese otro lugar oscuro, no puedo deshacerme de mi miedo paralizante.

Espera. No. Estoy siendo una tonta. Tigger no estaría en su hotel como si tal cosa si Dragomir estuviera herido.

A menos que... él no lo sepa.

Casi me muerdo las uñas hasta que Tigger sale del ascensor.

Al verme, sonríe... no es algo que haría si Dragomir estuviera metido en problemas.

—¿Sabes dónde está él? —le espeto, casi sacándole del ascensor a rastras.

Su sonrisa se hace más amplia.

—¿Te refieres a Dragomir?

—Obviamente.

—¿No te lo ha dicho?

Me muerdo el labio.

—Puede que le dijera que no me llamara antes, así que...

—Oh. —La sonrisa de Tigger desaparece—. ¿Qué ha ocurrido?

—No te preocupes por eso. ¿Dónde está?

Tigger frunce el ceño.

—Con el Dr. Delomalov, por supuesto.

Al principio, la palabra *doctor* aumenta mi

ansiedad a niveles estratosféricos, pero entonces reconozco el resto del nombre. Ese es el...

—¿De verdad no tienes ni idea? —Tigger lanza una mirada a Boner—. Pensé que tú, de entre toda la gente, habrías pensado en eso. —Vuelve a sonreír—. «Plebeyo preña a la realeza»... eso es lo que dirán todos los periódicos ruskovianos en cuanto se enteren.

—El Dr. Delomalov es el veterinario, ¿verdad? —digo sin aliento.

—Eso es.

—¿Winnie se ha puesto de parto?

—Bingo.

Suelto aire ruidosamente, aliviada.

Esto lo explica todo.

En la consulta del Dr. Delomalov no hay cobertura, por lo que si Dragomir ha estado allí durante las últimas horas, ni siquiera sabe que quiero hablar con él.

—Necesito llegar a esa consulta —le digo a Tigger con urgencia. Me vuelvo hacia el recepcionista—. ¿Podría pedirme un taxi?

—¿Qué tal si *yo* te llevo? —sugiere Tigger—. Alquilé un Lamborghini y todavía no he tenido la oportunidad de probarlo.

—Claro. Lo que sea que me lleve allí más rápido.

—Le pediré al aparcacoches que le saque el coche —dice el empleado.

Salimos, y unos minutos más tarde, un Lamborghini negro se detiene delante de nosotros: el último modelo, con todos los lujos y extras.

El conserje me abre la puerta del coche y entro.

Mmm. Los cinturones de seguridad se parecen a los de un coche de carreras. No soy una gran admiradora de ir rápido... ¿es demasiado tarde para mencionarlo?

Me pongo el cinturón con cautela, bajo la ventanilla para beneficio de Boner y reviso mi teléfono.

Todavía nada.

Tigger se pone al volante, con una expresión inquietantemente emocionada.

—Has conducido esta cosa antes, ¿verdad? —pregunto.

—¿Importa eso? Agárrate.

—Espera. No me gusta cómo ha sonado...

Girando el volante bruscamente hacia la derecha, Tigger pisa el acelerador hasta el fondo.

Con un olor a goma quemada, el Lamborghini arranca a una velocidad de Mach 1... o a la que sea que vuelen los jets supersónicos. La gravedad me aplasta contra mi asiento, y Boner gime cuando lo aprieto contra mi pecho. El viento que entra por la ventanilla abierta es igual que un huracán, así que aflojo mi agarre mortal sobre Boner el tiempo suficiente para presionar el botón de cerrarla.

—Tío —digo cuando el efecto túnel de viento cesa—. Cuando he dicho «lo que sea que me lleve allí más rápido», quería decir *viva*.

En el tiempo que me lleva pronunciar esas palabras, recorremos cuatro manzanas.

—No te preocupes —dice Tigger, cruzando un semáforo en ámbar—. Vive un poco.

Vivir es mi objetivo.

Boner parece estar a punto de vomitar. «*Ma chérie*, he cambiado de opinión sobre el suicidio. ¿Puedes hacer que este *humain* chiflado reduzca la velocidad?».

—¿Hay alguna complicación con el parto de Winnie? —pregunto a Tigger con la esperanza de que disminuya la velocidad si se ve obligado a hablar.

Pues no. No reduce la velocidad ni un solo kilómetro por hora.

—No creo. Dragomir solo quería estar seguro.

Querer estar seguro es un concepto que claramente Tigger no entiende.

No le pregunto nada más: tenemos más posibilidades de sobrevivir si él se concentra en conducir.

El resto del viaje es como una escena de *Fast & Furious* y será la fuente de mis futuras pesadillas. Lo único bueno que puedo decir al respecto es que se acaba deprisa.

Muy deprisa.

—Sal —dice Tigger cuando paramos de golpe, quemando los neumáticos—. Voy a aparcar y subo.

Me dirijo a la consulta del veterinario con las piernas temblorosas y con un Boner en estado de shock debajo del brazo.

Cuando entro, Dragomir está allí sentado.

Parece tan preocupado que una podría creer que

iba a ser su esposa la que daba a luz, no su perra. Pero al verme, se pone de pie de un salto.

—Hola —digo insegura.

Sus ojos color avellana brillan.

—Hola.

Aspiro profundamente. Necesitaré todo el aire para decir lo que quiero decir.

Es ahora o nunca.

Capítulo Cuarenta Y Tres

Antes de que pueda pronunciar una sola palabra, la puerta se abre y el Dr. Delomalov sale corriendo.

—Ocasión alegre, de verdad —dice con una amplia sonrisa—. La perra ya está. Parida de quincie cachorros. ¿Quieren visualizarlos?

—Claro —dice Dragomir con entusiasmo.

—Yo también —digo.

Lo que realmente quiero es hablar con Dragomir, pero no estoy segura de que pueda centrarse en mis palabras hasta que se asegure de que Winnie está bien.

Y, por supuesto, *tengo* un montón de curiosidad por los cachorros. No estoy muerta por dentro.

Seguimos al médico por el pasillo hasta una habitación donde Winnie está tumbada en una gran cama para perros. Parece cansada pero feliz… y está rodeada de su nueva familia.

Los cachorros tienen los ojos cerrados y se parecen vagamente a los osos koala, tanto en términos de apariencia como de color, y cada uno tiene al menos cinco veces el tamaño de su padre.

Si los géneros de ambos perros se hubieran invertido, este embarazo habría sido imposible.

Dejo a Boner en el suelo, agarrando su correa.

Mi corazón está tan lleno de alegría que podría impulsar a un Tesla todo el camino hasta Disney World. Algunos de los cachorros ya están mamando y Winnie está lamiendo a un jovencito que aún no lo hace. Al ver a Dragomir, ella mueve la cola, y cuando su mirada se posa en Boner, el meneo se convierte en un verdadero molino de viento.

Dando unos ladriditos nerviosos, Boner tira de la correa.

—¿Puedo dejar que se acerque a ellos? —pregunto.

—Sí, pero con cuidado —dice Dragomir.

Vale, sí. No quisiéramos que Winnie entrara en modo mamá osa. Sería para cagarse de miedo.

Preparándome para tirar de Boner hacia atrás si es necesario, le permito que se acerque a los recién nacidos.

Winnie lo mira intensamente.

Boner huele uno de los cachorros, lo lame casi con reverencia, luego da un paso atrás y me lanza la más confundida de las miradas.

«*Ma chérie*, ¿cómo es que son más grandes que *moi*?

Por favor, dime que soy un semental tan potente que he transgredido las leyes de la *physique*».

Todos miramos a los cachorros diciendo «aaahhh» y «ooooh» durante un rato. Entonces Tigger se reúne con nosotros y le ruega a Dragomir que le dé uno.

—Van a vivir conmigo hasta que Winnie esté lista para separarse de ellos —dice Dragomir con severidad—. No voy a separar a los bebés de su madre... ni siquiera por ti.

Tigger pone los ojos en blanco.

—No quería decir ahora mismo.

Dragomir se frota la barbilla.

—Tendrás que traer a Caradog para estar seguro de que se portará bien con el cachorro. También quiero comprobar que sus vacunas estén al día.

Tigger exhala exasperado.

—Obviamente.

—En ese caso, quizás —dice Dragomir—. Depende de cómo te portes tú.

Tigger responde en ruskoviano, y los dos hermanos comienzan a discutir, pero suena más a bromas de buen rollo que a una pelea de verdad.

Doy unos tironcitos a la manga de Dragomir.

Él me lanza una mirada de disculpa.

—Discúlpame.

—No pasa nada. ¿Podemos hablar?

Dragomir asiente y Tigger arquea una ceja.

—¿En privado? —Miro a Tigger intencionadamente.

—Dr. Delomalov —dice Dragomir—. ¿Hay algún lugar en el que Bella y yo podamos tener algo de privacidad?

—Venir —dice el veterinario y abre la puerta.

Pongo la correa de Boner en las manos de Tigger y sigo al doctor, meneando mis caderas para Dragomir como método de ablandarle antes de nuestra charla.

Cuando llegamos a una gran puerta de madera, el médico la abre y entramos en una oficina abarrotada.

En cuanto el doctor se va, Dragomir cierra la puerta.

Encuentro ese movimiento increíblemente excitante... y reconfortante.

Un hombre no se encierra con una mujer a la que planea dejar.

Espero.

Reuniendo mi valor, me lanzo a mi perorata.

—Lo siento. Me porté como una mierda no atendiendo tus llamadas. —Y lo digo en serio. Cuando yo creí que él me había hecho lo mismo fue realmente un asco.

Con la mandíbula apretada, Dragomir reduce la distancia entre nosotros.

—No. Yo soy el que lo siente. —Su voz es grave y seria—. Quise contarte lo de mi familia tantas veces... pero seguí posponiéndolo.

—¿Por qué? —La pregunta no pretende sonar resentida. Tengo mucha curiosidad.

Él agarra mi mano y la aprieta con fuerza.

—Porque siempre lo ha arruinado todo en mi vida. No quería perderte por eso. Es irónico ¿verdad? Casi te pierdo... porque te lo oculté.

Mi respiración se acelera con su cálido contacto, pero la ignoro; tengo que hablar con coherencia para la siguiente parte.

—Puedo suponer que sabes lo de mi empresa de juguetes eróticos.

Él sonríe.

—Lo sé desde el día después de que me dieses tu nombre.

Lo miro boquiabierta.

—¿De verdad?

—Ya que estamos siendo sinceros, también podría decírtelo. Tengo acceso al equivalente ruskoviano de la CIA. Quería saber más de ti... Así que lo hice. Espero que puedas perdonarme por esa intromisión en tu privacidad.

—Bueno, en lo que respecta a la invasión de la privacidad, yo te he hecho lo mismo —admito tímidamente—. ¿Qué tal si estamos en paz, entonces? Sobre el espionaje y sobre la omisión de información.

Lleva mi mano a sus labios y besa el dorso de mis nudillos.

—Estoy sinceramente de acuerdo.

Hago lo mejor que puedo para concentrarme en otra cosa aparte del hormigueo que irradia hasta mi vientre.

—Espera. Entonces, si has sabido lo de mi negocio todo este tiempo, ¿cómo es que Marco acababa de enterarse?

—Mis padres, estoy seguro. Sin duda utilizaron el mismo servicio para investigarte después de nuestra cena.

Suspiro.

—No suena como si les hubiese caído bien.

—Tómatelo como un cumplido.

Aliviada, sonrío.

—¿Entonces ellos no deciden con quién sales?

—Demonios, no.

—Bien. Y solo para comprobarlo: ¿la persona con la que estés no tiene que ser de la realeza, como tú?

Él niega con la cabeza.

—Eso es lo que querrían mis padres, pero yo no. De hecho, si les hubieses gustado, yo me habría preocupado.

Mi sonrisa se ensancha.

—Apuesto a que podría hacer que les gustase si los conociera mejor.

Él me devuelve una idéntica sonrisa.

—Y apuesto a que a los tuyos todavía les caeré mejor que tú podrás caerles jamás a los míos.

Se me eriza la piel.

—Eso no es justo. A los míos ya les caes tú mucho mejor que yo. No son fans de mi negocio... algo que nunca tuve oportunidad de contarte.

Su sonrisa se esfuma.

—Haz caso omiso de lo que piensen los demás.

Tus juguetes son asombrosos. Tienes un gran talento y deberías estar orgullosa de él. —Enmarcando mi rostro con sus manos, dice solemnemente—: Quiero que siempre seas tú misma, y que nunca te disculpes por ello.

Espera un segundo. Eso suena a cita de *Frozen*. ¿Eso significa que la ha visto?

Antes de que me dé cuenta de lo que estoy diciendo, las palabras salen volando por sí solas.

—Te quiero.

Su rostro se pone tenso, su mirada color avellana adquiere un ambarino tono dorado.

—Yo también te quiero. Squirrelchik... —Su voz profunda está ronca—. Eres una persona por la que vale la pena derretirse.

Oh. Dios. Mío.

Es oficial. Ha visto *Frozen*.

Mi corazón rebosante se siente como si estuviera haciendo un Olaf.

Poniéndome de puntillas, le rodeo el cuello con los brazos y tiro de él hacia abajo para besarlo. Con un beso que espero que sea el mejor de su vida. Del tipo que le hará pensar en el final de *su* película favorita... específicamente, el momento en el que el abuelo dice: «Desde la invención del beso, ha habido cinco besos calificados como los más apasionados, los más puros. Este los superó a todos. Fin».

Excepto porque nuestro beso no es puro. No es tolerado para todos los públicos, como el de *La princesa prometida*.

Quizás ni siquiera para mayores de 13.

Luego, Everest se eleva y Dragomir se hace cargo, despejando el desordenado escritorio del médico con un golpe de su musculoso brazo, y la calificación de nuestra película rápidamente aumenta a triple X.

Epílogo

DRAGOMIR

Igual que una fiera valquiria, Bella balancea su sable láser rojo hacia mi cabeza.

Paro su ataque con mi sable láser azul y las chispas vuelan al chocar nuestras espadas. Antes de que se recupere, le respondo, y mi espada le da un golpe en el hombro.

Ella gruñe y me enseña los pechos.

Joder. Esos pechos. Alegres, perfectamente dóciles, con esos pezones tan chupables...

No. No debo mirar allí.

Ella está usando sus artimañas femeninas como una forma de guerra psicológica. Guerra psicológica efectiva, por cierto... He perdido la cuenta de cuántas erecciones no deseadas he tenido durante nuestros duelos.

Bueno, donde uno juega a juegos mentales, bien pueden jugar dos.

—Van noventa y nueve toques, squirrelchik —

digo burlonamente—. Uno más y tendrás que rendirte.

Con las fosas nasales muy abiertas, Bella me golpea en el abdomen.

La paro sin esfuerzo.

—Estás dejando que tu furia vuelva a dirigirte. —Sé muy bien que esto en realidad alimentará más su ira, que es lo que pretendo—. Calma tu mente, como el agua en un pozo.

Poniendo en blanco sus hermosos ojos azules, ella realiza una finta decente.

Si no tuviera tanta experiencia en esgrima, o si más partes de ella estuviesen al aire, podría haberme pillado. En estas condiciones, la paro de nuevo, pero todavía no doy el golpe final.

Como un gato, me gusta jugar con mi hermosa presa. Encuentro que esto conduce a todos los beneficios del sexo de reconciliación sin necesidad de haberse peleado.

Bueno, a menos que cuente lo que estamos haciendo actualmente como pelearse.

Ella realiza otro ataque extremadamente efectivo, especialmente para un principiante.

Joder. Puede que me esté volviendo arrogante. Ese golpe podría haberme dado, lo que significaría que tendría que usar exclusivamente jerséis de cuello alto durante todo un mes, incluyendo los que son apretados y ásperos.

Por otra parte, si *yo* gano, ella tendrá que sacar a pasear a los cachorros... o al Chort Pack como los hemos estado llamando, en parte como guiño al apellido de Bella, pero más aún porque la palabra *chort* significa *demonio* tanto en ruso como en ruskoviano. Pasear al Chort Pack es un destino que cualquiera querría evitar, ya que es bastante similar pastorear una manada de gatos... si dichos gatos estuviesen puestos de hierba gatera enriquecida con anfetaminas.

Bella hace desaparecer el resto de su ropa.

Hostia puta.

Toda la sangre se escapa de mi cerebro.

Quiero lamer cada curva, trazar con mi lengua ese delicioso estómago hasta...

Ella me ataca con tanta furia que su sable de luz zumba a un centímetro de mi oído.

Vale. Si va a jugar sucio, que así sea.

Utilizando el mismo hechizo mágico que ella, hago que mi propia ropa se evapore.

Sus ojos se agrandan. Mi squirrelchik lo niega, pero también la despista la visión de mi cuerpo desnudo.

Aun así, ataca de manera competente, pero yo estoy preparado.

Ejecutando un impecable *passata sotto*, aterrizo lejos de su sable laser. Mi mano libre está ahora en el suelo para brindarme apoyo y equilibrio, y mis ojos consiguen una visión exquisita de su bonito coño rosado.

Debo permanecer concentrado otro instante más.

Antes de que Bella se dé cuenta de lo que está a

punto de golpearla, enderezo el brazo con la espada y le propino el golpe final.

Ella jura igual que un marinero ruso.

Llamar a mi squirrelchik competitiva es quedarse corto.

Me pongo de pie de un salto.

—¿Que acabas de decir?

—Me rindo —gruñe ella—. ¿Ya estás contento?

—Gracias. Ahora si...

Antes de que pueda terminar la frase, ella hace desaparecer nuestros sables de luz y reemplaza la habitación con un cielo abierto.

Ah. Sé lo que quiere.

La cojo en brazos y salgo volando como Superman con su Lois Lane, excepto que pronto estoy clavado profundamente dentro de ella.

Las nubes flotan a nuestro alrededor mientras ella gime de placer.

Cuando los dos nos corremos, nos quedamos flotando en el cielo, abrazándonos.

—¿Listo para salir? —murmura ella, acariciando mi rostro.

Beso sus dedos uno por uno y luego me quito las gafas de realidad virtual.

Al otro lado del dormitorio de mi avión privado ella también se quita el casco y el traje de realidad virtual.

Yo me quito el mío. Lo que acabamos de probar es el primer prototipo que surgió del Proyecto

Morpheus, y si todos lo disfrutan tanto como yo, va a ser un gran éxito.

—Recuerda, no mires por las ventanillas —le digo —. Estropearás la sorpresa.

Ella asiente, y sus labios turgentes hacen un leve puchero.

—Oh, venga. Aterrizaremos en unos minutos. Podrás ver Ruskovia desde lo alto cuando volemos de regreso a Estados Unidos.

—Supongo...

A pesar del orgasmo que le acabo de regalar, sigue estando un poco dolida por perder, pero eso convertirá su futura victoria en algo mucho más dulce. Con las reglas actuales, cien golpes para mí contra uno para ella, y el progreso que está haciendo, esa victoria es inevitable.

Será mejor que compre unos polos de cuello alto.

Me visto primero y luego espero hasta que ella también lo haga. Mis ojos lamentan que su deliciosa desnudez desaparezca de la vista, pero mi cerebro se alegra.

Ella es tan hermosa que no puedo pensar cuando la tengo cerca de esta forma.

Una vez se pone mi anillo de compromiso, abro la puerta del dormitorio y, como de costumbre, el Chort Pack entra corriendo en la habitación igual que una horda de demonios de Tasmania.

Boner y Winnie los siguen, radiantes de orgullo paternal.

Ahora más grandes que un bulldog mediano, los

adorables cachorros comienzan a destruir cualquier cosa sobre la que pueden poner las patas, pero yo solo los miro con satisfacción, con una sonrisa tonta en mi rostro.

«Fú», dice Bella cuando Mefistófeles, el cachorro que planeamos darle a Tigger, intenta mordisquear sus tacones de aguja.

Mefistófeles se detiene.

La progenie demoníaca venera a Bella… o al menos ella es la única persona que puede hacer que se comporten, aunque solo sea por un par de segundos.

—Iniciamos el descenso —anuncia el piloto por el intercomunicador.

Bella y yo nos abrochamos los cinturones en la cama de lujo, y la familia peluda nos rodea con todo su amor y calidez.

Cuando aterrizamos, espero a que Bella se ponga la ropa gruesa que la protegerá del frío ruskoviano, y luego le paso una venda para que se tape los ojos.

Ella lo hace a regañadientes.

—Será mejor que la sorpresa valga la pena.

—Espero que sí —digo y luego la agarro de los hombros y la guío con cuidado fuera del avión.

—Puedes verlo ahora — le digo, colocándola en posición.

Se quita la venda de los ojos y mira boquiabierta la estructura frente a nosotros.

Casi espero que ella cite su película favorita y diga: «Nunca pensé que el invierno pudiera ser tan hermoso», pero parece haber enmudecido. Debo decir que hasta yo *estoy* impresionado, y fui yo quien encargó que esto se construyera en primer lugar.

Una réplica del palacio de hielo de *Frozen* de treinta metros de altura brilla majestuosamente bajo el sol.

—Guau —suelta ella, y luego se gira para mirarme—. ¿Es eso...?

—Sí, es para ti.

—¿Crees que podríamos ...?

—¿Celebrar la boda aquí? Sí.

Y mientras me abraza, radiante de alegría, imagino nuestra vida juntos en los años venideros: Bella en mis brazos, desafiándome dentro y fuera de la cama... nuestros hijos montados a lomos de Winnie... las innumerables otras sorpresas que crearé para ella.

Es un futuro glorioso... y pensar que todo comenzó cuando un chihuahua abusó de mi perra...

¡Gracias por leer *Hard Ware - Diseñado duro*! Si te ha gustado la historia de Bella y Dragomir, nos encantaría que dejases una reseña. ¿No has tenido bastante y te mueres por saber más de la familia Chortsky? Entonces lee la historia de Vlad en *Hard Code — Programado duro* y la de Alex en *Virtualmente Duro*.

Misha Bell es una colaboración del equipo formado por el matrimonio Dima Zales y Anna Zaires. Cuando no están haciéndote morir de la risa en su faceta de Misha, Dima escribe ciencia ficción y fantasía y Anna, novelas románticas contemporáneas y oscuras.

Y ahora, pasa la página y disfruta de un avance de *Hard Code - Programado duro*.

<h1 style="text-align:center">Extracto de Hard Code -
Programado duro</h1>

El nuevo proyecto que me han asignado en el trabajo: probar, ejem, juguetes. Sí: de esos.

Bueno, técnicamente, se trata de probar la aplicación que controla los juguetes de forma remota.

¿El problema? La stripper que se suponía que iba a probar el hardware (o sea, los juguetes de verdad), se ha metido a monja.

¿Otro problema? Este proyecto es importante para mi jefe ruso, el taciturno y deliciosamente sexy Vlad, alias "El Empalador".

Solo hay una solución: probar el software y el hardware yo misma... con su ayuda.

—¿Yo? —Abriendo los ojos, da un paso atrás.

Ahora ya he empezado, así que me lanzo a proseguir.

—Tiene sentido. Supongo que confías en que tú mismo no acabarás arrojando mi cadáver al puerto. La privacidad del proyecto no se ve comprometida. Y, bueno —me sonrojo horriblemente—… dispones de las partes anatómicamente adecuadas.

Sin querer, mis ojos se posan en dichas partes, pero los aparto rápidamente.

Las puertas del ascensor se abren.

—Continuemos con esto en el auto —dice, y su expresión se vuelve ilegible.

Mierda, mierda, mierda. ¿Odia la idea? ¿Me odia a mí por sugerirlo siquiera? Uf, ¿cómo será esto de incómodo si dice que no?

¿Estoy a punto de que me despidan por pasarme con el jefe de mi jefa?

Volvemos a subir a la limusina, esta vez sentados uno frente al otro.

Hace que la partición suba.

—Sólo para aclararlo: yo pruebo el lote masculino, actuando como dador y receptor, ¿no? De hecho, ya he probado una de las piezas en mí mismo después de escribir la aplicación, por lo que, en teoría, podría hacer lo mismo con el resto.

¡Sí! Está pensándoselo en serio. Quiero ponerme a dar saltitos, aun cuando mi rubor, que se había desvanecido ligeramente en el camino desde el ascensor, regresa en todo su esplendor.

—Esa no sería una buena prueba de extremo a extremo, y lo sabes. Tú escribiste el código; eso hace que tengas un sesgo.

Sus fosas nasales se dilatan.

—¿Entonces cómo?

En este punto, hasta mis pies están ruborizados.

—Tú solo actuarás como el receptor. Yo actúo como dador y registro los datos de la prueba. Es la forma apropiada de hacer estas cosas.

Sus cejas se levantan.

—Eso es estirar la definición de la palabra «apropiado» mucho más allá de su zona de confort.

—Mira. —Trato de imitar su acento lo mejor que puedo—. Si quieres dejarlo, lo entenderé.

Una sonrisa lenta y sensual curva sus labios.

—Yo no me achanto frente a ningún desafío.

¿Es realmente posible que mis bragas se derritan, o es eso solo una forma de hablar?

———

Hard Code - Programado duro ya está disponible. Para saber más y registrarte para mi lista de nuevas publicaciones, visita www.mishabell.com/es/.

Sobre la autora

Me encanta escribir humor (a menudo del tipo inapropiado), finales felices (en los dos sentidos) y personajes lo suficientemente extravagantes como para ser llamados bichos raros (porque… soy un poco bicho). Si quieres saber más, pásate por www.mishabell.com/es/.

www.ingramcontent.com/pod-product-compliance
Lightning Source LLC
Chambersburg PA
CBHW010521100726
47903CB00011B/2843